旋转在
石磨上的岁月

杨 华 ◇著

敦煌文艺出版社

图书在版编目（CIP）数据

旋转在石磨上的岁月 / 杨华著. -- 兰州：敦煌文艺出版社，2019.4（2022.1重印）
ISBN 978-7-5468-1710-1

Ⅰ.①旋… Ⅱ.①杨… Ⅲ.①散文集–中国–当代 Ⅳ.①I267

中国版本图书馆CIP数据核字（2019）第044609号

旋转在石磨上的岁月

杨 华 著

责任编辑：田　园
装帧设计：李关栋

敦煌文艺出版社出版、发行
地址：（730030）兰州市城关区曹家巷1号新闻出版大厦
邮箱：dunhuangwenyi1958@163.com
0931-8121700（编辑部）
0931-8773112　8120135（发行部）

北京一鑫印务有限责任公司印刷
开本 787毫米×1092毫米　1/16　印张 17.75　插页 4　字数 220千
2019年6月第1版　2022年1月第2次印刷
印数：4 001～6 000

ISBN　978-7-5468-1710-1
定价：48.00元

　　杨华,生于 1967 年,甘肃静宁人,平凉师范毕业,在职研究生学历,现供职于静宁县人大常委会。

自　序

人，有时需要退一步。退一步柳暗花明，退一步海阔天空。

那一年暮春，当前面的乱花渐欲迷人眼的时候，我打起背包，带着旅途的风尘，回归我心灵的故乡！这时，一个清晰而果决的声音说：你终于选择了放弃！尽管这个选择是痛苦的，也是要付出"代价"的。但我没有回头，留下的，只是一个毅然背转的身影！

放弃，意味着收获！放弃的，是喧嚣，是纷扰，是烦累；而收获的，则是一种简单，一种率真，一种平淡。正是这退后的一步，才使我拥有了足够的时间，让我能静下心来重新审视走过的路，重新审视人生和未来。也就是这个时候，我才真正懂了：我是一个怎样的人；对于我来说，什么是随意的，什么是无奈的，什么是快乐的，什么是痛苦的，什么是真正属于自己的，什么是自己之外的……有了这个前提，我便时常告诫自己，人生只有"唯一"，而没有"如果"。不是吗？人生路上充满了十字路口，一旦你做出选择踏上其中一条路，那么，这条路对于你，就是"唯一"的！不管以后这条路走得顺畅抑或艰难，都不会让你再回到原来的起点。懂得了如许道理，面对人生路上"不如意事常八九"时，就会释然，就会以平静的心态来对待。

当我像暗夜中看到曙光一样弄清了这些的时候，我知道，我是幸运的！

幸运的还不止这些。

当平常上升为一种生活境界的时候，再平静的生活也会自得其乐。正是我身居尘世一隅而远离纷扰的这段时间，读书之余，我把久已盘桓在胸、因没有时间和心境写出来的东西，逐一变成了文字。对于我这样一个以读书为乐而又生性疏懒的人而言，写作之事，必然是勉为其难的，也不会有什么好的结果。所有这些涂鸦之作，无非是零章散篇，既没能表达自己的主流思想，更不可能形成自己的文风。之所以把这些文章结集出版，也算对我这段时间的一个总结和交代，作为资料存于案头，兴之所至，随意翻看，或可一乐。

是为自序。

壹 性情走笔

乡情记忆

叁 亲情素描

世情评弹

壹

性情走笔

那些生活在乡村的鸟儿们

　　在乡下，鸟儿们的一天，总是这样开始的：东方既白，看到一丝光亮透进门来，它们就起床了。一个一个从树上、房檐、墙洞里探出头来，先做伸展运动，再做跳跃运动，然后开始每天必修的"早读"——吊着嗓子练唱，乡村就是被这些小精灵们吵醒的。于是，朦胧的山野，轻轻抖落一袭夜衣，欣欣然睁开睡眼。杨、柳、榆、槐，这些乡村的守望者，被风柔软的手摇醒后，打了个激灵。村子里的门扉一开，上地的农人便带着农具，步上田埂，把刚刚醒过来的村庄甩在了身后。先前还在沉寂中的村子，一下子热闹了起来。

　　麻雀们起了个大早，拮据的生活不容它们有丝毫的偷懒。显然，它们是鸟类的平民阶层。这些黄土旮旯儿的土著居民，生就了一副土生土长的容貌，根本不能靠长相挣得一口饭吃。没有嘹亮的歌喉，也就无法唱出悦耳动听的乐曲，有一副嗓子，只是相互打打招呼、说说话、问候问候而已。那身躯，更是小得有点猥琐，这注定了它们在争斗中常常处于劣势。一辈子穿一身土黄色的外衣，这样的形象表明，麻雀和黄土地有着割不断的联系，自打降生到这个世界，就再也没有离开过黄土地，那是它们的根啊！如果把它们一粒粒的身影散落在土地里，你会发现，那些小家伙们，和黄土地几乎没有多少区别，不加细辨，根本分不清哪是麻雀，哪是土坷垃。它们从不挑拣名山大川、雕梁画栋，连心向往之都不曾有，倒是沟梁峁峁、崖涧嘴岔，这些艰苦边远的地方，到处都可为家。那住房条件，一看就知道是低收入群体的，至今仍然保持着先民原始的居住方式和习惯。房眼（方言，指房顶与墙壁之间因盖不严而形成的小洞）、椽缝、墙洞、崖穴，只要能避风遮雨，与家人相依相伴，就是一个舒服幸福的家，连向阳、背阴这些讲究都不考虑。如此看来，它们对家的理解是何等的现实和朴素啊！

　　不要小看了这些灰头土脸的小生灵，外表的平常，一点儿也不影响它们成为鸟类中精明的乡村"哲学家"。因为它们对活着的理解自始至终浸润着一种哲理：简单而默然地过日子，随遇而安，心态平和。难道不是吗？麻雀们从不追逐奢华的物质享受，即使因为生存，不得不到田野去吃谷物，那也只是取得一份生存所需而已，从不贪吃贪占。因为这些一贯的现实表现，农人们很是理解麻雀，对它们与鸡儿们争食、去田野吃粮的行为，睁一只眼闭一只眼，只当不曾发生一样。在乡村生活惯了，麻雀们不仅学会了与人友善相待，互相之间更是和睦相处，尽管有时也吵架，但吵过之后，常常相互摸摸脸颊，拍拍翅膀，又若无其事地双双飞来飞去。长期的相安无事，使得麻雀成了人们心头的安慰。即使黄昏时分，它们聚在村头的柳树上开会，不管是为了麻雀家族长远发展的事情也好，抑或为了一些家长里短的琐事也好，争吵得不可开交，在人们看来，那也是令人欣慰的。就像一群贪玩的孩子，因为争抢一个玩具而打架，不但不令人生气，反而更增加了几分可爱。

和麻雀的低调不同，喜鹊，是乡村里的"嬉皮士"，人们习惯叫它"花喜鹊"，调皮，乐观，且有些黑色幽默。它们的生活水准，与麻雀们并无二致，只是喜欢把家安在门前的大柳树、大槐树上，采光，透风，视野开阔。还有它们高超的造屋技艺，用树枝编织起来的巢穴，显然要比麻雀们的窝宽敞、明亮，也大气得多，居住条件首先超过了麻雀。从这一点上说，喜鹊比麻雀的心气要高，想法要多。别的暂且不论，单就它们有事没事喜欢站在人家的院墙上、房前屋后的树上，不厌其烦地给人报喜，就在众鸟中独领风骚。既然要做一个热心鸟，就要乐意放下众多的家务活，给自己腾出足够的闲余时间，在村子里不停地转来转去，满世界地观望、打问。一旦落在谁家门上，就做出一副令人信服的姿态，尾巴一翘一翘的，话也说得很连贯，很带劲。正因为喜鹊们喜欢自由享受悠闲的时光，愿意油盐酱醋地说上一通，所以它们就没有多少烦恼。尽管生活一般，有时也去人家院子的玉米桩上偷食一把，那也是当着人们的面，嘻嘻哈哈着来，又嘻嘻哈哈着去。那股顽皮劲，直让人们哭笑不得。

斑鸠，村里人叫它"斑斑鹁鸪"。相对于麻雀的平实无闻、喜鹊的没心没肺，斑鸠则显得唠唠叨叨、婆婆妈妈。早晨起床后，先不忙于一日三餐的着落，而是站在房脊上懒懒地晒太阳，蹙着眉想心事，有一句没一句地拉家常。有时，忽然想起什么似的，猛不丁地向着远方，焦急地喊一声"姑姑等"。民间故事说，这斑鸠前世是一位与姑姑相依为命的姑娘。有一天夜里刮大风，院门被吹开了。姑姑出去关门，侄女以为姑姑要远行，就说"姑姑等着我"，边穿衣服边往外跑，可跑出院子，哪里还有姑姑的影子？她就翻过一座座山，蹚过一道道水，不吃不喝地找呀找，最后还是没有找见姑姑，却变成了一只鸟，这就是斑鸠，成天叫着"姑姑等，姑姑等"。斑鸠对过得紧巴巴的日子并不在意，在意的是前世的亲情延续到现在，仍然没有个了断，这让它们很着急，很忧郁。可有谁能真正懂得它们的心事而能帮上这个忙呢？每到春暖花开的时节，斑鸠儿飞临，"姑姑等"的叫声传遍乡村，农人们也只在心底里叹息一声："唉，这可怜的斑斑鹁鸪。"

与斑鸠有着相似命运的小杜鹃，其前世的故事听起来也是那么凄美。它本是一位勤劳的黄姓女人，因为丈夫游手好闲，不务正业，家里的千亩小麦烂到地里。心窄的黄氏急死之后变成了小杜鹃，人们叫它"黄禾鸟"。只是小杜鹃并不像斑鸠那样自言自语、随意诉说，而是飞过快黄熟的麦田，一遍又一遍地提醒人们"旋黄旋割，旋黄旋割"。它们真怕人们睡过了头，使黄熟的麦子烂到地里，拾都拾不起。人们认可了小杜鹃的好心，交定了这位忠实的朋友。有经验的农民，看到黄澄澄的麦浪从地的这头翻滚到地的那头，他们一点儿也不急，心里面坦然得很，因为小杜鹃还没有叫呢。等哪一天听到"旋黄旋割"的声音，他们知道，现在该是开镰的时候了。

大杜鹃，也叫布谷鸟，和小杜鹃只有一字之差，但性情却差得远。它属于多血质，外向型。行事做派有点趾高气扬，甚至逞雄霸道。虽然它们的叫声很动听，也在提醒人们快快播种，听到"布谷布谷"的叫声，人们的心境都会随之开朗，但一想到它们把孩子强行寄养在邻居火燕家里，再也不闻不问，没有一点责任心，人们就有些恼它，感觉鸟的世事也有不平。在村子里，人们更愿意把勤劳的火燕叫作"火石鹅"。面对人高马大的布谷，火石鹅忍气吞声、辛勤喂养，可往往是别人家的孩子被喂养得高高大大、健健壮壮，自家的孩子却一个个瘦小羸弱。这是多么无私而伟大啊！

燕子，是南国纤秀的女子，嫁到北方来，就成了名副其实的家庭妇女。虽然整天围着家庭、儿女转，但它们转出了温馨，也转出了恩爱。燕子是造屋天才，把家建造得神奇而漂亮，每天打扫得干干净净。它们的大部分时间都在忙着外出找食——养育儿女是一辈子的大事啊！看着宝宝吃饱喝足之后憨憨地睡去，燕子们才站在屋檐上小憩，说一会儿悄悄话。当然，话题总离不开家庭和儿女。它们身姿矫健、灵巧流畅，说话的时候语速极快，加上南方特有的口音，北方的人们听不懂，但这并不影响人们对燕子的喜爱。人们看见燕子从碧绿的田野低低地掠过，熟门熟路、准确无误地落在去年的房檐前，就像见到了自家的儿女一样高兴。

如果说燕子是俏女儿的话，那么，戴胜鸟一定是美男子。它们既有美丽的花冠和漂亮的模样儿，又颇具俊逸之气，更何况它还时不时打开花冠，骄傲地秀上一把。有手艺的啄木鸟，是鸟中的能人，这注定了它们来去匆匆，不停脚步，不知疲倦，始终一副虔诚守信、一丝不苟的样子。穿着灰白色外衣、俗称"白脸媳妇"的大山雀，刚娶过门儿，还有点怕生，躲开热闹的村庄，去了山林等僻静的地方。白鹡鸰，村里人叫它"水雀"，常在溪边、河滩觅食、鸣唱，没有人的时候，它们会对着河水顾盼生姿，欣赏自己的倩影，如果有人来，便显出一副害羞的模样，接着迅速飞走，不想和人过多地照面。云雀志存高远，总想让自己飞得更高，于是便一次次地直升上去，边飞边给自己打气："渐高渐高渐渐高！"高傲的苍鹰属于蓝天，在高空一圈一圈地打着旋儿，轻易不肯低就，偶尔俯冲一次，那一定是有所猎获。猫头鹰则是夜的守护神，因为是秘密战线上的战士，故而练就了一副稳、准、冷、狠的性格，落入视线的猎物，很少有逃脱的，怪不得人们叫它"狠狠"。石鸡呢，可以算作高洁的隐者，深居山野，当太阳升起的时候，便在地埂边、草丛中散步，一边走一边悠闲地高唱"呱啦歌"——那是隐者的歌。红嘴鸦把家安在山崖上，群居，一起一大片，一落一大群，它们常为冬天的黄昏伴唱，只是歌声有些嘶哑，在人们听来，有些晦气罢了。当然，这不能怨它们，因为寒冷的冬夜马上要来了。凤头百灵和黄鹂鸟，绝对是天之骄子。这两个鬼精灵，最擅长原生态唱法，天生的金嗓子，在鸟儿的舞台上，技压群芳，让众鸟们望尘莫及……

　　不管鸟儿们的气质、性格、脾气、情趣如何不同，但对村庄的感情却是相同的。在村子里住得久了，鸟儿们连村子的旮旮旯旯都非常熟悉，不仅那些生长小麦玉米、糜子谷子、高粱大豆的地块不会认错，而且从春种到秋收的整个过程，它们都积极地参与了，对庄稼的出苗、拔节、抽穗、灌浆的成长路径，更是了如指掌，比农民还要熟悉。去人们的家里串门，跟去自个儿的家一样随便。去的次数多了，它们的名字、它们的脾性、它们的模样，一个一个都被人们记下了，它们的家在哪里，孩子长什么样儿，什么时候来得最勤，什么时候又去远行，人们都如数家珍般了然于心，好像事事和鸟儿们商量过了一样。久而久之，人们接纳了它们，即使它们有一些缺点错误，也能宽容见谅。经常遇到它们跟孩子一样闹翻了天，一拨一拨追来追去，人们会说，那是鸟儿们的天性，就由着它们去闹吧。倒是哪天不见了这些邻居们的身影，听不到它们的吵闹声，人们就会莫名其妙地心慌、气短。

乡下人明白，鸟儿从来就是村子的主人，从来就没有离开过村子，没有鸟儿的村庄，其实是一处不健康的村庄！既然这样，那就让鸟儿和人一样，心情舒畅地生活在村子里吧！

2007 年 12 月 5 日

垂手而立

供职的大院，坐北向南、坐西向东直立着两栋五层办公大楼，透过临院的窗玻璃，可以看到来来往往忙碌的人们穿行于两楼之间，杂沓纷乱的脚步声不绝于耳，让人不免生出芸芸众生、蝼蚁寻食的感叹。

我的办公室在西楼，隔壁正好是洗手间。刚到大院时，曾为拖地、洗衣如此方便而暗自高兴。可不久，洗手间常常传出哗哗流水声，给我的工作和生活带来了不少烦扰。久而久之，那响声竟成了我生活的一部分，充耳不闻也罢，无所谓也罢，总之是习以为常了。特别是凌晨的水流声，仿佛破晓的鸡鸣非常清晰地传来，让我不敢偷懒，不敢懈怠，急匆匆地起床，心说，又是紧张的一天开始了。后来，我弄清了，那个时间，正是清洁女工打扫、冲洗卫生间的时候，她要赶在大家上班前把卫生彻底打扫了，让楼上的人们有一个干净的工作环境。

拖地、刷洗痰盂是我起床后必干的两件事，我把它们作为亲近劳动、热爱生活的象征而乐此不疲。一天，当看到我一手端着痰盂、一手拿着刷子刷洗的时候，清洁女工一把夺过痰盂，嘟哝了一声"咋让你洗呢"，便麻利地刷洗起来。于是，我退出洗手间，站在楼道，两手插在裤兜，看着她的背影，那一刻，我为自己所站的小小位置而感到骄傲，竟莫名地心安理得起来。

可是到了某一个周末的下午，眼前的一幕让我惭愧，让我汗颜，心里的傲然之气在刹那间被抛得无影无踪。周六上午，我因事外出，走时，她正在西楼上忙活，下午返回时，她还在西楼上劳作。除她之外，加入到周末大扫除的还有两个人：一个男人，一个小女孩。显然，他们是来帮忙的。他们的穿着朴素、土气，看得出其日子并不富裕。仔细一看，那男人竟是少了一只胳膊的残疾人，他一只手紧紧地握着拖把，艰难地、反复地拖着楼梯，另一只袖筒空荡荡的，随着拖地的节奏一前一后地摆动。可以肯定，这是一家人，且是一个特殊的家庭。再看整个楼内，刚刚拖洗后的楼道、楼梯纤尘不染，窗玻璃擦洗得异常洁净，仿佛一面镜子，以至于要照出我内心的灰尘了。他们那样一丝不苟，那样认真负责，那样尽心尽力，经过他们身边时，我自己插在裤兜中的手仿佛受到了牵引，被无条件地抽了出来。面对他们，我垂手而立！

此后的日子，我经常在两栋楼上看到他们，不管他们是正在劳作，还是累了在楼梯上稍作休息，抑或干完了活在院子里纳凉，或者在一楼仓库里整理废旧书报，我都会收住匆忙的脚步，垂手而立。虽然不知其姓名，不知其住所，不知其收入，但其实，这些都已显得不那么重要了，我只要懂得他们的辛勤劳作，他们的默默无闻，他们的生存快乐……

再后来，我离开了大院，为了寻找我心灵的故乡。无悔的日子里，我常常忆起他们。然而，他们的身影已不再清晰，而是早已幻化成了两个字——高尚。每每回味着那份感动时，心灵的故乡仿佛正在经历着一场雨，那是一场怎样的心雨啊：为涤荡自己的心灵，也为力图涤荡别人的心灵……

2003 年 11 月 18 日

重走鞍子山峡

十三年前的冬天，趁去静宁西南新店乡社教的机会，我只身穿越鞍子山峡去治平。

据传，鞍子山因状如马鞍而得名，位于新店与治平两乡交界处。其山，南北横亘；其峡，从山旁东西向斧斫而出。峡，因山而名，山，因峡而立，山峡互依，峡山共存。我小时即知其名。1959 年峡中开山炸石，死人不少，大人说峡，多谓其狭长空灵，且不失神秘与恐怖，故在我的印象中，鞍子山峡是一处可望而不敢即、可感而不敢近之所在。

从新店去治平，或穿过鞍子山峡，或翻越鞍子山。而峡，世传灵幽，过往行人多选鞍子山便道，非无奈绝不走峡，即使非走峡不可，也多结伴同行，鲜有孤身穿越者。因骨子里那点孤胆探幽觅险的天性，我便决意穿峡而过。入峡时，太阳已偏西，鞍子山在斜阳的余晖中悠然起伏，蜿蜒的便道上偶见二三行人。峡口崖壁削立，巨石突兀，峡中水皆已成冰。临岸的冰面上泛着苍白而刺眼的光芒，一种清冷的古意扑面而来，踩上去，发出"毕剥"的脆响。在寂静的峡谷中，其声忽左忽右，似近还远，仿佛在前，又在头顶，1959 年的故事不失时机地涌上心头。

两旁入云的崖壁，把头顶的蓝天割成一条长带，人立其间，突然变得那么微小，一种缥缈的、欲随峡风消散的感觉陡然袭来。崖顶上雪痕斑斑，兀立的巨石形如灵猿，直扑眼底。步入弯道，先前的光顿时消失了，峡猛然幽暗起来，四周陡峻的山峰倾倒般向峡中聚拢而来。正值隆冬，又近黄昏，狡兔、苍鹰，抑或狐狼，它们都悄悄地走了，空余峡的寂寥与无言。一路走来，自己几乎是屏住呼吸，忍着寒气，小心地在冰上挪步，不安地仰望两旁的石壁山崖，恐惧地回望身后的峡谷，紧张地死盯着前方的冰道，焦急地算计着出峡的时间，直至峡的东口，也不曾遇见一个行人，唯有自己咚咚的心跳和彳亍的脚步声依然亲切可感。临近峡口，山势已不再陡峭，而趋于平缓，峡也向两边拓开，不再小气拥挤。出峡，我长长地舒了一口气，心绪同扑面而来的村庄一样逐渐开阔起来，等步入治平，已是掌灯时分，身后的鞍子山峡已完全掩映在蒙蒙夜色中了。

对那次穿行的具体情形，现已无法记述其详，偶尔想起，也只余岑寂与神秘了。然而，随着时间的推移，即使心有余悸的恐怖，于我却越来越成为异常美好的回忆。十三年，对漫漫岁月而言，如挥之一瞬，但对人生而言，却也是极厚重的历程，期间的人生况味，能再品者不少，但能刻下印痕且常忆常新者，当属不易。十三年间，久有重走鞍子山峡的愿望，然而，机会就像放飞的鹰隼，总也不肯再闯那个特设的网。直到去年麦收时节，一次意外的机会，才了却了我的愿望。

那是同一帮孩子从峡的东口进去的。当他们为宽敞的峡口、陡立的山峰、突然消失的阳光以及细密沉静的泥沙、清澈灵动的涓流而惊呼雀跃时，我已脱掉鞋袜，挽起裤管，赤脚蹚入河水。一踏进峡的腹地，外面的喧嚣顿时消失，唯余心的坦荡和平静。两旁的石峰崖壁似乎矮了许多，崖壁上、峡谷中长满了绿草和青苔，显出勃勃生机。瘦瘦的小溪穿过峡底的沉沙，无声地流着。整个峡长不过里许，绕过三两个弯道，就已到上游鞍子山拦河闸的脚下了。峡的寂静确乎没有改变，正值中午时分，孩子们的说笑声、惊呼声此起彼伏，更衬出峡的空寂和幽深。选一平展的石面，仰面躺下，看蓝蓝的天空上云朵自由地飘荡，看偶尔从头顶滑过的小鸟落在崖壁的窝边自在地嬉戏。阳光轻轻地抚摸着脸庞，浑身暖洋洋的，有一种想睡去的感觉。同孩子们一起去觅久已不再的童野之趣，在草丛里找到蛇蛋，又悄悄地放回去；对不期而遇的小花蛇，友好而小心地打着招呼，看着它们昂首挺胸的样子，我和孩子们惊笑着跑开，同它们再见。最感人的是，在一石板的后面，一株不知名的小蓝花悄然开放，和周围杂草中斑斓的野花不同，它无声无息，毫不渲染雕琢，更不喧哗热烈，以一种恬淡和低调，面对世界，安之若素，处之泰然。也许是小南风，也许是小鸟们，把一粒种子很随意地带到这里，它便能生根、发芽、开花。活着，既不为嗡嗡聒噪的野蜂，也不为翩翩乱舞的粉蝶，更不为人们花盆中诱人的馨香，只为坦荡而通达的生命之旅……

返回的时候，我们依然蹚水而下，清澈不染的水轻轻爬上脚背，平淡无奇地向下游流去。这水，其实是从上游高而下之，谦而下之，因之历万年而不朽，历曲折而不屈，也因之其胸怀绝不在沟壑峡谷之间，而是在遥远的、无边的大海啊！

　　也许是心境使然，重走鞍子山峡，十三年前的感受已荡然无存，她既不神秘，更不可怖，而是那样富于亲和力。其实人生何尝不是这样，蓦然回首，已是别一番滋味在心头。如今看来，鞍子山峡真的算不得什么，如果把那些蜚声世界的名峡比作峡中"伟丈夫"的话，那么，鞍子山峡也许就是峡中的"小不点儿"，那么平凡，那么普通，但她却又是峡中天真烂漫的"孩子"，她的个性就是天然和率真。因为她无华中孕育着生命，安详中奉献着大爱，在这里，生命都是平等的，那些花草鸟蛇，都平和地守望着它们共同的家园。其时，我的耳边不禁响起了电影《迁徙的鸟》的导演雅克·贝汉那浑厚的声音："我多么期待有一天，四季不再流转，而我们即刻便能启程离开家园，在这颗美丽的星球上，像这些鸟一样，开始一次神奇的旅程！我多么期待有一天，人们能够打破地域国界的阻隔，明白地球是我们共同的家园，那么，我们一定能够像鸟儿一样获得自由！"

　　午后三时许，我们离开了峡。再见了，我的小鸟、野花和蛇们！再见了，我的宁静而幽远的鞍子山峡！

2004 年 7 月 14 日

脱发趣事

在职场混迹数年，事业尚无建树，身体却日显老态：额头和眼角的"梯田"层层叠叠，排列有序；脑门上因砍伐过度，发稀可数，已实现"退林还耕"；脑顶更是"水土流失"重灾区，由于关爱不周，那些生活在高山之巅的"土著居民"纷纷逃离家园，才几年的工夫，头顶的千山枯岭便大白于光天化日之下。而立之年，身高已不见长，而头皮却从头发中长了出来，岂不也是人生之一大幸事？每日顶着这颗鲜亮的"星球"穿行于小城的大街小巷，不意竟发生了许多趣事。

我的工作曾一度很忙，忙到一连好几天不能回家吃饭。每到下班时分，母亲总会立于窗前，遥遥地望着巷口，盼望我的身影能出现在那里。但母亲人老眼花，无法看清进入巷子的哪个是我。女儿其时三岁，常搬凳至窗前，攀住窗台，帮奶奶找我。一旦发现我的身影拐进巷口，她定会手舞足蹈，连声喊着："奶奶，我爸爸回来了！"母亲忙问："你咋知道？"女儿说："没头发！"唉，"没头发"竟成了我的主要特征。

素喜音乐，曾心血来潮，借友人二胡装模作样过数日，因不能静心苦练，技艺了无进展，被友人戏称为"狗搔毛"。某晚，独居斗室，兴之所至，遂操琴练拉《二泉映月》。正如痴如醉时，友人推门而入，见窗外皓月当空，银辉熠熠，室内，华灯之下一光亮脑壳晃晃悠悠，宛若明月朗照，同窗外之月交相辉映，好一幅"二月相映图"！便惊呼一语："二月映泉啦！"初听茫然，目瞪口呆，既而顿悟，大笑不能已。遂摔琴于友人，发誓再不操琴。

头发稀疏，最怕刮风下雨。刮风，则稀发必乱如麻，纠缠不休；下雨，则必板结在头顶，像一张毫无生气、千疮百孔的毛毡。为了不影响本人的光辉形象和风度，遂在单位和家里各备一把木梳，一有风吹草动，就可随时对那几根秀发进行一番精心排列组合，使其一根根各就其位，互不重叠。有时健忘，两把木梳常被同时带在身上。朋友有浓发者，一日向我借梳，见我从上衣口袋里掏出两把，他便拿其中一把一边很卖弄、很夸张地大梳其头，一边嘴里嘟哝："世事真是不公，有头发的没梳子，没头发的却有两把。"梳毕，不再还我，声言为公平起见，我得匀出一把济贫。我佯怒："那你也匀一些头发给我如何？"

一日下班，和朋友同出机关大门，他见我"旧墟又添新灾"，已到了"木梳搭不住"的地步，便好意相劝："电视上广告某某生发灵，效果不错，何不买来试试？"他说的那些生发灵，我早试过手了，无一有效，便没好气地回敬他："嗨，让它脱吧，只要头没脱掉就行。"后遇类似建议，我便索性说："脱就脱呗，大不了把头也脱了。"

也许是"精兵简政"后营养供给有了保障的缘故，稀疏的秀发们生长很快，特别是地方上需要支援中央的那几根，简直就是疯长，不几日，就要到理发店里修理。时间一长，和老板混熟了，便给他提意见：

"满头秀发的，理一次你收两元，像我这模样的，你起码折半收才对！"他愤愤不平："满头秀发的，我可以放心大胆地理，不留神理坏了，还有修改的余地。像你，我不知要操多少心，稍不注意，一推子下去，就来不及了。说实话吧，给你理一次发，担惊得很！不多收钱就已经很对得起你这张大脸了。"一脸的委屈诉苦状。此后，再去理发店，便不敢嚷折半收费的事，还常要笑脸相陪，一副谄媚样，真怕他一不高兴，于门口树一收费牌，上书：理发，浓发者两元，稀发者四元。那样，我岂不吃大亏了？

春日晚饭后，领女儿到街上闲逛，正陶醉于桃红柳绿的明媚景象中，一似曾相识的中年人迎了过来，未及寒暄，他便问："领孙子转悠呢？"他这是什么眼神！气极，发誓再不和他聊，敷衍几句，走了。我一看，四下无人，暗自庆幸，本故事可以到此为止，不会有人知道的。谁知女儿不谙世事，遇熟人便眉飞色舞地讲，竟让"地球人都知道了"。也不能怪人家，毕竟不是相熟之人，仅凭我这仪态，再好的眼神，也会把我俩看成是爷爷孙子的。

呜呼！脱发若此，大有"满头一张脸、满脸一颗头"之势，然观大街小巷日渐增多的秃顶们，又一笑释然。毕竟，头发虽不是身外之物，却也是心外之物，我心无损，脱发有何惧哉？秃顶之人乃"通达"之人、"光明"之人，顶着这颗亮闪闪如太阳的"星球"，不管走到哪里，其身后必定是光明一片……

2006 年 10 月 8 日

拿起你的手术刀

2006 年圣诞节的下午，我躺在县医院的手术台上，做化脓性阑尾炎切除手术。

无影灯下，大夫们不慌不忙地做着他们必须做的事情。大口罩盖住了大夫大半个脸，无法看到他们此时此刻生动的表情，但他们安静的眉毛和舒展的眼角，似乎在告诉我，一切在按设计好的路径进行着。麻醉药悄无声息地弥漫了我的下半身，这使得手术刀划破腹部的声音听起来那么柔和，那么轻松，就像夜来香在万籁俱寂时默默地开放。心口处忽然一阵难过，他们说那是在找阑尾，扯动了肠胃。按初进手术室摆好的姿势躺了大约半个小时，他们把一截血淋淋的、极不规则的小器官拿来让我看，我说："这家伙看上去并不起眼，但发起威来倒是很厉害，害得我一夜没睡。"主刀大夫说："你看，都已经往外渗脓了，做得还算及时，如果再晚几个小时，或者等到晚上做，恐怕会穿孔的，那可就麻烦了！"听了这话，我暗自庆幸。

这次手术，是圣诞老人送给我的节日礼物。

圣诞前夜，十点钟，右下腹突然有了一丝疼痛，稍纵即逝，像微风漫过麦田，只留下一阵沙沙的低语。起初并未在意，可过了几分钟，又一阵疼痛袭来，比前一次似有加重，有了持续的感觉，是雷雨来临前的劲风吹过，垂柳被扯着飘起来。紧接着，疼痛一阵紧似一阵，就像雨点打在屋瓦上噼啪作响。及至后来，疼痛再也没有间隙了，只是一条线，那是拔河比赛的双方攥紧了绳子，憋得面红耳赤，互不相让，相持在那里。起身坐一会儿，不行！倒身睡一会，也不行！怀疑是吃出的毛病，可到了卫生间，不管你坐多长的时间，疼痛始终不减。再回到卧室，坐，疼；睡，疼！汗也不失时机地冒出来了，不一会儿工夫，浑身已被煮透。一量体温，38.8度（哼，还是个吉祥数字呢）。疼痛、燥热、心烦，这时才真正体验了什么是坐卧不宁啊！我一声不吭，就这样翻来覆去，翻来覆去，眼睁睁挨到了天亮！妻子听说我腹痛一夜未睡，一声连一声地问她自己咋睡得那么实，竟一点儿也不知我的情况，为没有照顾我而自责不已，后悔连连。忙催我马上去医院检查，她去单位请假，随后就到。

12月25日，圣诞节，星期一，上午。县医院的门诊病人还真不少，挂号窗口前排着两条长龙。好不容易挂了号，忍痛直奔内科。内科门诊室内外，一样地挤满了人。等叫我的号时，已经是十点多了。大夫号脉，量体温，在腹疼处按捏了一会儿，简单询问了情况，便开出两张单子，让我马上去检查，一项是血常规化验，一项是B超检查。看到大夫写在B超单子上的检查意见，我才恍惚感觉可能是阑尾出了问题（此前竟没有一点意识）。果不其然，B超显示，阑尾已经化脓，初诊为化脓性阑尾炎，大夫建议马上手术。妻子听了着急得不行，竟央求大夫：

"能不能不动手术，输液消炎不行吗？"好像是大夫存心和我过不去，非要割掉我的阑尾不可似的。倒是大夫也不含糊，回答得非常干脆："不行！"妻子一下子傻了。我安慰她，那就做吧，不就是划一刀嘛，多大个事！心里却也在嘀咕："毕竟是在肉体上开刀，平时又没有这方面的经验，也不知是个啥味。"心里这样想着，竟有一种豁出去的悲壮！

中午，妻子回家照顾女儿，找钱。我在医院忙前忙后，做胸透、心电图等各项术前检查。等一切准备就绪，已经到下午上班的时候了。大夫们穿起了蓝色的手术服，帽子、口罩一律武装到位，进入临战状态。我脱掉鞋，进入手术室，妻子和闻讯而来的同事、亲戚被挡在了外面。马上就要挨一刀了，心里反而出奇地镇定，竟没有想象中的那种紧张。

半个小时后，我被推出了手术室。门外等候的人们把我送进电梯，继而抬上病床。他们见我说笑着出来，便开玩笑说："嗨，看人家，做个手术像打了一场篮球一样愉快呢！""我还以为你会昏沉沉不省人事呢，怎么还能笑啊？"同学 L 说："做个阑尾手术，就跟用瓦片割猪娃一样。"后来就有同学打电话："听说把你结扎了！"

妻子凑到跟前问我疼不疼，声音微微有些颤抖。她脸色苍白，嘴唇结了一层痂。看来病人倒没什么，陪病人的却吓得不轻。我说："没啥，就跟用席篾划了一下一样。"她说手术前大夫叫家属签字，交代了一些手术过程中可能出现的情况，把她差点吓昏。马上就要手术，她还在想着干脆不做了，输液消炎算了，那样多保险呀。这样想着，往手术单上签字时，手颤抖得几乎写不下去。手术过程中，她就在手术室外胡思乱想，想着想着，竟泪流满面。我说，做手术都那样，把可能出现的情况都要交代清，是个责任问题，哪有那么巧的倒霉事！你看，还不让我做，大夫说了，幸亏做得及时，不然，穿孔了就有你后悔的。她连说真幸运，真幸运。

据说，最难熬的是术后第一晚，麻药过后的疼痛很厉害呢。其实，我的体会是，刀口的疼痛也不是多么厉害，忍受这点疼，真的不成问题。最难坚持的是不用枕头平睡六个小时，最难受的是麻药未过，想动双腿，但不知道它们在什么地方，意识指挥不到目标，心里急得像水淹住了一样。

挺过了第一晚，后面的几天就轻松多了。妻陪我，照顾我，老说我害病都和人不一样，一得病就得动手术。我说，人食五谷杂粮，焉能不生百病？我乃凡夫俗子，哪能没个头疼脑热？平时都是我在保护着、照顾着她们母女，在她们心中，我就是她们的太阳，她们的保护伞。今天让我挨这一刀，是她们万没想到的，也难怪她心里始终无法接受，老也转不过弯。

记忆中，我平时除了睡眠障碍外，大多时候非常健康。一年两次感冒，像过节一样，到时候它们会不请自到，有时吃三两顿药就好，有时甚至不吃药都可以挺过去。打过的针更是屈指可数：一次是1988年在县城洗澡后得了带状疱疹，连打十五天针；一次是2000年去平凉时，遭遇车祸，头磕在车前挡风玻璃上，有血渗出，肇事者让我在市医院打了破伤风疫苗；一次是在2003年"非典"期间，为了预防SARS注射了胸腺肽。年过四十，还真没尝过输液是啥滋味。记得妻女每有病需要输液，因血管不明显苦于无处扎针时，我会举起自己的手背让她们看，那上面的血管多清晰啊，如果在我的手背上扎针，对护士来说，那或许还是一件很舒服的事情呢。唉，世事就是这么富于戏剧性，现在终于轮到给我扎针了，而且一来就是搭刀子的事！看着像筛眼一样的手背，经过几天的战斗，先前突起得那么明显的血管也已雄风不再，真替护士小姐着急和担心呢！

亲历手术，未必就是一件糟糕透顶的事，最起码让我知道了做手术的感觉，理解了手术者的心态，尝到了输液的滋味，体验了药剂进入血管的不适和滚针后的疼痛，起码不会因妻女滚针时喊疼而说她们太矫情吧？人，不能过分自信，也不能没有根据地自大，在健康问题上，尤其难保平顺——"祝你平安"，那真是一句祝语呢！人生之路，已经历过的，充满坎坷，还没有经历的，更是未知数。因此，当生活遭遇如阑尾切除手术一样的突然事件，应当目之为不期而遇的生活馈赠，微笑接纳，坦然面对，不应一味地怨天尤人。

人体有病，请拿起你的手术刀，手到病除。像这小小的阑尾，非但不能为机体服务，相反，还要发炎致脓，甚至可能穿孔，危及健康，不一刀拿掉，留它何用？那么，对于思想上不纯洁如阑尾者、常引起疼痛如阑尾者、对人生无益如阑尾者，同样需要拿起手术刀。对付思想上的恶疾，可以不必麻醉，不必消毒，也不必输液消炎，但求刀锋锐利，只需勇气毅力。一刀下去，就如快刀斩乱麻。朋友李君，曾写过一首诗《三把刀子》，其中有这样的句子："第三把刀子／我把它紧紧掖在衣服底下／必要的时候，我就抽出来／给自己的身后一刀。"我感觉他拥有了人生的手术刀，只要时机成熟，定会和一些不合时宜的累赘说再见。他是一位智者。

思想像电脑，内存不能装满，还要经常刷新页面，留下有用的，删除过时的，保存美好的，杀掉带毒的。"白鹭立雪，愚人看鹭，聪者观雪，智者见白。"这是一种禅者心态。我们一介凡人，无法参禅，那就拿起你的手术刀，让思想留些空白，努力做个聪者、智者，不要让"鹭"充斥其间，物役、利役，庸庸一生。

2007 年 3 月 2 日

最后的"挪亚方舟"

朋友李君，素喜丹青。工作之余，常铺纸于案上，泼墨弄彩，心追手摹，寒来暑往，日出月落，不意竟成了小城画界领军之人。一日致函，邀我去城南文化城观个展。书画雅事，素为我之所好，又加近日闲暇，观展解闷，岂不快哉？遂欣然应允。开展之日，与众友人齐集文化城展厅，为李君助兴。

展厅不大，但布置素净，格调高雅，简洁中尽见友人功力。经主人精心构思，画作排列莫不错落有致，疏密相间，呼吸匀称，衔接从容。版画、写意、工笔，山水、花鸟、人物，横幅、条幅、斗方、扇面，装裱取材协调，不俗不艳，质色和谐，制作精当，与画面浑然一体。从头至尾，一路读来，节奏舒缓，似小桥流水，空谷幽兰，极富音韵之美。往来于展厅，犹闲庭信步，颇与主人平日低调为人、豁达淡定、洒脱飘逸之风相合。所展百余幅画作，更是友人多年力作，内容清新健康，气度高洁，或深藏人生哲思于高山流水间，或于人物的勾画中溶进岁月的厚重与质感，或动情于童真之趣，或忘形于自然之美……观画，赏画，与画对话，不难把握友人的心跳和律动。开展首日，即观者云集，来来往往。额首者、舒眉者、赞叹者、问询者、评点者，一时热闹非常，气氛浓烈。李君更是应对从容，接待自如。

一幅名为《走出》的国画吸引了我。但见翻滚的浪波之上，一艘斑驳的小木舟，向着如砥的彼岸，正在破浪向前。舟中斜倚一人，衣衫不整，双眼闭合，表情抑郁；天空乌云奔腾，似觉冷风直灌心底；天边撕开一线，有阳光泄洒，周围乌云飘彩，稍有轻松之感。平心而论，《走出》的画技并不代表友人艺术的高度，只能算其力作之中上者，之所以吸引我，倒不是因为它的画技，而是画所表现的气氛。显然，作者想借此表达什么。驻足良久，我似乎明白了友人在《走出》上用笔的差异，天空、浪波，尽是恣意挥洒，大笔写意，唯木舟近乎写实，舟上漆斑清晰可见，裂痕屈指可数，用色更是着力渲染，显见作者所费工夫不同别处，用心何其良苦！舟为老舟，但烟波之上，唯这一老舟可以载人，这是作者何等苍劲的力量之笔！整幅画给人视觉上的冲击、心灵上的震撼，使其余画作瞬间失色。

后与李君小聚，聊及此画，李君称，《走出》是他一次人生经历之后所作。他羞于与人启齿，因而深埋心底十余年了……

因为太多的不如意，李君不幸染疾，心情抑郁。遍访小城大小医院，甚至民间偏方，屡试屡败，沉疾非但未见好转，反而日显其重，精神萎靡，以至于心灰意冷。

一日，他怀揣两瓶蓄谋已久的药片，去一偏僻的旅馆，以来人为借口，要了一间客房。正当打开药瓶，欲自行解脱时，他想到了苍老的父母。"你也许不愿意相信，有时处在人生十字路口，无奈地彷徨，绝望地徘徊，原本鲜活的一颗心，却像被虫子噬咬了一般，千疮百孔，丝丝缕缕，似乎再也无法排布成一个像样的图案。正在这时，一个声音横穿时空：'孩子！'那一刻，原本心若死灰的我，突然酸楚不已，泪如倾盆之雨，不禁奔涌而出。"他说，他想了无数遍，什么都可以放下，唯独想到生他养他的父母时，才有难以割舍的心痛。于是，他毅然走出客房，重新树起生活之帆。后来，他几上省城，医治加心治，顽疾终获根治。

走出暗室的他，重新打捞小时美梦，操起画笔，于水墨油彩间，陶冶性情，调整心态。如今的他，心境开阔，思想阳光，豁然开朗。想起那些阴霾的日子，他为自己有那样愚蠢的行为而感羞愧。为了能永葆年轻而向上的心态，不再步入那个阴暗的地方，多年后，他拿起画笔，创作《走出》，向心灵示警。"不怕你笑话，这都是真实的一幕，现在想起来，真不敢相信，自己那时是鬼使神差还是咋了，怎么会有那样不负责任的想法和举动？"说着，他抹了抹眼角的泪滴。

看平常的李君，谁能想到，这个平静处世的人，曾经有这样一番风雨飘摇的经历？会有如此撕心裂肺的人生体验？不与其长谈，又有谁能理解他那《走出》的深意？不经了解，谁又能与人知面、知人，更知心？

鄙视过去，珍惜现在，友人的做法可资镜鉴！人生并非一帆风顺，有风花雪月，亦有电闪雷鸣；有春风得意，亦有马失前蹄；有成功的喜悦，亦有失败的沮丧……但不管哪种过程和结局，即使人生跌入谷底，即使穷困到一无所有，再苦再难，也不应该忘记，我们还有亲人，还有最后的心灵驿站——父母。父母是出现在关键时刻、并以生命之躯帮助我们自己走出阴霾的"挪亚方舟"。的确不该让父母时常操心，因为父母一辈子的负荷实在太重！

聊毕分手，我建议李君：君心平静，《走出》已无继续敲钟的必要，还是让其化作轻烟消失吧。李君深以为然。

2007 年 5 月 8 日

小巷声声

曾居小巷，因远离闹市故无车马之喧，于清静宁谧中独享那份恬淡，倒也怡然自得。忽一日，小巷传来吆喝声，不经意间便打破了往日的宁静，给安然的小巷平添了许多趣味。后迁新居，环境复杂，免不了被喧嚣所累，很是怀念小巷的清静，而那些男男女女、远远近近、高高低低、南南北北的吆喝声，时常撞击心怀，且日子愈久记忆愈新。

"鸡蛋——"极干练、极省略，也极节俭的两个字，透着卖蛋之人的俭朴和简约。尾声落处，早有三五人迎了上去，在拉家常般的一问一答中，即已完成了问价、挑选、成交。最让人忍俊不禁的是卖米黄馍的老大爷那声仿佛从满嗓门喷出的"米黄——"，隔窗听来，其声浑厚而模糊，起初还误以为在叫一个孩子的名字，等到与那位老爷爷遇面并买了"米黄"，才恍然大悟。每遇盛夏，捧一碗香甜可口、清爽宜人的泡"米黄"，即忆此事，笑不能已。后来，这笑便常向朋友贩卖，竟不知赚了多少个捧腹之乐。夏初，一位朴素的农村大嫂便开始出现在小巷，高远悠长的叫卖声从巷口传至巷尾，"拌汤杂面，豆芽豆腐"，其声如小孩子的读书声，极富韵律感——那其实不是读书而是唱书，再加上地道的静宁南乡的口音，让人倍感亲切，浓郁的村庄味把人一下子拉到了故乡的田园。更有趣的是，后来她用一个可以录音的小喇叭代替了自己的喉咙，这个挂在自行车把手上的小喇叭冷不丁儿地喊一声，吓人一跳——倒是给她省去了许多吆喝之苦。可是由于录音的技术不过硬，"拌"字仿佛被双唇夹住，费了好大的劲才从唇间迸出。为学得逼真，我和女儿比赛着吆喝，常笑得东倒西歪。过惯了农家生活的小巷居民，或买一袋豆芽一块豆腐，再加甜葱、洋芋、粉条、肉片，来一顿热浪喷涌、香气沁人的滚烩菜；或买一袋拌汤，来一顿浆香四溢、清爽解暑的"浆水疙瘩拌汤"；或买一二杂面——豆面、莜面、荞面，都可做出正宗的农家饭，就着小碟的黄瓜丝、水萝卜片，大快朵颐，不亦乐乎。近年干旱，豆、莜、荞等杂粮少有收成，农事艰涩，盘中之餐，粒粒辛苦，每念及此，于碗筷之间不免会生出许多痛的滋味……

"修伞哎，修理煤气灶噢，修理电饭锅哦——"那一刻，小雨初停，一个带着淡淡南方口音的吆喝声在小巷回荡。极富磁性的男声，那样悦耳动听，那样从容不迫，于雨后的小巷，其声更显清新不染，细听，那后一个"理"字还略有变异，上声转阴平，更增加了吆喝的音乐美。咦，家里煤气灶的左盘和抽油烟机坏了，何不请他来修？他来时，推着一把破旧的自行车，后座夹着一个帆布工具包，个子挺高，头发略乱，脸色沧桑，衣着平常，给人极瓷实、极质朴的印象。一进屋，也不客套，立马干活，拆卸、换件、安装，手虽粗糙却很灵巧，几分钟工夫，煤气灶便修好了。等卸了抽油烟机，他翻转着看了看，说要带回去才能修，第二天交还。也许是最初印象的左右，我啥话没说便欣然同意了，并放心地付给他修理煤气灶的钱。等他推车走出巷口，一种少有的感觉突然撞得我心疼：假如他明天不来、后天不来、永远不来咋办？如今这世风……一个陌生人……咋这么少心眼，后悔吧！到第二天黄昏不见他的影，我失望至极，便在心里骂他千遍尤嫌不解心头之恨。可到第三天，他竟骑车来了，抽油烟机不仅修理一新，还擦得锃亮如初。"活多……油烟机脏……对不起……"听着他的喃喃细语，我在心里把自己骂了千遍、万遍，为我的多疑，为他的诚实。"修伞哎，修理煤气灶噢，修理电饭锅哦——"吆喝声又起，那么悦耳，那么磁性，那么从容，一直回荡在小巷上空，回荡在我今后的生活中……

"哎——鸭娃儿""卖鸭娃儿——"听着这并不高昂但能揪人的叫卖声，你会心生怜悯，为之震颤。我们这西北小城，见到鸭子已属不易，更不要说养鸭了。哇，满满一箩筐，站着、挤着、钻着，也有几只，眼睛微眯，静卧其中，也许在闭目养神吧，也许在想着心事吧，更可能在思念妈妈吧，反正是那样的神情专一，那样的气定神闲，全然不知同伴们的拥挤，不知世界的瞬息变幻。乍看，满眼晃金，细瞅，橙黄中夹杂着淡青。六岁的女儿蹲在旁边，小嘴里"鸭鸭——鸭鸭——"异常怜惜地唤着，一边用小手轻轻拨弄着，一只睡觉的鸭鸭还被她给逗醒了——这简直就是妙手丹青笔下的一幅戏鸭图啊。看着女儿喜爱的样子，我们便买了一只。

回家细看，只见它淡黄绒毛，偶有几笔水墨点缀，长扁前圆的鸭嘴涂着靛青，圆圆的眼睛清澈见底，带蹼的鸭脚仿佛伞翼。女儿欢天喜地，给它取名"黄黄"。一会儿的工夫，黄黄已经认下了女儿，女儿在前面走，它便昂着头、挺着嘴，极快地挪动鸭脚，紧跟其后，形影不离，不管大人如何戏它，它就是不理，只管跟着女儿窜出窜进，俨然是她一人独有的、最亲密的朋友。更有趣的是，女儿走直路它还能跟上，倘一转弯，它便立在那里东张西望、不知所措。女儿对黄黄疼爱有加，常两手掬起，用小脸蛋挨着，久不释手。只可惜没问卖鸭人这鸭子的生活习性、饮食习惯，是喜暖？是喜温？是喜菜？是喜粮？都不得而知。起初，我们试着用小米、馍渣喂，它只是用嘴啄一啄，后来用菜叶喂，它根本不屑一顾。第二天上午，忽醒悟鸭子最喜水，我们就像发现新大陆似的放它进盆，谁知它转悠了几下，就要急着出来，远没有出现我们盼望的那种上下翻腾、自由冲浪、悠然嬉戏的景象，且出水后冻得直抖，一副柔弱无助的样子。女儿午休起床，不见黄黄，急得抹泪，满屋找遍，谁知它竟卧在女儿的一只小拖鞋里，眼睛微闭，头抬得很高，扁嘴在快速地翕动，那天真的模样中透着可怜。到了下午，它不吃不喝，表情忧郁，精神低迷，至黄昏竟默默死去。多可爱的一个小动物啊，可惜就这样早早地结束了生命！

之后的几天，一家人的情绪很是低落。特别是女儿，每想起黄黄就哭，并一直念叨："咋没买两个？买两个，黄黄就有伴了。""买些鸭食就好了。"尽管事情过去很久了，但这对我的震撼非常大。我常想，生命本没有贵贱之分，而只有长短之别；生命就像一朵花，只有植根于适宜的土壤，它才开得壮丽，开得久远……

小巷，普普通通的小巷，那些有滋有味的吆喝声依然在继续，小巷

的人们依然在忙碌。生活，在小巷的吆喝声里丰富着；日子，在小巷的

吆喝声里延长着……

2003 年 11 月 3 日

早春二月

　　二月二一过，冬天留下来的那点小尾巴，就算完全脱尽了。春天像一位久别的朋友，在不经意间，突然迎面和你撞了个满怀。

　　天气渐渐暖和起来，人们把棉衣扔到一边，翻出春装穿上身，试着走出家门。空气中似乎还飘浮着一丝寒意，但不认真去感受是察觉不到的。一场无声无息的春雨消消停停地来，只把山川、树木，还有小路淋得湿漉漉的，它们又消消停停地去了。这时，会有一种清爽的气息，从脚下升腾起来，将你紧紧地包裹住，浑身的筋骨轻柔地动了一下，头脑醒了，眼睛亮了，脚步轻了，就想去操场上跑步、打拳、踢球……人们迈着细碎的步子，在被春雨打湿的路面上，小心翼翼地走着，怕脚下一打滑，弄一身的春水春泥。

　　对面的山，连绵成一条起伏的线，清晰得可以数出线上长出的无数个点，那是前年种的小树，正可着劲儿地往上长呢。等长大了，再遇到人们的目光，它们就不会羞羞答答的了。山下的小河，早已抛去了冬装，涨起一河又黄又亮的水，像流泻的音符，汩汩叫着向远处流去，一个转弯，不见了，却在更远的地方闪了一下身。

柳树、桃树、杏树，还有苹果树，它们蓄积了整整一个冬天的力量，在体内膨胀着，想必已经有了向外挣脱的冲动。你看，那些性急的绿，不是已经渗出树皮，正在向枝头漫上去吗？先前还不知躲藏在什么地方的芽苞，这时候已爬得满树都是。

人们挽起裤子，走进去，目光在树上一遍遍地溜过，再也不想离开。脚下是松软的潮，那是春正在悄悄接受着泥土的邀请呢。

不是吗？这片被西北风捆住的泥土，终于在二月头上解冻了，并赶在三月的鲜活来临前，让麦苗长出了片片嫩黄。走出小院的老农，一大早就进山了，他把一篮饱胀的种子，扬手交给了土地。有了种子做伴，地里开始发出流动着的声音，被吵醒的蚯蚓，弓着身，在翻耕过的地里动了一下，又悠然睡去。

小草在道路边、墙根处、山坡上……从经年的荒草中，顶开地皮，冒出尖尖的小脑壳，细嫩得叫人不忍多看。有的已经长出了两片小小的叶芽，仿佛一对触角，在空气中探到了春的信息。又仿佛一双小手，向上使劲举着，也许是在迎接一队寻找春天的旅人吧？

布谷鸟叫了！黄鹂鸟也叫了！声音是极舒展的，向周围扩散开来。它们站在枝头，一会儿梳理着羽毛，一会儿又像寻找什么似的，东瞅瞅，西望望，好像在互相询问：去年的小燕子还会回来吗？还会用尾巴剪出细眉样的柳叶吗？去年的桃花雨还会提前赶来参加春的典礼吗？

几个背书包的孩子，去追垄上漫过的一缕和风，他们正在构思着一个风筝般飞翔的梦。风却翻过垄畔，飘过河湾，一路小跑着，不见了踪影。孩子们怔怔地望着风去的地方，怅然地回到学校。不一会儿，小学的喇叭里传出广播体操的乐曲，一群晨练的人们，也跟着喇叭做起了广播体操。谁家的小狗也起了个大早，像对什么都感兴趣似的，这里闻闻，那里看看，不时在做操的人群里撒着欢。几个唱秦腔的老人，蹲在地埂边，你一句我一句地对戏。

"天街小雨润如酥，草色遥看近却无。最是一年春好处，绝胜烟柳满皇都。"是啊，早春二月，趁着春之声刚刚响起，春讯刚刚传来，春色春意正在酝酿的时候，人们释放了一个冬天的心事，正在构思一本三百六十五页的长篇。这部长篇能不能写得精彩，就看二月这个头开得是不是有吸引力。人们挥起手笔，在各自的田字格上匆匆书写，等到杨柳堆烟的暮春时节，这部长篇最精彩的情节定然已交付出去，就看"大地出版社"如何出版和发行了……

2007 年 3 月 28 日

实习记忆

偶翻影集，一沓黑白照片让我眼前一亮，这不是我们实习时和小同学在一起吗？我慢慢翻着这些方寸天地，一一辨认着他们。记忆的触角穿越时空，向纵深延伸。望着这些熟悉的笑脸，脑海里起伏着一波一波的浪花，仿佛清晰，却又稍纵即逝。我努力使自己的心绪平复下来。此时此刻，它们是特意为我展开的一方方窗口，真愿意透过它们，让我再回到十九年前……

1988 年夏，平凉师范毕业前夕，我们进行了为期一个半月的实习，时间应该是 5 月 15 日至 6 月底。

我实习所在的学校叫新民路小学，地处平凉市新民路北侧的一个小巷子里，和清真寺遥遥相对。前年有机会去平凉，有意在那一带找过，想看看当年实习过的学校现在成了什么样儿，可惜没有找见。不知是搬迁了，还是自己找得不仔细。那一带，是回族居民的聚居区，新民路小学理所当然是一所以回族学生为主的小学。校长姓白，胖胖的，年纪五十开外，名字和长相已不记得了。教导主任姓魏，是一位很干练的女教师。实习期间，我除了教课，还兼实习教导主任。如何排课，如何调课，如何进行日常教学管理，事无巨细，魏老师都无一例外地教给我，使我受益颇丰。毕业分配后，我回乡任教，曾担任过教导主任，这方面的工作能做到驾轻就熟，正是得益于这一段经历。

实习分班是按照自愿进行的。我选了二年级二班作为自己的"实验田"，我当语文老师兼班主任，庄浪籍同学陈鹏当数学老师。有了各自的班级，同学们就像三月的花事，暗地里较上了劲。平时课堂上蔫头耷脑、操场上称雄逞能、饭厅里高歌猛进、宿舍里翻江倒海的同学，这会儿一个个严肃得跟教授似的，备课、批改作业，忙得满脸一本正经，浑身不亦乐乎！

二年级二班原班主任卫淑琴，短发，五十多岁年纪。见第一面时，她的善良，她的和蔼，让人不由得想起母亲。交接班级时，她对同学们反复叮咛，苦口婆心，临了，还带头鼓掌。面对这样慈祥的老师和四十五张稚气未脱的笑脸，我的心里充满了暖意。

不料第一课便遭遇不利。也许是双方因生疏而感觉新鲜的缘故吧，面对他们，甚至他们调皮捣蛋的行为，我不但宽容，而且赞赏；面对滔滔不绝的我，他们显得异常兴奋，在那里不断地说话，有的甚至跑前跑后，想让他们停下来，显然是徒劳。备好的课无法进行，索性牺牲一节课的时间，让他们闹了个够。接下来，我使出浑身的劲规范他们，说服他们，磨合了好几天，相互之间才建立起了一种默契，课堂气氛随之融洽了许多，活跃了许多，课也上得很顺畅。我完全被感染了，因为他们的热情，他们的天真，他们的无邪，以及他们的憨态……他们是一群可爱的孩子！孩子们见了我的老师，会说："老师的老师好！"我的老师急中生智，忙说："学生的学生好！"下课了，他们会围在我的身边，叽叽喳喳说个不停，像一群快乐的小鸟。有的同学从远处直冲到跟前，气还未定，便扯着嗓子嚷："老师，她作业还没写完，你去批评啊。""老师，他骂我呢！""老师，老师，她迟到了没打报告，你管管吧！"其实，他们也仅仅是说说而已，为了引起你对他们的注意罢了，并不是真让你去解决这些问题，因为他们话还没有说完，你还没来得及看清是谁，他们就已经转过身，一溜烟似的跑了，等你目光所及，他们早已和同学们打闹在了一起，像什么事也没发生过。

一天，我组织学习课文《要是你在野外迷了路》，因为有卫老师听课，同学们显得格外认真和专心，教与学的效果都超乎寻常。课后，卫老师赞不绝口。这让我突增信心，遂产生了公开教学的念头。思路一旦形成，竟兴奋得再也放不下。我把这个想法跟我的班主任张志斌老师一说，他非常支持，鼓动我不要放弃。就这样，我被推到了风口浪尖上，想回头都不行。公开教学的那天，新民路小学原任的和实习的全体老师，坐在二年级二班的教室里，听我上公开教学课《狼》。可爱的同学们太配合了，教、学双方都没有被这么多的老师所吓倒！我拿出精心准备的课件、挂图，不慌不忙地读、拼、写、问、教，板书设计一目了然，富有情趣。那一节课，也许是我从教生涯中最成功、也最难忘的一节课。课后，听着老师们很高的评价，我的心里美滋滋的。也许正是由于这节公开教学课的成功，实习结束后，我还被评为优秀实习生呢！

批改同学们的作业，简直是一种享受。他们回答问题仍然脱不开儿童的稚气，即使错了，也显得特别有趣。比如，用课文上的生字组词，你瞧有的同学是怎么组的：用"老虎受骗了"的"受"组词，有组成"虎受"的；用"小鹿啦，野猪啦"的"鹿"组词，有组成"鹿啦"的；用"千军万马，横冲直撞"的"横"组词，有组成"马横"的；用"千万子孙排得密密层层"的"孙"组词，有组成"孙排"的，等等，如此例证，不胜枚举。真难为他们，不知啥时学会了这样顺手的"拉郎配"。班上有一小同学叫马勇，坐第一排。一次，学完留言条的写法后，我布置家庭作业，让写一留言条。第二天交上来一看，马勇同学写的留言条署名"马勇凌"。我想了半天，仍不明白，便叫他来问："你改名字了？""没有。""那你的留言条上为啥写的是马勇凌？"他只顾笑，不回答。看着他不好意思的笑容，我恍然大悟，赶忙拿出课本一看，果然，课本例题上的署名是"王晓凌"。原来，他看人家署名是三个字，我这两个字，怎么办？那就凑成三个字吧！

　　班上有几个调皮的学生，我至今记忆犹新。学习委员孙宇鹏，课堂上最活跃，回答问题既准确，又简练，语数齐头并进，成绩名列前茅。顽皮好动的者琪，上课时注意力只有五分钟，五分钟之后，任你讲得天花乱坠，他也充耳不闻，自顾自地在那里摆弄东西，但他的学习却特别好。调皮、淘气的贾东吉，有次来办公室，说他牙疼，要请假去看病。我心想，孩子有病，应该准假吧？可当时多了个心眼，没有表态准不准，让他找卫老师请假。一会儿他来了，说卫老师准了假。既然卫老师同意了，我就没得说，便放他回家。后来，和卫老师说起这事，才知道，贾东吉去请假，说杨老师已经准了，卫老师只好同意。得，他给我们上了个可爱的连环套！还有一个学生，胖胖的，想起他，我的脑海中就会有一个清晰的画面，挥之不去，每每想起，总让人忍俊不禁，可惜记不起名字了。每次上午第三节课一结束，他就会把书全部装进书包，背好，两手握住书包背带，端坐在座位上，一副随时准备出发的模样，第四节课上，他便什么也不做。你让同学们读课文，在其他同学大声朗读时，他也在那里摇头晃脑，嘴唇翕动，一副认真读书状。下课铃声刚响，等不及宣布下课，他已经迫不及待地第一个冲向教室门。不管你如何去要求，他依然是憨憨的样子，屡教不改。

六一儿童节，学校举行了一次全校性的智力竞赛，我作为实习教导主任，理所当然做了主持人。赛场就设在楼前的院里，参赛同学坐在前面，其他同学坐在后面呐喊助威，我站在对面读题。读着读着，竟把"小兔子"读成了"小肚子"——平时不好好练习普通话，这不，丢洋相了吧！全校师生顿时哄堂大笑。比赛一结束，六年级同学便叫我"小肚子"。第二天，我来到教室，但见班上乱作一团，跟开了锅似的，仔细一问，原来他们正在大骂六年级同学，为我打抱不平呢。

实习快要结束时，同学们表现出一种儿童才有的率真的依恋，让人不忍割舍。一天早自习，我正在办公室批改作业，有实习老师要我的语文书，说是班上学生要。一会儿语文书送过来，打开一看，是班长苏惠霞送来她的期中考试卷，另有两张图片。这使我忽然想起，前一天下午放学前，苏惠霞和几个同学问我喜欢什么，问得我莫名其妙。有的说要送明信片，有的说要送小荷包，还问我这些东西喜欢不喜欢。我说都喜欢，但我什么也不要，只要他们学习好，顺利升入三年级就是送给我最大的礼物。不想，他们把这当真了，你看，苏惠霞连试卷都送来了。此后，他们便一发不可收，有送日历、卡通图片的，有送荷包、工艺品的，还有送他们全家福的，不收都不行。同学孙月娟很郑重地送我一张稿纸，上面工工整整地写着一个二年级学生对老师的祝愿："请您收到。杨老师您好，我们班的同学不自觉，请你元（原）亮（谅）。我晚上睡觉的时候，都可以梦见你 biyie（ye）了，分倍（配）了一个最好的学校。我还梦见下课了，你跟我们说呀、跳呀，多么痛快。杨老师请你记住我们班的同学，我们的老师。同学：孙月娟。1988 年 6 月 26 日。"旁边还贴着她和苏惠霞的照片。这一个特殊的礼物，我把它贴在我的毕业留言册上，翻看它，就让我想起那些天真烂漫的同学们。只是我这个当年的小老师，已经不能一一叫出他们的名字了。

难忘的 1988 年！难忘的新民路小学！难忘的二年级二班的老师和同学！老师卫淑琴，同学孙宇鹏、苏惠霞、马少杰、张峰、者琪、贾东吉、孙月娟、张亚敏、张玉敏、者小琴、于铃芳、刘亚丽、袁淑芳、赛永强、马玉海、冯世权、马勇……

十九年了，当年的小同学，而今也年近三十了吧？只是不知他们足迹何处？也不知他们过得可好？卫淑琴老师，也该早已退休了吧？

2007 年 3 月 23 日

青 杏

让时光转个身，顺着来路倒走二十几年，回到 20 世纪 80 年代初！

如果说在混沌的脑海中尚能渐行渐近清晰起来的记忆，关于 80 年代初的印象，恐怕只有来自于肠胃深处的紧张感了。

虽然，家里承包了不少土地，但要从根子上驱散笼罩在家里的穷气，的确不是一件容易的事。尽管从土里长出的庄稼，因父母的辛苦劳作，已渐渐显露出丰收的迹象，但要真正走上温饱之路，总显不足。因此，处在那个阶段，我的基本生活状态是：中午、晚上在家里吃上两顿饭，其余时候，便拖着瘦小的身躯去学校，除了上课之外，剩下的时间，就是拼着劲对抗肚皮里面烧灼般难以忍受的饥饿感。

终于，有一天，我没能守住本已危乎其危的道德大门。记得那是 1981 年，初一第二学期，一次测验考试之后，趁着同学们在教室外叽叽喳喳对答案的空当，我敏捷地穿行于教室的桌椅之间，并很快发现了一个叫杨映余的同学的帆布书包里尚有不少饼子，且是那种白面做的、放了不少胡麻油、名叫"油旋"的饼子呢——只是放没放苦豆之类的调味品，我想不起来了。这个发现让我好一阵兴奋，以至于狂跳的心似乎要蹦出来一般。白面那熟悉而又陌生的气味伴着胡麻油的芳香，像一把锋利无比的长剑，直指我那因饥饿而收缩成团的胃部，让人在瞬息之间便失去了意志，除了高举双手投降，不知还能有什么作为。请原谅我的贪婪和失德，要知道，胃部一阵紧似一阵地烧痛加上如此巨大的诱惑，想要抑制自己偷食的欲望，在那个年龄、那个年代无论如何是做不到了。不幸得很，我终于伸出了手，拿了一点，迅即放在嘴里，还没来得及咀嚼，就囫囵吞了下去。也许是太饿，抑或更多的是因为太紧张，总之，在急急忙忙中，虽然没有细细品出它的味道，但白面和着胡麻油的香味显然已经而且长久地跳荡在了我敏感的舌尖上，充盈在了平时毫无福气的口腔里。接下来的举动可想而知，从起初的吃一点留多数，到后来吃多数留一点，再到最后索性一不做二不休，吃掉全部，打扫战场，不留痕迹。

同学们不无愤慨。有的谴责，有的则已粗话相向。映余同学更是骂着祖宗八代——要知道，他家在后峡，离学校足有二十里路，因为路远，中午不能回家，这些饼子是他的午饭啊！面对此情此景，我既没有勇气站出来承认，更没有胆量还以牙齿或施以拳脚，相反，为了掩饰，我毫不气馁地加入到这支义愤填膺的队伍当中，且和大家一样，把偷食者骂了个狗血喷头。事情的结局并没有因为我也骂了难听的话而有丝毫的改变。我至今也不能明白，同学们靠什么来判定是我所为，虽然没有指名道姓，但他们看我的目光已然变了样子。此后的日子，同学们和我若即若离。既然说也无益，只好不开口，默默然承受着一切。

不久，就出事了。映余同学星期四请假，说是帮家里干些什么农活，星期五、星期六没来上学。星期一早上，我们去学校，见老师站在教室门口，阴沉着脸，一根接一根地抽烟。老师说，映余同学在上学路上出了事，并说是派出所来人调查时告诉的。原来，映余星期一早上出门上学，走到崖畔上斜生的一棵杏树旁，见杏子已经有指头肚那么大了，虽然离长熟还远得很呢，但偷尝青杏的酸涩却另有一番趣味，于是，脱鞋、攀树、摘杏，手边的摘完了，便伸手向更高处。但不幸总是无法预知的，随着咔嚓一声，映余同学、踏断的树枝、甩出去的青杏，一起从崖上飘落而下……老师说着，已哽咽不能语，同学们也唏嘘一片。难过瞬息弥漫了我的心田，除了为他哀痛之外，尚有不能言说的愧疚。下课了，我一个人跑到操场边上，任由泪水倾泻而下，为青杏一样的年龄而哭，为青杏一样的映余而哭……

这也许是我的同学里走得最早的一位，以至于早到我竟来不及向他说一声"对不起"！

2007 年 11 月 7 日

邮邮我心知

在我的书架上，有一层摆放邮品的专区，整齐地摆放着 1986 年以来发行邮票的插册（当然有些是不全的）、部分首日封插册和实寄封插册。工作之余，立于书柜前，随意地抽出一两本，慢慢地翻看，细细地品味。看着邮品上或特意或无意留下的痕迹，我会自然地想起他们。

1990 年，我到某机关工作，在那里，结识了小 C 和小 M。

单身的日子总是惬意的。先不说每天三餐上机关灶，给我们腾出了许多逍遥的时间，单就饭后的活动就有很多趣味。一般是等把手头的琐碎事交代清楚，主管们不再找我们的麻烦，等在灶上急慌慌胡乱扒拉几口饭（绅士一样细嚼慢咽是等不及的），不用说，这个时间就是我们的了。照例先要披着晚霞到篮球场上抵几回牛，掉几身汗，再回到办公室看每天固定时段播出的动画片《猫和老鼠》。之后，一边模仿着 Tom 和 Jerry 的动作，嘴里学着 Tom 和 Jerry 的台词和腔调，一边打打闹闹地来到那个属于他们的小房子。

房子是套间，小 C 住里间，小 M 住外间。外间的公用桌上堆放着他们待处理的公事，这个时间是没有人去过问它们的。我们会毫无负担地聚在小 C 的套间，看着他小心、慎重地打开旧办公桌的抽屉。只有在这个时间，他才会向我们开放他的珍藏。那里面的确是些宝贝：精制的邮册里夹着奇妙无比的邮票——我从未见过的邮票。他会用一个小巧的镊子，小心翼翼地捏住一枚，从一个小小的塑料袋里抽出来，让我们用放大镜看。他庄严的表情，一板一眼的动作，得意的讲述，都在撩拨我好奇的心。那是一扇为我洞开的、通向方寸世界的神奇窗口，一扇美妙绝伦、精彩纷呈的窗口。说实话，我见过的邮票几乎都是普票，就是贴在信封右上方、普通得像路边的茅茅草一样的邮票，品类如此多样、设计如此精妙、构图如此完美、配色如此和谐的邮票，的确是第一次见到，难怪见到它们，我几乎要手之舞之、足之蹈之、兴奋得一塌糊涂了，也难怪从此后，我会和集邮结下不解之缘。于是，平生第一次拥有了自己的邮册，拥有了自己的邮票——尽管刚开始的收藏全部是一些用过的废旧票。也平生第一次知道了什么是特种邮票（T 票），什么是纪念邮票（J 票）；第一次知道了什么是小型张，什么是小本票，什么是小全张，什么是四方连；第一次知道了什么是首日封，什么是实寄封，什么是纪念封；第一次知道了什么是纪念邮戳，什么是邮票定位插册，什么是护邮袋；一并知道了镊子、放大镜这些工具，以及胶版、影写版、雕刻版等等集邮术语。

真的该好好感谢小 C 和小 M，是他们让我迷上了集邮，让我成了一名集邮爱好者，是他们填补了我知识的空白，让我懂得了生活的种种乐趣，以及集邮路上寻寻觅觅的酸甜苦辣。

刚开始收集邮票，图的是数量，如果能在较短时间内收集一大堆邮票，胡乱插在一本刚买来的邮册里，一有时间便翻看、欣赏，那已是一件让人无法成眠的事，并不过问类别、新旧、零套等。为了实现这个愿望，但凡看到贴有纪念邮票、特种邮票的信件，一律紧追不放，直到从信件主人手中拿回信封为止。拿到信封，兴奋不已，几个"谢谢"还没说完，人已奔到宿舍，提了脸盆就往水房跑。用清水将信封浸泡一会儿，轻轻地揭下邮票，用干净的绵纸擦掉背面的粘胶，然后夹在书页里吸干水分，过两天拿出来，就是一枚平整的邮票，只不过是用过的罢了。等到自认为有了一些资本了，便拿出来和小 C、小 M 他们交换，互通有无。名为交换，其实大多是他们拿出崭新的邮票施舍于我，而他们并不曾获得过我的什么，我的那些宝贝邮票，他们是看不上眼的。后来我也懂了，有长余的邮票，拿出一套来，作为礼物馈赠给他人，于己无损什么，于他，却是一件雪中送炭的好事。真要拿出自己的唯一或最爱送人，就不太容易。如果送了，也因此而显得弥足珍贵。有了丰厚的基础，我便也常常拿出些邮品来，作为礼物，签名后赠送友人，长者不足论，赠送我唯一的珍藏，足见友情的可贵和长久。

旧邮票集得多了，开始按成套的整理，全新的有几套，旧的有几套，需要更换的有几枚，补缺的有几枚，都能做到心中有数。这时，集邮就有了目的性。有时一套邮票就差那么一枚，死活收集不到，竟累成了心病，郁郁无法释怀。等到有一天，忽然得到了，真是爱不释手，连睡着了都会笑醒，仿佛办成了大事一样开心。

用过的邮票，即使集得再全，也是不值钱的，有胜于无罢了，其实没有多少深意。要集全邮票，非得花代价不可。20 世纪五六十年代的、

"文化大革命"系列的、80年代的邮票，我是无法集全了，有的甚至无缘一见，只能在书上睹其芳容。比如"80版"猴票、梅兰芳小型张等等，不胜枚举。那些个尤物，一来价钱炒得太高，二来货本来就少，只好从1992年新一轮生肖票开始，每年都预订下邮票，求得个集全、集新。虽然省却了许多麻烦，但也没有了众里寻它千百度、苦苦求索终得之的甜蜜和心跳。如今，我的集藏柜里，已摆了二十多本年册，还有几大本1992年以前的邮票，只是缺额太多，且大多缺的是小型张，不容易收集全的。

自知自己邮票太少，无法和小C、小M他们相抗衡，和他们无论比数量，还是比品相，无论比种类，还是比年代，都会一败涂地，于是我别出心裁，自己制作邮册。选一种质地较好的绘画纸，剪裁成十六开大小，左面用透明胶布粘贴在一起，成书册状。每一页介绍一套邮票。我会在册页的适当位置粘好护邮袋，装上邮票，然后用碳素笔把邮票的产生、设计过程，或邮票所反映的事件、故事的内容、出处，或其他相关背景材料，工工整整地抄写上去，并配上插图，形成图文并茂、别致新颖的邮票定位插页。这些事都是秘密进行的，等把一年的邮票搞完，我拿着自己制作的邮册去见他们。看完后，他们那惊讶的表情，至今仍历历在目。我为出一奇招打败了他们，使他们对我刮目相看、不再傲不可驯而暗喜了好多天。可惜用来制作册页的纸不过关，邮票放置时间长了，全部变了形，只好罢手。

有了这些创意和实践，我们之间经常制作一些小巧别致的纪念封、拜年封，相互赠送，以示留念。1995年元月，在外地求学的他们，特意用 1989 年中华全国集邮展览纪念封一枚，祝贺我新婚。自剪的红双喜贴在纪念封左下方双鹤玉翅上，两颗相连的红心紧贴在我和妻子的名字旁边。这枚寄托着小 C、小 M 祝福，饱含我们之间友情的纪念封，已珍藏在我的实寄封插册中，成为我的最爱。

现在，我们都有了家室，并早已离开了原来的单位。虽然不像从前在一个单位时那样可以时时相聚，但隔三岔五，我们仍能聚在一起。尽管已不再交流集邮心得、切磋集藏技艺，但那份因邮而生的情谊，相信我们会珍藏永远的！

2007 年 2 月 3 日

书　缘

一

2010 年冬，友人捎来一本清末秀才、先贤受庆龙先生的《博达游记》复印件。《博》系受先生于清光绪三十四年（1908）夏与友人游历新疆博克达山（今为博格达山）后所作，于宣统二年（1910）由新疆官书局出版，已历百年。《博》记述旅途见闻，纾解心中块垒，细腻处，则春风化雨，豪放时，则慷慨激昂，深得世人推重。手捧《博》书，静心翻阅，见复件字迹清晰，与曾经看到的他人所藏复件字迹漫漶大不相同，且前后字迹不甚统一，其中杂有圆润之笔，笔势欠稳，不似原字迹笔挺如刀，一书二迹，百思不得其解。收书当日，即给友人去信，以示谢忱："《博达游记》，已读数遍，甚喜。谢兄惠赐。"隔二日，友人来电，始解复件字迹不一之惑。因原件字迹暗淡，再复，则多有模糊者，友人便拣暗者逐一细描之，遂有此清晰不同于以往复件者。友人忙于政务，少有余暇，然对待朋友，如此挂心，实令人感佩之至，《博》书也因之更显珍贵。

二

20世纪80年代，在平凉师范的校园，我曾观看过电影《高山下的花环》，对其印象颇深，遂产生收藏李存葆同名小说的愿望，几经搜寻，都无结果，只好藏之心底，待以时日。可没想到，心事一搁，便是二十余年。2003年，常去小巷旧书摊翻书，结识摊主老H。因酷爱文化，老H下岗后，放弃众多能来钱的门路，支起了旧书摊，以贴家用。摆摊之余，则吟诗填词，写字作画，虽手艺平平，但乐在其中，尽管收入微薄，以至常常捉襟见肘。他对每次走街串巷论斤论两收上来的旧书籍，总要细心整理，遇有自己喜爱的旧书，就藏在家中，从不摆上书摊。久而久之，收藏的旧书籍堆不下了，索性把房子的一整面墙辟为书架。我去看时，他那满满当当一墙书，让人眼前一乱。后来在闲聊中，对他说了自己二十年的愿望。他听了，直言自己有一册，但珍藏，不卖与他人。过了三年，实在拗不过我的软磨硬缠，只好忍痛割爱，低价让之与我。拿到《高山下的花环》的当日，我即在书的扉页记下了与该书结缘的过程，时间是2006年6月5日。当晚，我含泪读完这本小说，一夜无眠。

三

丰子恺先生一生笔耕六十余载，大作颇丰。他的文章与漫画仁风道骨、佛性童心，让深爱他的人几欲痴狂。先生有一部作品，相继创作历时四十六年，这就是六册《护生画集》。自1929年2月第一册问世以来，这套不凡的画集便大为风行，影响深远，不仅因为其画有佛、多人题诗，更是因其背后感人的故事。《护生画集》是子恺先生为他的恩师弘一法师祝贺整寿而作，始画五十幅以贺五十寿，此后，相约每十年画一集，每集增画十幅，以至百寿。弘一大师 1942 年 10 月圆寂后，子恺先生践其"世寿所许，定当遵嘱"的承诺，如约完成后面 340 幅护生画作。遗憾的是，先生未能看到画集六册出齐，便于 1975 年 9 月溘然长逝。我感佩于先生纯熟的画技，感叹于先生持久的画风，更感切于先生重诺的人品，于是，发愿定要拥有一套先生的画集，不仅为鉴赏他的画，更为抹去心中的浮躁与不平。所幸 2001 年 4 月，由子恺先生的女儿丰陈宝、丰一吟主编，京华出版社出版的《丰子恺漫画全集》（全九卷）出版发行，我便跃跃欲试，志在必得。然几经努力，寻诸各大书店，终无果而返。前不久，我只好问询于网络，发现某网站公然称其有先生的《丰子恺漫画全集》，价格不菲。我看中了一套九品旧书，第一册题词及总目录脱离书体，但尚存，并无大碍，然《丰子恺传略》一文第一、二页残缺。订吧，书残不遂愿；不订吧，心有不忍。一日，与一友聊及，他以为大可不必求全责备，既然得残不易，全者更不易得。如此之残，其残何有？于是，鼠标轻点，成交大吉。得书，手抄第一册《传略》残页，夹于书中，以为贵于全品。

四

袁枚说："书非借不能读也。"但凡读书之人，哪个没有借书与被借的经历？只是借了还，还了借，借了再还，是为常理。然天下读书人，谁人书柜不存别人书？谁人书不寄于他人书柜？如此看来，借书不还，忘而未还，时间一长，竟不知书主是谁，有意为之或无意使然，都可视为伤及风雅，但世情如此，也就不难理解了。20 世纪 90 年代，我曾拥有一套三本装的《平凡的世界》，忘了是哪个出版社的，但总记得它的模样儿，装帧、版式新颖朴素，很是养眼。捧读，除了手感极佳而外，心与书的互动通畅自然，有一种轻松愉悦之感。有朋来借，欣然与之。可半年过了，一年过了，两年也过了，仍不见归还。曾多次索要，因言也被他人借去，一波三折，山重水复，至今未归，尚不知其流落何处。因念及那套书里已留有自己的气息，其他版本的书也就很久不愿再买。2006 年 9 月 2 日，在二天门巷旧书摊，见有一种《平凡的世界》小字本，虽不免有不及三本装的遗憾，藏之品位不够，但阅读尚可，遂廉价购得，聊胜于无。像这种畅销书，书店里各种版本的比比皆是，失去之憾，仅仅是这一个与那一个的区别而已，憾而不痛。如果是旧版或内部资料书，失之，则无处弥补，那才是真缺憾，憾至心痛。父亲就有一套作家出版社 1954 年 7 月一版四印的《三国演义》，繁体，竖排，右翻，上下两册，父亲深爱之，珍藏箱底，轻易不示人。我上初中时，常找各种借口得之，放学后，骑于麦场墙头，读《三国演义》以守一地葵花，竟能多次领略其风韵。等自己对书籍版本感兴趣，向父亲索要时，父亲不无遗憾地说，邻乡碱滩村一人，曾专程来借书，他怕有借无还，便答应先借上册，待归还后再借下册。那人信誓旦旦，言之凿凿，欲两册同借，可父亲拿定主意只借一册。事实证明父亲的担心并不多余，上册离家多年未回，父亲深感不妙，曾以老迈之躯，步行二十里，亲赴碱滩索要，那人以书已不在为由，不肯物归原主。该版《三国演义》，虽有上下两册，实不能分离之一册，犹人之上下体不能分开一样，如果人为割离，天各一方，将复何及？自己曾有一套三卷本的他人私家《文稿》，于别人，也许无用处，于我，却别有意义，因为文稿中有我的大量心血。可这套内部刊物，现已三缺一，第二册被人借去查资料，从此"黄鹤一去不复返"，追要多次无果，声言被某人借去，穷追，则已某人复某人，复复不可胜数了。当年结集文稿，止印三十套，内部分发，早已分属各手，哪里能补得？

五

既是缘，则必缘聚缘散。既是书缘，便有得之之美，也有失之之痛。得之，既可随时翻阅，不缺内容美，也可玩赏版本，更有形式美。失之，则内缺外残，失在书而痛在心。然西有维纳斯，以断臂之体，成就残缺之美；中有《红楼梦》，以遗缺之书，光大红学之显。如此，书之得与失，于美已无关大体。比如借书不还，于一方是失，于另一方则为得，得失之间，书美无伤，失书之憾，也就释然了。只是尚不知阿Q可曾说过这样的话：书存于他人书架，是他愿意代人受累，于己，既可免管理之苦，又不付他管理之费，有此大益，痛之何来哟？

2011 年 8 月 5 日

西藏之美在路上

西藏很远，远在天边。过去，进藏不易，主要靠脚力，靠畜力，更靠心力。边远藏民赴拉萨，朝拜布达拉宫，在路上行等身礼，如果没有深入基因的心力，西藏就只是一种信念，一个向往。而现在，去西藏便没有那么难了，坐火车飞奔于天路，用不了多久，便站在了西藏的热土上。那里，天蓝，云白，山高，水远……一切都令人震颤，迷离而神往。

同是高原，黄土高原和青藏高原不同，除了外在的差别，其神韵，更是各有其味。如果说黄土高原给人以厚重、朴实之感，那么，青藏高原则显得高远、梦幻和神秘。见惯了黄土高原上的沟壑、丘陵，再见青藏高原的雪山、草原、牧马、羊群、经幡、寺院，总感觉有婴孩看世界般的新鲜和神奇。

西藏景致的分布，大体是"长藤串珠"式的，比其他地方的风景区，显得更远更分散，有的甚至在长藤的尽头。看景，似乎必须以更长的时间、更远的路程为代价。比如，从拉萨出发，去感受纳木错的辽阔，去品味扎什伦布寺的神秘……都远得让人犯困。

旋转在石磨上的岁月

　　去西藏，如果只是这样一味追逐"长藤上的明珠"，必然不能领悟西藏美的真谛。真正理解西藏之真味，是去了林芝地区之后。那次西藏之行，去林芝的安排并不让人满意，因为我们一早乘车从拉萨出发，直到晚上才到林芝八一镇，而第二天一早再原车原路返回。这整整两天的车程，似乎只是让我们见识了西藏的大、路途的远，而林芝地区那绝冠天下的美景则无缘一见。同行的人刚开始都把更大的期待放在到达林芝之后，以为到了那里，展现在眼前的，必然是一个拼盘式的、五彩缤纷的美景盛宴，因此，除了沿途需要下车观看的一些小景点外，其余时间，几乎是坐在车上闭目养神，至于路上有什么，车窗外有什么，不再理睬，一副单等目的、放弃过程的架势。我则不同，当车子一从拉萨出发，便睁大眼睛，紧盯着车窗外的辽阔天地，生怕漏掉哪怕一处让人心动的景致，因而，我的收获便何其多也。

　　西藏之美，美在过程。不是吗？即使坐在车内，一路飞奔，匆匆赶路，只要留心，那些有名或无名的众多美景就会向人扑来，美不胜收，揽之不及。顺着拉萨河河谷一路向东，途经河谷环绕、草原广布的墨竹工卡县，走进松赞干布的出生地；当车子渐走渐高、攀缘而上，踩在脚下的，便是寒气透骨的米拉山。这座雅鲁藏布江谷地东西两侧地貌、植被和气候的重要界山，不仅分野了西北边的拉萨河与东南面的尼洋河，也把林芝地区与拉萨地区的气候分得一清二楚。置身于海拔5013米的米拉山口，山风劲吹，人无法站稳，蓝天白云下，五彩经幡飘荡摇曳，掣地接天，藏民们的虔诚顿时深入骨髓。翻过米拉山口，就一脚踏进了温暖湿润、植被茂密的工布江达县，这里就已是属于素有"西藏江南"

之称的林芝地区了。沿着飞花碎玉的尼洋河东行，"中流砥柱"、阿沛旧居以及红教圣湖巴松措就会尽收眼帘；再去卡定沟，看悬崖、山林、小溪、瀑布、天佛……毋庸置疑，这些珠玉般的美景，是构成西藏美不可或缺的元素，但不是唯一。即使连接珠玉的长藤，也是处处佳构，步步景异。高蓝的天空，洁白的云朵，盘旋的苍鹰，圣洁的雪峰，灵幽的峡谷，苍莽的森林，碧绿的草场，多彩的野花……这些元素互相交错，组合，叠加，构成了一幅幅从冬到秋，从春到夏的立体风景画，山色不同，水色各异，变幻莫测，应接不暇。一天之内，四季同台，变幻流转。这时候，你即使瞪大了双眼，也感觉眼力不够；你即使敞开了心胸，也感觉内存不足——西藏之美，美得似乎很累，美得似乎一时不能承受。

在西藏，别睡觉，睁开眼，看路上。西藏之美，美在路上！

2011 年 8 月 8 日

还那样儿

晚来无聊，给朋友群发短信玩儿。短信飞出后，想着他们读后受了刺激一样怪异的表情，心里便暗自得意，准备马上收获一大筐回信，或坏笑，或怒骂，或顾左右而言他，都令人开怀。

我很喜欢朋友间这种类似于武林对决、高手过招的短信互传。陷阱挖好了，只等对方傻里傻气地一跳。可是，久等并无回音，都有点让人寂寞难耐了，正准备再发一信，想以"不回信者别来见我"相威胁时，"嘀里"一声，有信飞至。果然，朋友笑语先闻，继而问候近况云云。

有问则必答："还那样儿。"

朋友很快回复："还那样儿就好！我陪单位同事在外看病，已十天有余。人一上五十体力怯了，明显觉得不是那样了。"

多少读出了点味外之味。再回："真的，还那样儿还真难做到。只要还那样儿，就是说坚守住了些啥。"

复信又至："能如此甚好！"

朋友的话，很有些无奈，却也是实话。人是会变的，并取决于两种流变：一种是"时间流变"，谁也左右不了，只有被时间拽着跑，跑着跑着，身体首先办不到"还那样儿"了；另一种叫"世俗流变"，在这个复杂的过程里，最坚守不住的，就是人心，更难办到"还那样儿"。见过保存到夏天的苹果吗？刚出保鲜库，仅看外表，与新果无异，可劈其内心，则悄然已变……

2011 年 9 月 15 日

没有熟好的葵花

回了趟老家，背来几盘儿向日葵。刚从秆上割下来的，籽粒饱满，鲜嫩非常，看着已让人馋不能忍。于是，双手捧来那个最大的，放在盘屈的腿上，准备先从边缘下手，一粒粒消灭过去，到圆心直捣黄龙府，罄尽全盘，极口福之快。

不料一开始就遭遇"皮囊公司"，外面看上去饱满鼓胀，用牙一嗑，里面却是空的，一连好几粒都是这样。原来，处在边缘地带的那几行大籽儿，全都有皮无实。可能当初授粉结实、分配营养时，因离心较远而鞭长莫及，不幸成了边僻之地。看来，圆心处那扎着堆挤在一起的嫩籽儿，也就没有必要取下来了，连颜色都没有转过来，白生生的，一看便知是严重的营养不良，必秕无异。处在中心点上，为啥也没有结果呢？大概就是人们常说的"灯下黑"吧。

那么，中间地带是个啥情况？取一粒一试，果然有仁，且仁厚味长，耐嚼。也真是，这样一大盘葵花，总不能粒粒是空壳吧，得有一个交代的。掌握了这个规律，索性连牙也不用了，只需手指轻轻一捏，便可判断出真假来。一路捏过去，倒捏出了乐趣，好像吃葵花籽退居其次，而探知它的虚实成了主要任务，近于"小猫钓鱼"的游戏。

葵花吃完了，刚抬手想丢弃一旁，却发现这个残余有点意思，外围是空壳大籽形成的一线圆圈，中心是个小小的实心圆，剩下的便是刚刚倾情奉献了的中间宽带。这个特质类似于社会：两头的，毕竟是少数，而中间的，总是大多数。

2011 年 9 月 15 日

读　书

　　读书有什么好？理论家的精辟结论和读书大师的切身体验，毋庸置疑。手捧书卷，相信更多的人可以找到与大师的心有灵犀处，也不得不佩服他们的高明和智慧。李锐先生秦城监狱八年，作联："只要有书来做伴，自然无处不安家。"可谓达观人语，后来，有《龙胆紫集》问世，也就奇而不怪了。

　　我喜欢读书，只是喜欢而已，与大师们无关，也没有过多的理由为读书鸣锣开道。据一项民调显示，全国仍坚持读书的成人的比例不到百分之三十。我不幸或者有幸落难于这少数的一群。

　　民国时的国语课本上这样描述动物："禽兽之属，饥知食，渴知饮。又能营巢穴，以避风雨。其奇者，能效人言。唯不能读书，故其知识，终不如人。"反过来理解，读书便成了人的基本特征。这也是我所见过的关于读书最厉害的说辞。有玩牌者三缺一，来拉我入伙。见我临窗捧读，便大谈玩牌的热闹，声言现在社会谁还读书，那是脑子受了伤的人的事，再三劝我放弃读书，很像基督劝人弃恶从善。我本不反对玩牌，偶尔也参与其中，但如果要读书为玩牌让路，甚至忌了读书，则很有必要回击一下。于是，便顺口背了上面这段课文。我承认这有些刻薄，甚至残忍，但作为反驳，还是给力的。

读书之于我，犹人之吃饭穿衣，已上升为一种生活常态。生活不足，读书补之；生活足了，读书，该是享受福利了！

2011 年 9 月 19 日

不惑之惑

朋友当年在教育部门任职时，在中小学极力推行传统文化经典素读，此举开全市风气之先，功在首创，可谓目光高远，出手不凡。期间多次组织中小学素读比赛，一时校园经声朗朗，蔚然成风。

应朋友之邀，我有幸看过两场素读决赛。参赛者都是经过乡、区层层筛选，最后逐鹿中原的风华少年。对此盛况，朋友曾填过一词《望海潮》："古城阿阳，遗泽沾溉，诗书文华之乡。十万学子，三千俊彦，遴选八十六强。韵压骚赋词，思追风雅颂，一泻汪洋。雏凤新声，玉润珠圆，诵华章。群贤荟萃一堂。引流觞曲水，汉魏宋唐。李杜苏柳，历久弥新，佳句千秋竞芳。熟读口生香。神交古圣贤，荡气回肠。经典根深基厚，血脉滋炎黄。"当年素读，大率如此。

作为应邀嘉宾，我当然坐观众席第一排位置。这个位置真好，不仅可以欣赏决赛全场，览尽选手风采，还可以带头为他们顺畅如流水、激荡挟风雷的诵读鼓掌。比赛之初，看着这些稚气未脱的孩子，我很自然地把自己当作"老师"、视他们为"学生"了。并且，作为"老师"，他们每诵一经典，我都会检视一下自己，诗文的出处何在？能不能准确背下来？原想是用来骄傲一下的，可万没想到，检视的结果，让我大吃一惊，原来我不及他们！即使早先熟知的一些诗文，现在也是上句不接下句了。赛程未半，先前认定的那种"师生关系"，已被调了个儿：他们为师，我为生。而且随着比赛的推进，这种认识也渐次加深。置身于这样一个经典回放的大课堂，我卒然明白，自己胸无点墨，真正一介白丁。当想到曾经因自以为读书人而看不起人时，脊背上的冷汗涔涔而下。真想逃离这个座位，躲到后面哪个角落里去。

我有些伤感。其实，我是什么货色，应该是早都定位了的，只是不自知罢了。20世纪60年代后期出生的农家小子，童年正处在"文革"时期，虽然适龄进学，但所学的课文是清一色与政治相关的内容，传统文化经典在那时恰是批判对象，无缘相见，哪里背得？课余，我们则要拔猪草、拾羊粪、捡麦穗……劳动光荣，读书何用？及至初中，赶上了改革，虽说那时自己已开始努力，学业日进，该记的全部记熟了，但也仅限于课本，与浩瀚的传统文化经典相比，乃沧海一粟。好在初中所记，至今仍留有痕迹，恐怕也就是这点底子了；后来上了师范，苦学的劲头锐减，虽然也学了好多篇章，但因没有升学压力，下的功夫不大，只能算作囫囵吞枣，至今无一印象。现在看，绕过高中是一个严重的失误，遑论没有上大学了。等到参加了工作，整天为这个叫"职场"的把戏劳神费心，"学习不好"是一种通病，我又哪能例外？这样一考量，自己的斤头不难称得明白。

好在认识了自己。正是孔老夫子说的"四十而不惑"，只不过我现在倒有了"不惑之惑"。怎么办呢？亡羊补牢，未为晚矣。那就从现在开始，来一个"经典大补"，一直补下去，期能有所增益。

2011 年 9 月 26 日

水　缘

与水结缘，是从无缘开始的。小时候抬着桶子，去山沟里找水，只差没有掘地三尺。水本是平常之物，却貌似高贵，碰面很不容易。生活中少水，就像人没有灵气一样，再怎么折腾也润不起来。西北人皮肤粗黑，头发针立，性子直率，据说与缺水有关。其实，西北缺的元素多了，可在人们的眼里，水的地位跃居诸缺之首。于是，水的理念便深入骨髓。打着背包苦旅的游子们，无论身居何处，见到水，总能搅起一腔乡愁。

一次去江南，看到水的恣肆类于嚣张。江南物产丰饶，也盛产水，但如果不是亲眼见到，很难想象地里长水是个什么样子。在水乡锦溪，我还没有上船，站在河埠头，就已欢呼雀跃。等坐在船上，置身于丰沛的水里，兴奋得几近发狂。视水为平常物的船娘，连声问这有什么大惊小怪的？归来后对人说，江南之好名不虚传，其余似不必羡慕，唯水，能把人嫉妒死。

曾经一度从事着"爬格子"的工作，据说这类活儿很容易染上烟瘾，火星明灭处，思路会随着烟雾蒸腾而上，一手夹烟，一手执笔，洋洋万言立就。可我"捉刀"多年，愣是与烟无缘。究其原因，大概是水的功劳。别人靠烟提神，我则靠水。写不下去了，便一杯复一杯地喝水，直喝到鼓腹，然后，慢腾腾踱着步子，去方便之所，一边消水，一边思考。还别说，堵塞的思路就像被水灌通了一样，畅达无阻。从此，便落下了一个喝水的瘾。与水结缘，恐怕正是这个时候。

按说，纸上耕田的人，酒是最好的助手。且不说文学创作如"李白斗酒诗百篇"那样的酣畅，单就写行政公文这样的苦差事而言，也有借酒一挥而就的。身边的一位领导，便是写这类文章的好手，只需一壶酒、一支笔、一本纸、一夜时，天明交卷，不需再改。坊间流传，有文秘人员怕吃苦，便提酒两瓶，把差事交给领导，自己到球场潇洒去了。领导平易近人，欣然受命，呷酒，挥笔，到金星升起时，画了句号交卷。可惜，我独不能饮酒，沾酒即醉。一次，连续起草三个讲话，到午夜仍不能休息，大脑木然，思路卡死，喝水已无济于事，便浅斟两杯白酒，意欲一饮贯通，不想竟昏昏欲睡，白纸上涂抹着连自己也不知所云的文字，第二天交上去，聊以塞责。此后，见酒就怵，更别说靠它"耕田"了。

还有茶。茶乃饮品中的王者，极能通神，何不借以"助耕"？如果单论品茶，那是需要心境的。最好雅居，环境宁谧，音乐舒缓，或一个人静坐读书，或三两个朋友围坐闲聊，才能品出茶的韵味来；可我面对的是催得很紧的讲稿，孤影独坐，相伴清灯，正是抓耳挠腮、搜索枯肠之际，再好的茶，也品不出什么滋味来。再说，茶经开水反复冲泡，到后来就温暾寡淡，乏味无趣，不像水那样坚守如一。茶喝久了，还容易在杯子上留下茶垢，清洗很是麻烦，不如水那样干净透明，喝过，杯子不锈，洁净清爽，不留痕迹。

与水有了不解之缘后，便经常饮水、看水、读水，对水就有了认识。我这样区别茶与水的关系：茶是饮文化中的"美学"，美学崇尚建构；而水，是饮文化中的"哲学"，哲学甘作基础。水具多重品质，它的性格刚柔相济，能屈能伸；它的内涵丰富多样，意蕴深广；它的胸怀宽阔坦荡，有容乃大；内敛时，平静如砥，波澜不惊；外露时，又波涛汹涌，激情高扬；最让我欣赏的，则是它的本色、淡泊和致远。这一点，最像人中君子。《庄子·山木》："且君子之交淡若水，小人之交甘若醴；君子淡以亲，小人甘以绝。彼无故以合者，则无故以离。"现在看来，的确如此。

2011 年 10 月 12 日

我有一把伞

一次去江南，正逢梅雨。情急中，于路边买了一把折叠伞。湖蓝色，上面印有四只卡通小兔子，跑步，打拳，踢足球，溜滑板，憨态可掬，富有趣味。本是无意购得，不料，伞的颜色正符合我的心意，上面又有如此生动有趣的图画，便偏爱有加。它不仅伴我走完了江南之旅，后来的日子，更是随身携之，为我挡风遮雨。用了好几年，偶尔有绑线掉落、环扣脱离的小毛病，稍加修理，就完好如初，模样虽旧，仍不离不弃。

前年吧，一天下暴雨，我撑这把伞走在街上。忽然一阵狂风，伞盖被整个儿翻过。风雨迷离中，掰正，撑起，发现其中的一条伞骨已被折断，不规则的断口悬垂头顶，弄不好有被戳伤的危险，它负责的那方伞盖，因失去支撑而滴溜溜掉着，随着走路的节奏，一上一下地闪动。撑不起来的伞，用来不便，且有违观瞻，只好再买新伞取而代之。我这人念旧，曾经用过的东西，犹往日朋友，不忍放弃。对这把伞也不例外，束紧，装套，置之柜中，颐养天年吧。

今年一入秋，便是好几天连绵阴雨。后买的伞，便随手携带。那天，应朋友之约，去了一家酒馆，酒酣，醉而归。醒后找伞，才发现丢了。窗外，秋雨仍下得淅淅沥沥，只好翻出那把断了骨架的旧伞，临时遮挡，有胜于无。不想，当我撑起它时，竟是如此熟悉的一个影子跃入眼帘，那一片澄澈的湖蓝色、那几只跳动着的小兔子立时撞向我的心怀，昔日的烟雨顷刻间幻化成了动漫，相伴的情景清晰地再现眼前。而当它淹没在一街游动的花伞中时，它的残损也几乎无人能见了。它尽力张大伞盖，用自己不再健康的躯体呵护着我，不让一滴雨打在我的身上。

　　此后的几天，我都用它遮雨，不再买新的。天晴了，在一个修伞人那里，为它换了一条伞骨。修好后，轻轻向上一推，只听砰的一声，一方干爽的空间便很坚定地撑了起来。那架势，俨然一个站直的人。

2011 年 10 月 25 日

乡情记忆

旋转在石磨上的岁月

　　故乡童谣："牛捉犁（犁，方言中读作"广"），种夏田；夏田黄，搬上场；连枷打，簸箕扬，一扬扬了七八装；磨子咯载，细箩细筛，擀杖上案，切刀走马；擀去擀成纱毡，切去切成麻鞭；下到锅里莲花转，捞到碗里一团线，三哥哥吃了八碗半，还说他没见。"如果把故乡的生产、生活看成是一个系统工程的话，那么，这个童谣说的就是故乡从秋播到夏收、从归粮到打碾、从磨面到做饭的工艺流程。尽管它反映的是故乡从前的生产、生活水平，不代表当下的结构和状态，但要认真考究起来，感觉这个流程运行到现在，其技改步子并不大，像二牛抬杠、肩挑背背、借风扬场等等出苦力的地方，都似乎没有多少变化，只是个别环节上稍有进步罢了。比如说，再也不会用连枷你一下、我一下地打场了，而是把"突突突突"叫着的拖拉机开到摊好的麦场上，带起石碌碡转圈圈儿，条件好的还用上了小型脱粒机；比如说，很少有人再用擀杖擀面了，而是用上了家用的压面机，轻省是轻省，但用机器压出的面终究没有手擀的面筋道，那味道也差得远（如今能吃上手擀面，也算是一种奢侈吧）；再比如说，磨面时也不用人力去推了，而是直接上钢磨。

同样的，机器磨出的面和用人力在石磨上推出的面相比，终究要逊色得多。人，其实是个很奇怪的动物，桌上桌下，吃着山珍海味，嘴上却说："还不如山里的野菜好吃呢！"吃着机器的钢牙磨碎的精细白面，心里却向往着用石磨推出的面粉做成的手擀面，好像现代人的胃口被现代工业文明在不知不觉中给得罪了似的，也好像钢磨代替石磨是人类犯的一个不大不小的错误一样。其实，人说这话是讲良心的，因为也许他们向往的仅仅指"面"这个结果，而不是"磨面"这个过程，相信有推磨体验的人都不会为推磨本身喝彩。

从前的日子里，除了队上有一台架在河上的水磨外，几乎家家都有石磨。可以说，村子里的孩子是在磨道里旋转大的。记不清是从几岁开始，石磨也毫不例外地成了我的伙伴。反正从我记事起，生活中就没少过石磨，也没少过推磨。即使很小，还没有能力推磨，但哥哥姐姐推磨时，我大概是要给他们做伴的。一个冬天的早晨，哥哥和姐姐去河里抬水，原是准备约我一块儿去的，但我没有同意。他们抬完水，在推磨时哄我说，他们到河湾里，用勺子敲开冰，正准备舀水时，一个小小的冰娃娃从冰窟窿里爬出来，给他们吃了白面片片儿，还给他们放了电影。哥哥姐姐说到吃白面片片儿时，使劲地吸气，做出香煞人的情状；说到放电影时，便睁大眼睛，做出被电影吸引的架势。还指着从门缝里射进来、在磨担上来来回回的阳光说，你看，这不正在放电影呢吗？看着他们一脸的得意，我对自己没有跟到河边去而后悔得要命。就那样一直坐在磨坊门槛上，陪着他们把粮食推完。这是我最早关于推磨的记忆。

推磨，几乎是我们这些"留守族"每天的必修课。大人们天不亮就要上地去，临出门，总要把我们从睡梦中摇醒。当然，这个过程很费劲，多半要掂过来、掂过去，一边摇一边叫，费上半天的工夫，才能把我们喊醒。我们用两个小拳头揉着惺忪的睡眼，努力在心里记着大人安顿的一件件要办的事：什么分配好的菜饼子压在各自的枕头下面啦；什么起床后先扫屋子和院落，后把放在门洞子里的一篮秕谷撒到院子里，再打开鸡棚，放鸡儿们出来啦；什么要把厨房里一盆发好的豆芽菜的皮皮儿拣掉啦；什么要把玉米桩上的玉米棒搓出一口袋啦，等等。事无巨细，不一而足。我们便支棱着耳朵，一边和瞌睡进行着英勇的斗争，一边使劲地听着，使劲地记着，生怕忘掉一两件事，真是记得人心上都疼！临了，照例要说一句："磨坊里有二升玉米，要推了。记着，记着！"等大人们"啪"的一声关好大门，并听到"咔嚓"的上锁声，我们终于被飞旋的瞌睡虫击倒。等一觉睡醒，已是阳光洒满了院子，鸡儿们在棚子里"咯咯咯"地叫了老半天。赶紧穿上衣服，洗脸——怕是没有的事——第一件事便是在枕头底下拿出菜饼子来，三两下就给报销了，然后才一件件回忆着大人安顿的事。有些实在记不清，就你一句我一句地乱说。谁说："怕是要做这呢！"如果不像，其他人会异口同声喊："不是的！"谁说："怕是要做那呢！"如果像，大家又是齐声喊起来："当当就是！"于是大家分头行动。一般情况是：先干简单的，比如扫屋扫院啦，放鸡儿们出棚啦，等等，然后就死命地玩儿，等玩得实在不能再玩下去时，才开始干活，像重活、费工夫的活则一直拖到最后，眼看大人快要刹工（方言，意为收工）时才开始动手。

当然，我们最不爱干的活就是推磨。往往是正玩在兴头上，谁要是说一声："愣娃，还有两升玉米没推呢！"大家便一下子像傻了一样愣一会儿，忽然又一齐奔向磨坊。慌忙把粮食倒在磨子上，姐姐、哥哥和我，每人拿起一根推磨的杠子，我们叫作磨担的，穿过拴在石磨上的绳套，磨担的一头扣在石磨壁上，一头抱在怀里，三人同时用力，石磨就"轰隆隆"响着旋转起来了。开始推时，在磨道里转圈，会把人转晕的，但时间一长，也就适应了。石磨转起，只见搭在石磨上的玉米堆，像"漏漏窝儿"（蚁狮）漏土一般，直往石磨的小眼里漏，不一会儿，玉米堆尖尖的顶子就圆了，一会儿又平了，再一会儿就陷了。这时，哥哥或姐姐便伸出手，把散开的玉米重新向磨眼处堆，再堆出一个尖尖的小山来。那白得耀眼的玉米面粉像瀑布一样从磨齿里源源不断地撒下来，逐渐在磨台上形成起起伏伏的面的波浪。

如果时间晚了，估算着在大人进门之前推不完的话，要么，我们会一齐加油，在磨道里奔跑，让磨子飞旋起来；要么，拔掉插在大眼上的部分"拨簪"——全部拔掉是不行的，如果全部拔掉，推出的就不是面而是玉米糁（方言中读作"珍"）儿——把玉米从大眼里灌下来，"轰隆隆"的声音比先前大得多，如雷一般，面粉也像发了大河一样从磨齿里往外涌，粗拉上一会儿，再插上"拨簪"，让细面把粗面覆盖住。表面看起来没有什么破绽，但等大人回来，面一上箩，就露馅了，那留在箩上面的粗糁子，被妈妈倒在一边，足足有两大碗，轻则一顿臭骂，重则免不了皮肉之苦。当然，这些小伎俩，只有在万不得已的情况下，偶尔为之，并不是常用的。

一次，我和哥哥正在推磨，听到飞跑的小伙伴说把公社的"老链轨"（铁牛拖拉机）陷到河滩口了。当"老链轨"在烂泥里一前一后挣扎的样子从脑海中浮上来，心便"呼"的一下，飞了！于是，顾不得磨子上还有多半升粮食没推，磨坊门也来不及关，便欢呼着向河滩口飘去。"老链轨"冒着浓烟，一次次向前，又一次次退回。河滩口，司机急得满头大汗，我们欢得手舞足蹈；磨坊里，鸡儿们趁机撒着欢、过着年，边吃边刨，边屙边叫。不用说，当过后磨坊里的一片狼藉映入我们的眼帘时，先前还很兴奋的脸，绿了！也不用说，当妈妈的棍棒逐一在腿上扫过时，刚才还很欢快的我们，哭了！

　　白天推磨还好打发，一旦到晚上，就难挨得很。但那时，晚上推磨又是常有的事。经常是我们推着磨，妈妈站在边上，等有足够的面了，就直接从磨台上取面做饭。外面已经漆黑一片，而我们的磨坊里依然磨声阵阵，一盏小小的煤油灯，在石磨上摇曳着昏黄的光，我们的身影在灯光的照射下忽大忽小，一会儿映在墙上，一会儿又映在房顶，磨坊里便有了一种说不出的神秘和不安，石磨"轰轰轰轰"的声音，在深夜里显得异常响亮。推着推着，就睡着了，"唰"的一下，磨担离开磨壁，在推力的作用下，石磨上的粮食被打得飞溅。

　　晚上推磨，也有清醒的时候，那自然是在粮食快要推完时，看到只剩下一小撮粮食了，我们兴奋得像夜行的人看到了黎明的曙光一样，奋力奔跑起来，瞌睡也早已消失得无影无踪了。

　　很小的时候，是三个人一起推，说说笑笑，背课文，讲故事。有时说着说着就起了矛盾，常常是哥哥猛走几步，把磨子一闪，我的磨担便离开磨壁直扑粮食，粮食一下子飞了出去，有的纷纷跳进磨台上的面里，钻进去，不见了，有的直接溅到了光滑可鉴的磨道里，"嘣嘣"直跳。看到我的磨担闯了祸，哥哥便在那里幸灾乐祸地叫着："哎嗨，哎嗨，把粮食打漾了，把粮食打漾了。"（漾，方言，意为洒出来）气得人眼泪转着圈儿，可是没有大的力气以牙还牙，只好一边哭一边收拾掉在地上的、磨台面里的粮食粒。当然，我们大多时候是和好的，我们会愉快地转着圈，眉飞色舞地讲着孙悟空、猪八戒的故事，让这些故事在我们的舌尖上翻滚，在磨道里腾云驾雾。稍大一点，我们就开始轮换着推，从三人推变为两人推，从两人推再到一人推。就这样，我从一个个头刚够到石磨、需双手握住磨担并顶在额头上才能推磨的孩子，在石磨旋转的岁月里，一直推到磨担在胸、在腰、在腹，以至于后来，一个人把磨担放在大腿上，一边走，一边看书，等石磨上的粮食推完，一本书也看得差不多了。

推磨很辛苦，但推惯了就不觉得苦。只是日复一日、年复一年地推，似乎没有一个尽头，心里就盼望着能有一个磨面的机器，想停就停，想磨就磨，我们站在边上当起了指挥官，指挥着机器磨面。或者机器在那里磨面，我们到外面去玩，玩够了，回来一看，哟，粮食早都磨好啦，那不是一件很得意的事情吗？听说前川已经有了磨面的机器，叫钢磨或者粉碎机，一袋粮食倒进去，只听"嗡"的一声，粮食便磨完了，又白又细的面从机器的口里流了出来，听说还能把黑的磨白了。于是，我们便神往之至。但要拉到那地方去磨，隔山隔水的，不容易做到，我们又没电，那咋办？还不是只剩下心向往之的份了。

1984年，村里通了电，随之有了钢磨，家家的石磨便废弃了。但作为曾经的生产力，曾经的劳动伙伴，石磨是不会被故乡人忘记的。有的人家里的磨坊至今仍然保留着，虽没有什么用处，但留下来，人的心里会踏实得多。有的人家还把石磨像神仙似的供奉起来，看见它，就会想起那些石磨旋转的岁月。其实，只要留心，你会发现，人世间有很多事是由旋转的圆组成的呢，不是吗？光滑的磨道上留下一圈圈头尾相连的圆，孩子们在重复的圆上长大；从秋播到夏收，从夏收再到秋播，一年四季转了一个圆；从前吃着自然生长的蔬菜，后来吃大棚里反季节的，现在却又感觉还是自然生长的好，转了一圈又回到了起点上；人呢，从自己的哭声里、别人的笑声里来到这个世界，最后又在别人的哭声里离开这个世界，完成了一个人生的大圆，这个大圆，正是由和磨道里一样旋转着的众多小圆组成的……

2007 年 5 月 9 日

逝去的端路

——故乡地名琐忆（一）

陇东，黄土高原腹地。故乡生长在一条由两边绵延的山脉紧急收缩而形成的沟里，她是这腹地上一处显眼的皱褶。沟、梁、峁、屲、坡、嘴、湾、岔……是故乡面世的另一种形态。小时候，我像一匹没有缰绳约束的小马驹，在这些宽阔、贫瘠却又温暖的怀抱里奔跑、撒欢，它们用刚劲的手臂，轻轻托起我的童年。我在它们无私的胸怀里渐渐长大，并背起行囊，离开故乡去远行，而它们却永远留在那里，并在岁月的流逝中越来越沉稳持重。不管经历怎样的时代变迁，怎样的物是人非，它们都"大美而不言"，就像饱经沧桑、豁达淡定的老人。这让我留恋！让我回味！且随时间的推移，这种怀念的味儿越来越浓郁！越来越清晰！

——题记

端路，是故乡曾经的一条路，现在已经不复存在了。倘要问故乡现在的少年，端路是什么？端路在哪里？他们必定会一脸茫然，不知端路为何物。

可我知道，因为我是在端路上跑大的，也是沿着它走出村子的。端路纵贯村子南北，长不过一里，宽仅可容一车，端路的两旁是箭杆一样笔直的玉米。就是这样一条普通的家乡小路，却给我留下了许多难以忘却的记忆。在我们的眼里，端路是很神秘的。因为，沿着端路，大人们挑着粪担，去了南北山上的地里；也会挑着粮食，流着喜悦的汗水来到了村里。一队队牲口驮着犁、耙早出晚归，一群群牛羊在牧人的鞭声里，消失在端路的尽头。而我们呢？沿着端路，可以去队上的大场里尽情地玩；可以去两边的庄稼地找到妈妈；可以在端路边上拔到猪草的同时，把旱萝卜摔破，并一块一块吃掉；可以站在边上，看"五五"或"二八"拖拉机耕地，尽情享受着农业机械化带来的幸福，并且，对着那两个和蔼可亲的司机肆无忌惮地高喊："生生子，耕下的地栽棱子；长长子，耕下的地仰仰子。"可以去队上剜洋芋籽的现场凑热闹，如果运气不错的话，还可以吃到剜剩的洋芋芯。即使是去队上的苜蓿地里偷拔苜蓿，被看守的人追撵，我们也会不费力气地跑回家。就连天上刮风，也是从端路上直灌进来。如果天边有黑云，要下暴雨了，那瓢泼大雨也是沿着端路一路下到了门前……大人们不论说什么，总是口口声声不离端路："从这里出去，沿着端路一直走！""走端路近些！"就这样，端路的名字一遍遍重复在我们的嘴上，牢记在我们的心上……

那时候，村里的劳力在天亮之前都上山了，紧张的农活使他们根本没有照看孩子的时间，即使是吃奶的婴儿，也是由稍大一点的孩子照顾，母亲们只是在工间小憩的时候，一路小跑着来，急急忙忙地给孩子喂奶，喂完又一路小跑着去。每家的孩子，几乎都一样，常常被大人一把锁圈在家里。如果你想让孩子在家里自觉地看门守院，一般是不会成功的。曾有大人在上工前，对孩子说："门就不锁了，但要好好待在家里，不要出门去！"孩子当着大人的面，头点得像啄食的小鸡。谁知等剩工回来，却见家门大开，孩子早已不知去向。因此，谁家都不敢把门敞开着去上工。有的大人怕孩子在家里闹腾，甚至用绳子拴着孩子。我们虽然没有被拴过，但照样被锁在家里。

　　大人一走，无人约束，我们就开始疯玩。起初感觉很好，可等到玩累了、玩饿了，再加上日头已经撞在西山顶上，眼看着"麻夜子"（方言，意为夜幕）马上下来了，但还不见大人进门，心里那个急呀，那个怕呀，难以言说。大家先只是皱着双眉、撇着嘴，尽力控制着，可是最后就控制不住了，于是开始放声大哭。哥哥、姐姐、我和弟弟，哭得鼻涕一把泪一把，那哭声，绝不是一般的嘤嘤之声，而是能震撼全村的嘹亮之声。一边哭，一边问院墙背后坪上来往的人："我妈妈来了吗？"这时，往往是村子里一位白胡子老人路过这里，他看我们哭得很伤心，就安慰我们："来了，你妈妈从端路上来了！"听到这话，我们的哭声会戛然而止。大家屏息静等了一会儿，不是说妈妈已从端路上来了吗？咋还听不见开门的声音？于是又一齐哭起来。再问从坪上走回去的白胡子老人："我妈妈来了吗？""来了，来了，不要哭了，你妈妈从端路上来了！"哭声又停了。再等，仍不见妈妈回来，再哭，再问……哭累了，一个个倒在台子上睡着了。等到妈妈真的回来，我们从睡梦中惊醒，猛见妈妈，又哭得放不下。及至长大后，村里的这位老人见了我们，还一边捋着白胡子，一边取笑："我妈妈来了吗?"那神情，那语调，俨然当年的我们。

邻家有一胖孩子，名叫明太的，大人上工时，往往将他送到我家，和我们一起被锁在家里。有他在，我们玩得也许要更痛快、更开心，还可能因为有他而屡屡犯规。开始时，我们都很遵守纪律，只在家里玩，不敢有出门去的想法。在家里，玩法也很多，比如，先是大家一起把秫秫（高粱）秆外面的一层皮剥下来，然后用刀子破成细篾，编成眼镜，编成带方、圆耳朵的戏帽，再把废纸或塑料撕成条编成胡子，戴上这些玩意儿，手里操起家伙，就在院里唱大戏。等玩够了，感觉院子太小，似乎装不下我们，这时，野心便"嘭"的一下，飞了起来。邻家的胖子提议："走，到端路上耍走!"大家便很麻利地取下各自的行头——眼镜、戏帽、胡子等这些刚才的宝贝，撇得满院都是。院墙太高，翻不过去，就想从水穿眼（方言，意为墙脚的出水口）钻出去。他太胖，常常被卡在水穿眼的中间，前不能出，后不能退，先出去的在外面拉，没出去的在里面推，要把邻家胖子弄出去，往往要费很大的工夫。到了外面，我们一般是不会停留的，而是撒开脚丫子，直奔端路而去。不是在端路上玩打仗，就是捉迷藏、跳房子、打沙包，或沿端路去河滩玩水。到外面玩，痛快是痛快，但玩的工夫不能太长，要时时留心，掌握时间，而且必须要赶在大人剎工前，从水穿眼钻到院子里来。

其实，从家里出来，就是端路的路口，路口处有一个大大的涝坝。那时候，故乡的雨水很多，并不像现在一年四季干旱。一旦下雨，院子里的、门场上的水，都会汇集在涝坝里，水满得常常和地相平，上面漂满了柴草、羊粪及其他杂物。涝坝旁边有几棵大柳树、大槐树，还有一棵大杏树，它们的树冠都很大，树荫铺展到地上，不仅门场的空地全部成了阴凉，就连大半个院子都在它们的笼罩之下。阳光透过树叶的缝隙，把点点金光洒在地上，一阵风吹来，枝叶摇摆，金光就飘动起来，有乱花迷眼的感觉。午饭后，大人、小孩经常在树荫下做活、乘凉。男人们要么在那里对火抽烟、拿出磨石磨镰，要么在一起织口袋、打扎绳；女人们一边吱吱呀呀地拧绳绳儿，一边叨叨着拉家常；孩子们则无所事事，不是爬树摘杏子，就是在涝坝边上玩水。麦黄六月，杏子熟了，它们等不及人摘似的，一个个从树上落下来，不是掉在地上，就是扑入涝坝。只听"咕咚"一声，又一颗杏子因为性急而跳入水中。一次，邻居家的儿子站在涝坝边，用竹竿拨着落入水中的杏子，越拨杏子离岸越远。只听"扑通"一声，杏子没有捞着，他却一头扎入池中。等他母亲闻讯拿着一把掏灰锄跑出家门时，儿子已被乘凉的人拉出了涝坝。看着他浑身滴着水，像个落水的母鸡，我们站在边上哈哈大笑，开心极了。等到日之夕矣，队长一声吆喝："上工了！"涝坝边、树荫下纳凉的人们，就起身拍掉屁股上的土，一边骂骂咧咧地撵孩子们进门，一边拿起农具，跟着队长，顺着端路上地去了。

当然，端路留给我们的，不仅是这些美好的东西，还有让我们心悸和心酸的记忆。邻家的大黄狗，见了生人、熟人都咬，而我们这些孩子，喜欢用土块"奖励"它。我们几个，轮番上阵，越战胆子越大，与狗的距离越来越近，最后几乎到了狗的鼻子跟前。可想而知，狗并不是软骨头，扑上来，我们转身向端路急速撤退。这时的端路，俨然是一个可以帮助逃脱的生命线。逃走是经常的，但也有与狗亲密接触的时候。遇到这种情况，又往往是"屁股开花"的时候居多。这些事似乎还不必说，但"老妈妈"的事就不能不提一提了。"老妈妈"是故乡对讨饭流浪的人的一种叫法。那时节，"老妈妈"特别多，经常见衣着破烂、蓬头垢面的人，背着个褡裢，手里提一根"要饭棍"，从端路走来，嘴里没有气力地说着："老妈妈，给些馍馍吤！"大概"老妈妈"的称谓就是这么来的。谁家孩子不听话，哭着闹着整大人，大人会说："再哭，老妈妈就来了！"小孩子便马上停止哭声。那时，我们年纪太小，还不能理解"老妈妈"的可怜，只知道他们可怕。一天下午，我们照例被锁在家里，"老妈妈"来了，透过门上的缝隙，看到他是一个上了年纪的人，坐在门洞里再也不走了，只一个劲儿地说着："老妈妈，给上些馍馍！"大门虽然锁着，但我们很害怕他能用什么东西把门打开，得想办法让他尽快离开。于是，我们就在大门一侧，一个个四肢着地，嘴里学着狗叫声，一边学，一边对着门说："你走吧！再不走，我们要放狗了！"自以为狗叫学得很逼真，几乎到了可以乱真的地步，但他似乎一点儿也不怕，还在那里一声接一声地说着"老妈妈"。我们便很纳闷：狗叫得这么凶，他咋不害怕？直到大人来了，给了他一个糜面馍馍，他才提着褡裢从端路上走了。其实，家里的情况也好不到哪里去，但故乡的人都很善良，见不得比自己还可怜的人，只要碰上"老妈妈"，总要想办法给他们一点儿吃的。

后来，家乡变迁，端路被开垦了，连两边的庄稼地一起变成了一片一片紧密相连的苹果园。作为路，端路昔日的模样已掩映在了苹果园春天的花海和秋天的累累果实里，虽然，它的形体也许不存在了，但它的生命却仍然活着！它留给我们的，有安慰，有亲情，有惊喜，有乐趣，有怜悯，有神秘……因为端路是我童年的路！

2007 年 4 月 22 日

永远的鹅坡
——故乡地名琐忆（二）

相传，这里的阳山根下，曾经坐北向南住满了殷实人家。故乡的小河玉带一样从门前绕过。出门，面对的是河阴的村子，庄后，紧靠着高高耸立的阳山。庄前屋后，桃红柳绿，日头一从东山冒出脸来，这里就已是阳光满院，即使日落西山，晚霞也要让这里蒙上一层瑰丽的色彩。不用说，这确是一处适宜的人居之所。说也奇怪，这里的人家都有养鹅的习惯。鹅迈着绅士步，有一声没一声地"刚刚"叫着，在院里院外自由来去，白天护院，晚上入栏，时光在这种平静中似水流年。一天傍晚，鹅们突然起盘（方言，意为起身离开）了，集体拆掉木栅栏，像被什么刺激了似的，呼喊着从院子里疯跑出来，拦也拦不住。它们一出院门，直灌河滩，不知去向。人们不解，只隐隐感到好像要发生点什么。过了几天，熟睡中的人们，怎么也不会想到地下先是轻微地一抖，紧接着便是"轰隆隆"的响声传向天际，前后也就那么一瞬间的工夫，随后，一切归于平静。第二天，河阴的人们出门一看，咦，河阳的人家怎么全都不在了？人们这才慌慌张张地提着铁锹，直奔河阳而来。但到跟前一看，只是白茫茫平地一片，哪里还有人家的影子？原来，昨晚走山

（方言，意为较严重的山体滑坡），阳山的一角被撕开了一个口子后，前坡整体下滑，这里住的几十户人家全部被深埋地下。先前的山根，也就向南伸展了几百米，仿佛伸出口外的长长的舌头，家乡人形象地称这种地形为"牛吃水"。原先直直东流的门前小河，也因此而绕了一个大弯。这时，人们才似乎明白了鹅们在黄昏起盘出走的原因，它们是想告诉人们：这个时候有天难降临。因为它们有灵性，所以先人们一步而保全了性命。但比起人来，鹅们毕竟低级得多，低级，也就意味着离大地越近。正是这个贴近大地的低级动物，有着感应来自地心深处微妙气息的灵性和判断力，也有着破解大地语言密码的能力，当它们的趾爪第一时间接收到大地传达到地面的微弱信息时，强烈的本能促使它们有了那些义无反顾的举动。但是作为高级动物的人，面对鹅们的异常行为，在关键时候痛失判断力，丧失了逃过一劫的唯一时机。

于是，故乡的地名里，便新增了两个成员。人们把走山后展出的这段"牛吃水"，叫"鹅坡"；阳山撕开的口子，形成了一条长长的沟，后来取名"烧人沟"——那是因为故乡地处穷乡僻壤，受条件限制，过去所增人丁，多有夭折，凡少亡了的人，由村民用谷秆一裹，在沟里火化，便有了这个听起来很不是味儿的名字。

小时候听到鹅坡的故事，感觉很凄美——因先人们的迟钝和被埋而凄，因鹅们的警觉和灵性而美。每年老秋将尽、浓霜飞下，鸪鸬雁排成"人"字雁阵，在往南方的长途飞翔中，一路鸣叫着飞临故乡上空。常常有鸪鸬雁落在鹅坡，稍事休整后，又整队追赶雁群去了，仿佛来看望、纪念当年集体起盘的鹅，我们认为很是神奇。但很显然，雁、鹅不属同类，它们是否性灵相通，就不得而知了。稍大一点，自以为能想事了，就觉得大人讲的故事不真实，首先是一直以为像鹅、鸭等，属于南方禽，陇东高原上哪来的鹅？后来，到其他村子下乡，才知村民养鹅并不鲜见，它们一个个昂首挺胸，身体肥硕，"刚刚"有声，遇生人便会主动进攻，确有武士风范、护院品质。故乡民谣："野鹊子（喜鹊）喳喳喳，舅舅来了做啥咔？做白面，舍不得；做黑面，有人呢；杀鸡公，叫鸣呢；杀鸡婆，下蛋呢；杀鸭鹅，看圈呢；杀狗哩，吓得舅舅就跑呢！"——民谣作证，鸭、鹅不仅养过，还确实用来看家护院。另外，某年治河，人们从鹅坡塌陷的崖面上，挖出了很多陶罐、瓦当，甚至有人拾到罐装的古钱币，但不知是哪朝哪代的，才对这个故事开始相信！

从我记事起，鹅坡就已是人们熟耕熟作的庄稼地。麦子、玉米、糜子、谷子、秫秫、洋芋、甜菜、萝卜、扁豆、黑豆……凡故乡种植的庄稼，都在鹅坡种过。迈出家门，抬头北望，鹅坡全貌尽收眼底，过河不到十分钟，就可到鹅坡。因为有那个故事及"烧人沟"的先入为主，小时候对鹅坡有畏惧感。一年深秋，队上在鹅坡种的萝卜丰收了，人们挖了整整一天，到天黑才把满地的萝卜分到各家各户。爸爸和哥哥拾第一担萝卜时，天已经完全黑了。我穿上哥哥长袍马褂般的棉衣，被爸爸留下来看守萝卜。他们走后，天籁在此一瞬仿佛全被黑夜吸去了一般，鹅坡周围顿时静悄悄的，偶尔从对面村子里传出一两声狗叫，更增添了夜的恐怖。我坐在萝卜堆旁，眼望着远方的黑山，背对着似有冷风浮上的"烧人沟"，心里怕得要命。他们走时，我什么姿势，他们来时，我还是什么姿势。即使身上奇痒，也只有龇牙咧嘴地忍着，而不敢动手去搔哪怕一下，怕一回头或身子一动，后面就会有什么异物来要人的魂。就在害怕得不知藏身于何处时，我转动着眼珠子（心里说，千万不敢转头），发现鹅坡东一头、西一头，散蹲着几个小黑影，定睛一瞅，原来满地都是看萝卜的小不点儿，只是他们也和我一样，怕得不敢出声，怕得不敢乱动，定定儿坐着而已。这让我攥紧的心有了些许放松。只有当爸爸和哥哥来时，我才能站起来，动动腿脚，挠挠痒痒。他们走后，我又恢复原状。从此以后，夜色里的鹅坡撒到我心上的，便只有恐怖的种子了。

一次，我们去偷拔队上的苜蓿，鹅坡的恐怖再次袭击了我。那时，队上的苜蓿在白天看守是很严的，为了填补家里粮食的不足，村民们大多在晚上结伙去拔苜蓿。那天晚上，天晴得很亮，月亮老早就照到了当顶，这样的夜晚，其实是不宜出门的。但没办法，我们一帮孩子只好跟了一位大人去了鹅坡的苜蓿地。怕被发现，我们还把白天穿的白衬衣换成了深色衣服。快到苜蓿地时，借着月光，看到地头上有一个人正在担两大捆庄稼。听一起去的大人说，那是在担两捆糜子，她让我们贴着地皮趴下，不要出声，等担糜的人走后再动手。但等了好一会儿，那人只是一闪一闪的，两大捆庄稼摇过来、摇过去，就是担不起来。不知谁悄悄说，那不是人担庄稼，而是两棵树在摇摆。定睛一看，嗨，可不是吗？悬在空中的心似乎踏实了，但经此一惊，加上心虚，汗早已将衣服湿透。及至真的触到苜蓿，手竟颤抖着不能偷拔了。"鹅坡拔苜蓿的！还不快跑！"苜蓿地的另一头突兀地升起一声吆喝，划破夜空，直刺耳膜，紧接着"沙沙沙"的追赶声已至跟前。大家慌忙起身奔逃，我慌不择路，竟跑到了"烧人沟"边。那时最怕柳筐被人夺走，为护柳筐，我两眼一闭，"呼"的一下，就从沟边飘到了沟底。还好，人小体轻，只是跌了个马趴，翻身就向沟口跑。这时，迷离的月光游荡在沟里，光线似明似暗。几个黑洞，好像半蹲的人形，身后是"唰啦啦"的声音，仿佛那些被烧的"人"紧跟而来。顿时，头皮发麻，心被提到了嗓子眼，马上就要蹦出来。及至跑出沟口，我再也不敢回头，只一口气向家里冲去。苜蓿没有拔到，但魂却像被啥偷去了一样，我站在厨房，哭得说不出话来。妈妈还为我叫了半夜的魂呢！

　　一年的夏天，我和三哥在鹅坡担麦。三哥已担上走了，而我还在用绳紧张地束着麦捆。其时，麻夜子像一张黑色的网，铺天盖地地罩来。想起身后的"烧人沟"，我的心攥成了团。越想越怕，越怕，麦捆越不听话，束之不紧。"突然从沟沿爬上来一位白发苍苍的老太太，问，'娃娃，你做啥着呢？'"当这个幻觉冒上自己的心头后，就再也赶不走了，头皮开始沙啦啦地麻，哪还有心思和工夫束紧麦捆？赶紧用扁担去挑，想在天完全黑下来前逃离鹅坡。但因为麦捆没有束紧，扁担一插就透，两捆麦全部卡在身上，背上贴着一捆，胸前抱着一捆，麦芒直往前后脖子里扎。顾不了那么多，我一手抓前捆，一手抓后捆，就这样一路"噔噔噔"小跑着下了鹅坡。三哥在坡下等我，听到我慌乱的跑步声，看到担上的麦捆散乱得不成形状，他一下子明白了，直笑得岔了气……

　　鹅坡的一边，是大队的林场。透过果园边上的酸刺林，能看到园子里一嘟噜一嘟噜的果子。收麦天，有黄澄澄的山杏、紫红色的李子。秋后，有红红的苹果、泛黄的梨，看得人咽口水。我们几个小伙伴，相约着去摘。大伙儿端着量粮食的升子，成群结队、鸦雀无声地去，结果被护园的人攮跑了。不甘心，我和弟弟又借去河湾抬水的机会，去偷杏子。我站在地埂边放哨，弟弟小心地拨过酸刺，钻进果园。不一会儿，只见他装着整整一个"满腰转"（把衬衣束进裤子，扣紧衣扣，杏子从领口里灌进去后，腰围便鼓起来，我们叫作"满腰转"）的杏子，敏捷地钻了出来。回到家，竟倒了满满一盘子。只可惜，偷来的东西合该不让我们吃，竟连一颗好杏也没有，全部是"蛆蛋蛋"。后来，我们想了个"买"的办法。我和弟弟拿了平日积攒的九分钱，去大队的园子里，对场长说："我奶奶想吃香蕉梨，让我们来买。"场长问："拿了多少钱？""九分！"他"扑哧"一声笑了："拿九分钱买啥呢！"说着，把我俩领到梨园里。打眼一望，哇，满树的梨子像灯笼一样垂着，树下是熟透了落地的梨，铺得到处都是。我还从来没有见过这么多的梨呢！看到场长伸手去摘树上的好梨，我们忙说："不用了，就拾地上的吧！"场长不言语，只自顾自地拣熟透的、软的摘，竟摘了一大堆。他问："拿啥装？"我急中生智，忙脱下衬衣，包起梨，用袖子一绑，然后，麻利地抱在怀里。看到我熟练的动作，场长眯缝着眼，笑了。我拿出九分钱，慎重地给场长，一副买卖公平的样子。他摆摆手，说："算了吧！以后，你奶奶要吃梨，就来说一声。"我俩一边应承着，一边抱上衬衣就跑，怕被人家识破似的。为这次阴谋的得逞，我们暗自庆幸了好几天呢！

当然，最惬意的，要数夏日的午后了。吃过浆水疙瘩拌汤，站在门前，向鹅坡那边望去，当午阳在那里泛起惨白惨白的光芒，仿佛有白色的空气在浮动，对面的树木都耷拉下脑袋和枝叶的时候，我们就相约去河湾"打蛟水"——故乡人把发洪水起浪叫"河起蛟了",把在河湾浮水叫"打蛟水"。孩子在水里挥动手臂,掀起一层一层的波浪,仿佛蛟龙戏水一般,故而得名——我们脱光了衣服,用石块和泥巴把河拦腰一截,故乡的河很小,经此一拦,水全汇聚在一起。不一会儿的工夫,水坝里的水就齐腰深了,我们一个个扑进水坝,打水仗、淹瞎眯(一种将面部没入水中并比赛憋气的游戏),笑声、水声、唱声,混杂在一起,河滩沸腾了!这个时候,河滩是我们孩子的,就连整个夏天也是属于我们孩子的。等到手指上的皮肤被水泡胀起皱的时候,才从水里钻出来。把弄湿的衣服铺在河滩的石头上晾晒着,我们便爬上崖畔,来到鹅坡,不是在地里拔萝卜吃,就是蹲在地边上晒暖暖,一直赖在地头不回去。专等昌盛子大站在门上洪亮地喊一声"昌盛子——"才从鹅坡地里钻出来,再到河滩穿好衣服回家。走出河滩了,昌盛子大可山可亢的叫声还在山沟间回荡……

　　包产到户后,我家在鹅坡也分到了地。先种麦,因阳光太烈,年年赔产,后改种糜谷等耐旱作物。最后干脆做了草地,种了苜蓿。每年耕种时,已上学的我们,都要回家帮忙。爸爸扶犁,妈妈撒籽,哥哥铺粪,我和弟弟打土块,然后是弟弟坐耱,由爸爸牵着牲口把地齐齐儿耱一遍。春种歇缓时,爸爸就蹲在地埂边抽老旱烟,妈妈会满地拾柴火,而我们就在地里找吃的。芦菔(老鹳草,也叫牻牛儿苗)有红红的根,从松软的地里搜出来,用衣袖擦一擦,像老牛茹草般地吃起来,有股淡淡的甜。还有"老鸹枕头"(翻白草),一种爬地的小植物,轻轻一拔,就会从土里抽出它的根。如果遇到一小节一小节的、两头小而中间粗的膨胀根，那就是"老鸹枕头"了，味甜，耐嚼。再不就是挖"辣辣"（独行菜），找"小蒜头"，倘能找一小把，中午做饭用"小蒜头"来炝盐菜，那就入味得很。

记得三哥考上师范的那年，1982 年，鹅坡的地里仍然种着糜子。当三哥考上师范的消息传到学校时，我正在操场上活动课。教物理的孙老师叫我，说："你三哥考上师范了。"要知道，那时候考上师范是很不容易的，因为要先经过预选，而且上面给的预选名额又特别少，只有进入这名额特别少的行列才有资格参加正式考试，而正式考试的录取率又是十之一二。这样一路下来，大部分同学经过学校预选就先被挡在门外，一部分预选上的，又被比预选考试难得多的正式考试刷了下来，只有少数平时刻苦、功底扎实、又很幸运的"鲤鱼"，才能跳出"龙门"。因此，当时已在脑海中建立了"师范难考"的概念的我，听到孙老师说我三哥考上师范的话，不敢相信似的竟然脱口而出："你胡说！"对我无意中语言的不恭，老师宽宏大量，并没有责备我的鲁莽，倒是几个同学不依不饶，跟前撵后说我没有起码的礼貌。我很惭愧，但因为三哥考上师范的兴奋，几乎让我把这些烦恼全部忘掉。上自习时，教几何的王老师又来教室正式通知我，让三哥明天一早去县里体检。我竭力抑制着因兴奋而狂跳的心，三下五除二做完了作业，不等放学铃响，就冲出校门，向家里飞去，迫不及待要把这个好消息马上告诉给三哥及家人。走到半路，碰到爸爸，我喘着粗气，说："我三哥考上师范了！"不知是爸爸没听清，还是听清了也和我一样不敢相信，反正他吼了一声："啥？"我也不再解释，转身向家里跑。一边跑，一边在心里嘀咕："平时那样怕爸爸的我，今天不知哪来这么大的勇气，竟有胆主动和爸爸说话！看来不是我不敢，而是平时就根本没有像三哥考上师范这样值得和爸爸说的事嘛！"到家门口一看，铁将军把门。原来三哥跟妈妈到鹅坡的地里锄糜子去了。于是，我折身向河边的地里奔去。一路上，我展开胳膊，细碎着步子，完全是飞翔着到了鹅坡。那时，还没有学会恶作剧，连骗一骗他的想法都没有，就把老师安顿的话一股脑儿全说了。三哥刚听完我的话，便一屁股坐到了地里，再也不动了，只在那里说着话，像是给我们说，又像是喃喃自语："本来，考完试，我感觉差不多，但人问起，我不敢说实话，只说考得不行，怕人说我吹牛皮。"他就那样一直坐到天黑刹工。

和三哥一样，后来我们都走出了村子。地要收回一部分，鹅坡的地交给了队上，分给别的户。鹅坡没了地，加上我们常年在外，鹅坡就很少去，也就很少有机会再重温童年时对鹅坡的印象了，只能等年头节下去鹅坡地里转一转，或站在家门口远远地望一望罢了。

2007 年 4 月 24 日

神秘的南山

——故乡地名琐忆（三）

　　走出家门，沿公路向东行一二里，跨过一个窄窄的土桥，便见一座高峻的山梁横亘眼前。驻足张望，只见山梁呈"丁"字形状，东西是绵延的山脉，形成"丁"字的一横；从南向北又有一条从山顶顺势而下的梁，形成"丁"字的竖钩，像整个山脉这张大脸上长出的一条挺直、陡峭而英俊的鼻梁。一条七扭八拐的小路从山下蛇形而上，穿过梁顶，直刺云端。去梁上做活的人们，三三两两，散落其间，仿佛五线谱上舒缓的音符。我说的这座山，叫南山；这道梁，叫堡子梁，因山梁上有一旧时的堡子而得名。据大人讲，筑堡子主要是为了躲避匪患，因而堡子梁上的堡子建在东西两侧都面临百丈陡坡的地方。面西的陡坡叫杏树坡，坡上一片杏林，到春天，满坡的杏花开放，像绯红的云朵一样，很是好看，但近乎直立的陡坡，即使杏子熟了也很少有人去采摘，只是偶尔有调皮的孩子在接近山梁的台地上间或得手，杏林总体上处于一种自然的花开花谢、杏熟杏落的状态。而东面的陡坡则近乎悬崖，站在堡墙上向下一看，连目光也被直接吸引到了沟底。堡子建在这样的地方，纵使有匪能从两边坡上爬上来，那也该是早已丧失了战斗力的。堡墙筑得高而厚，堡门修得窄而小，易守难攻。每遇匪情，人们就会放下手中的农活，提上农具，从各自劳作的地方直奔堡子。旧时家乡虽常有土匪出没，因了堡子的险要地势，倒也平安。堡子对于家乡的这种特殊意义，使得它除了自然风化剥蚀以外，很少有人为的破坏，因而堡子经历数代而风韵犹存。要从山下爬到梁顶上去，到堡子就算行了近一半的路程。到梁顶后，同样沿着一条十八弯的小路，转身对着太阳升起的方向，再平行一二里，便见一个垴湾。这个"∈"形的垴湾，就像一个巨人睡熟后自然曲成的臂弯。这个湾，就是杜家湾。据说，杜家湾曾经住着杜姓人家几十户，后不知什么缘故，全部举家迁移。至于迁往何处，连上了年纪的老人也不知道。反正故乡现在的住户里，没有一户杜姓人家。这堡子梁、杜家湾，甚至南山，都是故乡可爱的"居民"。

我总以为南山是神秘的，它具有一种无法说清的磁性和魅力，这大概和我最早关于南山的记忆有关吧。儿时，妈妈经常哄我们跟她去南山拾麦穗，说麦穗拾回来攒得多多的，能打好多小麦了，就给我们烙"固角"（一种小而略厚的饼子，烙时，用顶针在上面誊上小圆圈组成的图案。那可真是人间至味啊！长大后再也没有吃过那样香的饼子了），这可是非常具有诱惑力的说辞。于是，我们放弃了多少个早晨甜甜的美梦，心甘情愿地跟着妈妈，天不亮就去南山的堡子梁、杜家湾拾麦穗。一路上听着草丛中"东方亮"和蛐蛐儿的叫声，等爬到堡子梁，再到杜家湾，就已是日上三竿了。天麻麻亮时还有一丝凉意，这会儿已是满头大汗，连汗衫也脱掉丢弃在地埂边。我们先在地里拾那些没有进入麦拢的麦穗，然后跟着担麦人，一路从堡子梁上拾下来。路上的麦穗到处都是，特别是在担麦人闪起担子换肩膀的地方，或把麦担竖起靠在地埂、堡墙、大树边歇脚的地方，麦穗最多。但一天下来，拾到的麦穗连半篮也不够。整个一个麦季，所拾麦穗合起来也不足一个小麦捆。也许是没有足够多的缘故吧，反正妈妈没有因为拾麦穗而给我们烙过"固角"。小时候，吃到那种至今还回味悠长的"固角"，多半是因为过岁（方言，意为过生日）。就因为这，我们有个说法，叫："妈妈说给我们烙'固角'，但烙了个老鼠没尾干（方言，意为尾巴）!"

　　大概是包产到户前的一两年吧，尽管仍然是大集体，队上的人已不再把活搅在一起，而是由队长按家分摊任务。男人们的任务是把割倒的庄稼担回队上的大场，女人们则继续收割。爸爸和哥哥去担麦粮了，收割的任务就丢给妈妈承担。为了不至于太落后，到我能干农活时，妈妈就叫上我给她当帮手。那天，在杜家湾拔扁豆，队长把任务分好后，我和妈妈就拼命往前赶，但不管我们如何卖力，每项任务结束，我们总是落在后头。尽管到扁豆拔完，我的小手都"憋把"（方言，意为肿胀）了——因为是双手攥着扁豆秆往上拔，在一张一攥中，小手就被扁豆秆憋肿了，再也攥不拢——也无济于事。

　　尽管南山朴素得跟我的农民父老一样，没有什么特别之处，依现在的孩子看，也许很是平淡乏味，但不知为什么，我那时却很喜欢上南山、爬堡子梁、到杜家湾去干活。即使现在，仍然乐此不疲。小时干农活，如果大人让我在后院抱柴火和去杜家湾担粪这两样活之间选择的话，我会没有悬念地选择后者。也许是因为抱柴火扎人，更主要的是在大人身边，抱完了柴火，还要干这干那，不胜其烦。而去杜家湾担粪就不同，长时间离开大人的管束，一路上，可以不急着去目的地，走走停停，歇歇缓缓。可以自由地放飞心情，可以展开思想的翅膀，可以愉快地欣赏路边变化的景致，也可以和来来往往的人们打招呼、开玩笑……一般到堡子跟前时，就放下担子，坐在路边，面向西面的杏树坡，一边拿草帽扇着凉风，一边居高临下地看着故乡的山山峁峁、沟沟岔岔。那一刻，心胸就不由自主地打开来。正是需要风的时候，梁上的风会顺着你的意愿，不失时机地赶来，用它特有的小手轻轻地在你的脸上、脖子上、胳膊上，以及手心里一遍遍地抚摸，麻酥酥的，舒服得让人想唱起来。于是，你听，山顶上、半梁上、山脚下，传来一阵阵秦腔抒情的慢板，或者高亢的尖板，此起彼伏，遥相呼应……等再次挑起粪担时，风就散开来，快活地在你的周围翻跟头、打滚儿。等把那一担农家肥压到地头，空着担子往回走时，脚步就是极轻快的了，心境也出奇的明朗和清爽。

不用说，南山是有大胸怀的。人们在它宽广的怀抱里，不期然而然就会有意想不到的收获。如今生活在城里的人们，在火柴盒一样的高楼拥挤的空间里，怎么也不会享受到大自然的野趣，也享受不到开阔和放飞。可故乡的南山就不同，春天，随着滚滚春潮，我们跟着爸爸去杜家湾耕地，可以看见湿漉漉的土里，被翻出的地蟮（蚯蚓）、“蠀蠀蛆”（蛴螬）舒展着身子，它们刚庆幸见到了阳光，准备睁眼好好看一看春天的田野，不料被回来的犁又翻到了犁沟里，那就索性再睡一段时间吧，等到第一场透雨过后再出来也不迟。六月收麦天，我们和妈妈拿上足够的干粮，提上放着麻椒叶的凉水罐，到杜家湾收麦。割着割着，突然会听见"扑棱棱"一声，一只彩色的呱啦鸡（雉）从麦田里飞起来，向湾下的沟里滑翔下去。一只一叫，便听到满山满屲的呱啦鸡"呱啦啦"地叫着、飞着，这里一声，那里一声，竞相鸣唱开了。有时会遇见野鸡娃儿，一踮一踮地向麦田深处窜去，碰到这种情况，妈妈是绝不让去捉的。到吃干粮时，我们会每人用凉开水泡一碗糜面馍，连馍带水全部灌下肚，趁着大人倒在麦捆上闭眼小憩的时候，我们便爬到地埂上去摘莓子（山莓）。只见莓子蔓爬得满坡都是，我们小心地躲开蔓上的刺，把那一嘟噜一嘟噜紫红的莓子拾到手心里，等攒够了一把，一仰脖子，全噙进嘴里，不等你咀嚼，它们已软成了水，一股酸甜酸甜的味儿直沁心脾。还有马茹（蘡仁），同样是生长在刺树上的一种野果，圆圆的，如果是熟透了的，颜色沉着泛紫，味道甜爽，如果还没有熟透，颜色便红中带黄，味儿就涩了，比莓子差得远。还可以站在地埂上，欣赏那些野花：山丹丹花红艳艳的，花朵向外翻卷着，像绽开倒挂的灯笼；满屲的狗娃花（狼毒花）一丛丛的，像夜里的星星落在地上，眨着亮闪闪的眼；还有打碗花，鲜艳的花骨朵张成小巧的喇叭口，一曲高亢的信天游正响彻四野；酷似酒盅的喝酒花（飞燕草）蓝莹莹的，仿佛盛满了清冽的酒，看一眼就能把人醉倒；一种叫铃铃花（铃铛花)的，简直就像是拴在牛脖子上的铃铃儿，一阵风吹来，那铃铃花随风摇摆，满山满坡仿佛传来"丁零零"的声音。只要有耐心，还可以在地埂上找到"山羊胡子"（野葱），拔上一把，拿回家下饭吃，那味儿是再好不过了。最让人感到神秘的，是中午在杜家湾站屲（方言，意为中午不回家，一直干到地里的麦子收割完）。要不是龙口夺粮，说什么也不会在杜家湾站屲的，因为中午的野圹上，自然也好像午休了一样，静悄悄的，一点声音也没有。先前还在比赛唱歌的呱啦鸡，这时不知躲到哪里去了；地埂边、草丛中，鸣唱了一个上午的蛐蛐儿，也悄然无声，天籁像凝固了一般。正午的阳光很毒，整个湾里白花花一片，几个人在野圹上，不免有些害怕，连割麦也不会主动了，索性躺在麦捆上睡一觉。几只蚂蚁趁机在脸上爬来爬去，痒痒的。更有几只"嗡嗡"叫的麦嚷（牛虻），没有顾忌地猛叮人一口，让人无法睡得踏实。杜家沟垴有一眼清澈的泉水，天再干旱，也不会干涸，就像专门给做活的人们准备的。这时还不如提上水罐，到沟垴去提水，顺便洗洗脸，醒醒脑。等喝足了，缓够了，几个人又操起镰刀，向着干燥得直响的小麦挥去。据说，正午时分的杜家湾，当万籁俱寂时，就会听到吆牛的声音，好像有人正在耕田。但四下里察看，除了阳光的流泻外，根本看不到人影。我们无法判定这个传说的可信度，因为说的人说得绘声绘色，听的人听得深信不疑，但谁也没有亲耳听到过，更没有亲眼见到过，只是因为这个传说，人们一般是不会在正午站圹的。

等到麦子割倒，便又是紧张的归粮时节。村子里的人，家家是人担畜驮，空着担子几番攀上，又荷重几番盘下，一个上午，至多有三四个来回。后来，村子里把上堡子梁的路做了整修，每到夏收，有劳力者就用上了架子车，不再用扁担去担。上梁时，四五人撅起屁股，即使推着空的架子车，头上的汗也像断了线的珠子一样滚落；下梁时，则由三两位力气大的人在前面撑着车辕，车子后辕处套一个橡胶皮圈，孩子们踩在上面，让车子慢慢滑下山梁。遇到窄险路段，前面撑辕的人还要转身倒退着一步步走下山来。往往一车小麦拉到场院，浑身就被汗水煮透。尽管山上的风依然勤快，但第一拨的汗被风吹干后，第二拨、第三拨的汗又涌来了，擦都擦不及。苦则苦矣，但一架子车能拉百八十捆小麦，速度慢了，但效率高了。你看堡子梁上，来来往往收获的人们，头尾不断，担的，拉的，吆着牲口驮的，一派大忙景象。

　　麦粮进了粮仓，爸爸还要几上南山，把杜家湾的地连翻三遍，种荞荞，播冬麦，一直忙到秋播秋收结束，秋霜飞下，这一年的农活才算安顿了下来。

2007 年 4 月 27 日

诱人的张家山

——故乡地名琐忆（四）

日头照在当头顶，影子缩成了胖胖的一坨，钻到了人的脚底下。人乏得像死狗一样，脸被晒得通红，倒在台子上，再也不想起来。母鸡们开始拉着长音"咯咯嗒——咯咯嗒——"地叫着，直叫得人浑身酥软无力。这个时候，妈妈该从山上回来了。心上想着时，妈妈果真就开了门，把一筐子从山上铲来的青草撒在院子里，鸡儿们奔过来，一边抢吃草里的麦牛儿（黑绒金龟子），一边更加起劲儿地叫着。妈妈撒完了草，在筐子底下掏出几束狗娃花递给我们，说是从张家山上采来的。我们一个个从台子上跳起来，眼睛放着光，乏劲一下子没了。狗娃花长得很神奇，一个根上分叉出三四个茎，每个茎上又挑一个冠状的花头，那花头是一小朵一小朵的花聚起来的，把几个根上的花束在一起，就成了花冠很大而根茎又很细的样子，仿佛一个开花的蘑菇伞。我们捧着这几束狗娃花，"噔噔噔"地跑到门洞里，坐在门槛上，右手攥着花茎，在左手上轻轻地摔几下，就有无数个"狗娃"（针尖一样小的虫虫儿）从花心里跳了出来，在门洞里乱蹦，像打喷嚏后眼前溅起的无数个金花。不一会儿，"狗娃们"跳得不知去向。我们便很满足地拿起狗娃花，分成小把，用细棉线扎起来，找几个废玻璃瓶，灌上清水，把花插进去，摆放在家里的桌子上，直摆到狗娃花全谢了才罢休。就这样，我知道了张家屲，并且知道了张家屲上还有很好看的狗娃花。有野花的张家屲，必定是一个很大的地方吧！这样想着，就感觉张家屲悬在头顶，高高大大的样子。

土地包干以后，我家没有分在张家屲上的地，因此，虽是故乡的一座山，但儿时却没有机会去。真正去张家屲，并感受到她胸怀的宽阔，那已是上学以后。家里在郭家塌山的地里种了两亩苜蓿，经常有人偷割，爸爸就让我每天放学去照看。郭家塌山的对面，正好是张家屲。每天放学，我就拿上一本书，不直接去郭家塌山，而是抄近路爬上张家屲，坐在它高高的"额头"上，对面的郭家塌山尽收眼底，那一片葱郁的苜蓿地像一张巨大的绿毯，挂在坡地上，不要说人影，就是一只兔子跑过，都看得一清二楚。连南山的堡子梁也在平视的范围内。快要落山的日头和我坐了对门，仿佛近在咫尺，伸手可及。家家屋顶上的炊烟缓缓飘上来，在眼前的天空飞散。村子里的鸡鸣、犬吠、驴欢、马叫、郭家沟底的蛙鼓以及准备归巢的麻雀在树上的大合唱，这一切，组成了大自然的交响曲，激越的、抒情的，高昂的、低回的，平直的、旋转的……互相交错着，从四面八方清晰地传过来。我坐在这样开阔的高地，向山下、向天空、向村子，没有任何负担地张望，活像一只站在山嘴的鹰隼，随时都可能俯冲下去或冲向蓝天。摊开拿来的书，入神地看起来，看得忘了时间，忘了任务，往往看到鸟儿归巢，夕阳落下，四周静悄悄的，无法看清书上的字时，才起身回家。看的书有《西湖民间故事》《365 夜》，还有在村子里的同学处借来的鲁迅的书，记得有 1973

版的《朝花夕拾》《呐喊》《野草》《且介亭杂文》等。记忆真是个怪物，二十多年过去了，每当我现在拿起《西湖民间故事》《365夜》以及1973版的鲁迅的套书，脑海中一下子就浮现出张家屺的模样来。同样，每当我在那个特定的时间登上张家屺时，那几本书仿佛就在眼前乱晃，当年在张家屺上看书的情景就很清晰地出现，那种温馨的滋味弄得人想掉泪，挥都挥不走。

也许这就是回忆的魅力吧！

20世纪80年代初，家里养了二十几只羊，无人放牧，羊们整天站在圈里"咩咩咩"叫得人心慌。一天中午放学，我正在吃饭，爸爸突然说家里的羊没人放，快饿死了，让我把书打折（方言，意为辍学）了去放羊。我一听，当即就哭了，并坚决地说，我都上了初中，我要读书！不放羊！爸爸很为难，也没再说什么。恰在这时，弟弟端着碗进来，爸爸又转向弟弟问了同样的话。弟弟啥话也没说，可到了下午上学时，已上四年级的他，便丢下书包，拿起羊鞭，开始了他一年半的羊倌生涯。就这样，弟弟每天早出晚归，从春到夏，从秋到冬，和绵羊、山羊们成了形影不离的好朋友，一起出没在故乡的山山峁峁、沟沟岔岔。只是到了假期，我就从弟弟手中接过羊鞭，临时当一回羊倌，但依然会拿上书，在羊们吃草时看几眼。也许是在张家屺上看过苜蓿的缘故吧，反正我把羊从圈里赶出来，就顺势上了张家屺，其他地方很少去。我把羊赶到张家屺的地埂上，它们贪婪地吃着草，我也贪婪地看着书。其实，高耸的张家屺地埂上草很丰富，屺上屺下，够羊们吃的，只是不要叫它们吃庄稼，也不要叫馋嘴羊乱跑就行。说羊倌难当，说到底也没有多少难场事；说羊倌好当，有时却又很恼人。比如，书看得入迷了，等回过神来时，才发现羊已经跑到地里吃庄稼去了，而对面的人也喊了半天"放羊娃"了。再比如，归牧时，往往有那几只馋嘴的"老骚胡"，老是跑在最前面，东瞧瞧，西望望，一不留神，等你发现时，它已经在沟对面的苜蓿地里解馋呢。它欺你站在沟这边，离它远，任你怎样喊它、骂它，只当没有听见，照吃不误，等你下到沟里再爬到对面的地里时，它早已先你一步过沟回到了羊群里。对付这些馋嘴的"老骚胡"，没有其他办法，只有当它在河里饮水时，趁其不备，瞅准羊角，一把抓住，在鞭杆上吐上唾沫，卷在它的耳朵上使劲拧，直拧得羊发出怪怪的喊叫声——不疼不足以长记性。

弟弟当了一年半羊倌后，爸爸把羊卖了。弟弟便放下牧鞭，拿起课本，重新坐回村小学的教室里。只是没有再念四年级，而是直接上五年级，在升学考试中，以全乡第一名的成绩考上了初中，并从此有了出息。

如今，故乡的张家屲除了山低处的地里仍然种着庄稼，梁峁上的地全部退耕还林。过去的粮田，已种上了大大小小的树木，地埂上长着一人高的草。因为羊全部实行了圈养，张家屲上的草，再没有什么去啃吃了，也就日胜一日地蓬勃生长起来。现在去张家屲，漫步在绿树青草间，除了眼前的景象不同外，当年在张家屲读书、放牧的情景还会撞得人一阵心疼，那是怀念带来的心疼，是幸福的心疼！想到弟弟还有这一年半的羊倌生涯，就感到生活真是有趣，便忍不住笑出了声……

2007 年 4 月 29 日

老电影

与儿时的伙伴在一起，我们常常会掰着指头，如数家珍般说出一串一串的村庄名。以故乡上杨家为中心，向周围扩散开去，在不到一分钟的时间里，不难数出一个由飘落在沟沟岔岔的小村庄组合而成的村庄群。向西，经刘家深沟、新王家、王家堡子，可以到孙家沟、小岔沟，如果腿脚便利，还可以再进一步去邻县的苟家川、川口下；或者去孙家山、马寺屲；向东，则穿过朱家堡子、小户、杨家嘴，再到张家台、樊家嘴、樊家沟，因为是下坡路，赶路相对轻省一些，去吴家屲、王家沟、五方河，甚至刘河等这些前川的村子，也不是多么难场的事儿。如果吸引力足够大，像牟家峡、后峡、鸦儿洼上等偏远僻静的村子，不是没有去的可能；向南，先爬上麦顶梁，再到朱家峡、任家峡、吕家岔、屈黄岔，以至于郭家上岔、下岔、停岔；如果不显得吃力，一展腿、一蹬脚就去了邻县的新景、黄家窑，再远点，去新庄下、旧庄下，都是可以兴之所至；向北，同样是爬上一段山坡路，到阳屲山，去八格湾、山阳湾，甚至伍家坪，完全看去者的兴趣了……这个村庄群，就像一滴饱满的墨汁，轻轻滴在浸了水的宣纸上，洇出一张深深浅浅、潇潇洒洒的大写意国画来，远远近近地挂在我脑海的中堂上。那里面的村庄，跟炒豆子一样，时不时便蹦向我的胸怀。

　　而这一切，都是因为在这些地方，我们不止一次地追逐过老电影……

　　那时的乡村，贫乏的物质生活，注定带不来多么丰富的精神享受。因而，老电影就几乎成了村民全部或者说唯一的精神食粮。因为有了老电影，村民的日子才不至于清汤寡水般的乏味，才有了迎亲一样的渴盼，就像死寂的涝坝里突然被石子惊出一圈一圈的涟漪。当久违了的老电影有一天在不期然间进了村子的时候，整个村庄都沸腾了。正在地里辛苦劳作的人们，可以放下紧张的农活，长长地舒一口气，跟没事人一样，散蹲在地头，掏出老旱烟，一边很惬意地抽着，一边在心里思谋着晚上的电影；或者，几个人坐在一起，开着有一缕子没一缕子的玩笑，猜测着电影的题材，那晴朗的阳光是早已挂在脸上了的。而孩子们呢，则更是挺着一张因兴奋而泛红的脸，疯了似的跑来跑去，比过节还要有兴致地当起了"风信子"，见人就说："今晚有电影!"一传十，十传百，不一会儿的工夫，所有的大人、孩子都知道了。于是，村子里一下子弥漫开热烘烘的气氛。并且，这气氛还会冲出去，在附近几个村子里同样掀起一阵阵的热浪。

　　这一天，地里的农活是不必干到天黑的。太阳还没有落山呢，主妇们已经在厨房里"乒乒乓乓"地忙活开了，她们要提早安顿好晚饭。等饭毕碗筷收拾停当，厨房里又响起炒豆子或炒面棋的声音，那是妈妈们在为看电影的孩子准备夜宵。如果此时把家家的炒豆子聚拢来，那简直可以说是炒豆子的盛宴了，蚕豆、大豆、黄豆、扁豆，甚至玉米粒，应有尽有；炒面棋，则要费事一些，先要和面，再摊成面饼，用切刀在上面纵纵横横压出小方块的痕迹来，然后在热锅里焙干水分，再沿小方块的纹路掰成一个一个的面棋，放在锅里用文火炒熟。孩子们装上鼓鼓的两衣兜夜吃食，一边看电影，一边习惯性地在衣兜里掏出一两颗炒豆子或炒面棋，丢进嘴里，吃出"咯嘣嘣"的脆响。有时，不小心把谁挤了一下，或踩了人家的脚后跟，眼看人家不高兴了，一把炒豆子或炒面棋塞过去，不愉快也随之化成轻风飘远了。

看电影的人们，远村的，趁天尚早就要赶路，往往来不及吃晚饭。本村的，当然要悠闲得多。性急的，会提前来到设在野地的露天放映场，慢性子则要等到发电机的灯泡亮了、电影快开场时才去，一副不急不躁的样子。孩子们心急得根本吃不下饭，老早便在现场等候了。他们要看着把挂银幕的杆栽好，看着影片匣子被抬到电影场、拉好线，并且要来到后场，亲历放映员用皮带一遍又一遍在发电机上发电、直至发电机"突突突突"地叫了、拴在电杆上的电灯泡"哗"的一下亮了的全过程，仿佛自己不到场，这发电机就发不出电似的。围观的人们，一看电灯泡亮了，像看到久盼的亲人突然出现在眼前一样，"噢"的一声，群起而欢呼，大家知道，这个时候，电影马上就要开场了。只见电影银幕前，晃动的尽是黑压压的人头，有看着放映员倒带子的，有盯着银幕静等的，有与人闲聊的，有吆喝着找孩子的……现场一片"嗡嗡"声。等到放映机旁小木杆上的灯泡一灭，影片匣子转动着发出"吱宁宁"的声音，放映机喷射出的光柱在银幕上变幻成五彩缤纷的画面时，人群才安静了下来。远村那些贪恋饭香的家伙，在电影开场多时了，还有在半道上奔跑着的，他们当然只能看到电影的一部分，等天明大家聚在一起，眉飞色舞说电影时，他还得留神听着前一部分的情节，不然，再给人讲起时，就缺失了一大块。如果没有看到的故事很精彩的话，其内心不知要生出多少悔恨来。

　　小时候，我很少在有电影的晚上按时吃饭。往往是看完电影回到家才揭起锅盖，把妈妈坐在锅底、尚有余温的两碗饭给报销了。然后，带着两眼窝瞌睡钻进暖暖的被窝，不一会儿便进入了梦乡。如果电影好看，则罢了；如果不好看，加之冬天又冷又饿又瞌睡，也会后悔不该去受这份罪。可是，哪一回真的没有去看电影了，那才叫真后悔呢。老电影进村常常是在大白天，要么由村子里的人去抬，如果便利，则用架子车拉了来。一不留神，当天阳子和堪才儿这两位放映员熟悉的脸突然撞到眼前时，心会随之狂跳起来，"今晚有电影"的声音便此起彼伏。于是，课也无心上了，作业也敷衍了事，放学了也不回家，直到和同学们一起、在学校的乒乓球台前等太阳下山、把电影看完为止。那时候，天阳子和堪才儿是最受人们（特别是孩子们）欢迎的人，看到他们，人们会情不自禁地拥上前，同他们打招呼，表现出异乎寻常的热情。多年以后，天阳子和堪才儿早已放下了电影放映事业，我也有很多年没有见过他们了，但那亲切的面孔，甚至穿着，仍然那样清晰、那样逼真地映在我的心田。因为他们白天清闲、晚上可以过足电影瘾的职业，还因为当个放映员，给哪个村子演，演什么，都有了不起的权力——这不，因为天阳子是刘河村女婿，因此，刘河这个大庄口，看电影就有得天独厚的条件。一次，去刘河走亲戚，当晚就看了《孔雀公主》，要不是有这么便当的关系，哪里有如此凑巧的事儿——于是，我便有了"向他们看齐、长大了也要当电影放映员"的理想。虽说这是我那时的小小心事，也终究没有干上放电影这一行，但时至今日，一想起放映员这个职业，心里仍然有股暖流在回荡。

追电影，是那时的家常便饭。不管十里、二十里，只要听到哪里有电影，必定要约上几个伙伴，急急慌慌地去，风风火火地回。你看，漆黑的山梁上闪烁着手电的光束，一会儿左，一会儿右，一会儿又向天空刺去。"噢""啊"的吆喝声和对答声，划破冷寂的夜空，更增添了时空的辽远与空旷。等到快要接近目的地、那熟悉的灯光在天空映出一片白亮时，心里说声："天宗神，已经演开了！"便撒开脚丫子，向银幕冲去。这时，只嫌腿脚太慢，只恨身不长翅。对电影的内容从不挑剔，战斗片、戏曲片、故事片、武打片、动画片，片片必看，村村必追。当然了，最爱的还是中国人民解放军八一电影制片厂的战斗片，当银幕上"八一"两个大字放射着万道光芒，扑入眼帘的时候，现场几乎同时响着一个兴奋的声音："打仗的！"有些重复看了不知多少遍，故事情节烂熟于心，就连人物对话都能一字不差地接上口，即便如此，仍然兴致如初。像《孙悟空三打白骨精》《少林寺》《喜盈门》《月亮湾的笑声》《鸡毛信》《红孩子》《闪闪的红星》《智取华山》《大渡河》《地道战》等等，更是从王家堡子看起，跟上电影转场，一个村子一个村子连着看，直看到樊家沟，天亮为止。一夜能看四五场。看了《孙悟空三打白骨精》后，村子里到处可听到那一声高亢洪亮、振聋发聩的断喝："妖怪——"以及"猪爹爹""猪爷爷"的叫声。一次，我和大哥、弟弟在河湾玉米地里捎玉米秆，大哥已经返回了，还不见我和弟弟的面，等到地头一看，我们正在用玉米秆当金箍棒，学着悟空手搭凉棚、降妖除怪呢；看了《少林寺》，则随处可见在墙根练习倒立、劈叉的身影，随处可听到在树上练习指功的"嘭嘭"声；看了《红色娘子军》，村头便有学习芭蕾舞的身影；而看了《三滴血》，"虎口缘"便唱响云霄……追的次数多了，也有轻信谎言而上当受骗的。一次，听人说朱家峡有电影，且是《吉鸿昌》，便去了。谁知站在峡顶上，一眼看下去，朱家峡黑不见底，静悄悄没有一点声音。有胆大的，对着峡谷喝问："有电影没?"回答他的，只有从谷底升上来的呼呼风声。第二天，有人问昨晚看的啥电影，我们的回答是："《看不见的战线》!"

记得奶奶曾说过，她小时候看的电影是无声的，因不懂电影是咋回事而闹了笑话。银幕上正放着战士们上战场前吃肉的镜头，只见一块块硕大的羊骨头，被战士们大啃了几下，便连骨带肉丢在了地上。奶奶分明看到那上面的肉还很多，弃之实在可惜。便等电影散场，来到挂银幕的地方，一边用手乱摸，一边自言自语："明明看到丢在了这里! 没有来狗嘛，那些肉骨头咋就不见了呢?"我们看的电影，当然要比奶奶那时的先进多了，不仅有宽银幕的，而且有立体的，透过特制的眼镜，看到电影中的人物一个个如在眼前，栩栩如生，活灵活现。像《靓女阿萍》《快乐的动物园》《枪手哈特》，就是当时的典型。而且也不像奶奶那样，把电影中的画面当真。虽然如此，老电影的情节总是那样让人持久萦怀，放心不下。在杨家嘴看《红楼梦》，当看到贾政鞭笞宝玉时，禁不住为宝玉而流泪；去樊家沟看《梁山伯与祝英台》的路上，因为撵着听石头儿讲梁祝的故事而把他的鞋后跟踏破了。返回时，天空阴云密布，电光闪闪，雷声阵阵，梁山伯开裂的坟墓便像高悬天空，神秘而揪心；看了《红灯记》《智取威虎山》，孩子们互相推诿着，都不愿扮演鸠山和座山雕，李玉和与杨子荣则是争演的对象；倒是看了《三滴血》却个个要扮演晋信书，在孩子们看来，晋信书那拿腔载调、貌似强大的样子要滑稽有趣得多；因为晚上要看《南征北战》而忘乎所以，我竟和几个同学站在学校修教室的檐板上，闪呀闪呀，"咔嚓"一声，檐板一分为二。我跑回家在放木料的房间挑拣能顶赔的木椽，被爸爸闻知，一顿追撵。要不是我甩掉趿不住的鞋，精脚在水渠边上一左一右地跑，恐怕早被同样甩掉鞋狂追的爸爸抓住，免不了饱受皮肉之苦。而晚上在没有修起的教室后墙上放映的《南征北战》，却因一伤兵的拐棍捣出了"电影外的故事"，只见那个伤兵一跳一跳的，拐棍往地上一拄的同时，发电机"吱噶"一声便没电了，我们以为是那个伤兵一拐棍捣坏的……

　　在农村看老电影，最好是在野外，找一处开阔地，拴上银幕，便有了那种独特的情趣。至于被学校包场，用黑帘子蒙住窗户，在大教室里放映，空气很闷，还伴有汗与尿的气味，丝毫找不到野外开阔、通畅的感觉，只是被学校包了的，孩子们便有一种优越感罢了。曾经以这种方式，看过《审椅子》《霓虹灯下的哨兵》《永不消逝的电波》。在电影院，则又是另一种味道，似乎要高雅一些。相对于野外看老电影，现在的人们坐在家里看电影频道或上因特网，那情致就差得太远了。

　　我自从离开村子到外面工作，已经有好多年没有在野外看过老电影了！

2009 年 5 月 28 日

过年，最忆是儿时

儿时的乡下，一进入腊月，辛苦了一年的村庄，便终于卸下了往日的繁忙，脚步开始变得舒缓而散漫。农家院子里，随处可见出出进进的人们。等吃了腊月八的糊心饭，乡下的年味就渐渐浓了起来。

这个季节，尽管地里的农事已完，但对于农家来说，似乎一年中并没有几天真正清闲的日子，越是接近年关，他们的活计越是成堆。腊月的日子像流水，"哗哗哗哗"的，眼看着年关将至，大人们的心里很是着急。家乡童谣："娃娃轻着过年哩，老汉急得胡旋哩，老婆子拄着棍棍借盐哩。"过年，最高兴的还是孩子们。能吃三天白面饭，能分到几颗洋糖、几枚鞭炮，如果运气好的话，能得到一两件衣物，那这个年就算很丰盛了。除此之外，更重要的就是可以不干家务活，非常自由地疯玩几天。当然，目前还不到我们轻狂的时候，做家务那是逃避不了的。

说是做家务，无非就是陪着妈妈沓破布、拣黑豆芽菜、推磨等，因为外面已经显出热闹的迹象了，所以事情做得很潦草。比如沓破布，活儿轻省是轻省，而且是围着个大蒲篮坐在热炕上，但面对一堆毫无生气的破布片、一碗黏糊糊的面粘，重复做着没有丝毫惊喜的单调动作，加之妈妈一边沓破布，一边哼哼着谁也听不清、但却很土的歌谣，我们便做得很没精神，呵欠连连。至于拣黑豆芽菜，那几乎是家常便饭。在平时，这根本就算不得什么，可在年根底下，就大不一样。锣鼓已经开始热情召唤了，"咚咚锵锵"的声音直往耳朵里钻，心急得跟"旋黄旋割"似的，哪里还有心思拣豆芽菜？那一盆子黑豆芽，此时也正朝着我们挤眉弄眼呢。趁妈妈不注意，赶紧把拣过的和没拣的和在一起，搅匀，说声"拣完了"，已不见了踪影。

还有推磨，听着妈妈交代的任务，心里顿感玩耍无期。其实，孩子们也明白，不抓紧把过年的面磨好，要想让大人给自己放假，那是连门儿也没有。晓得了这一点，心就自觉地收起来，一升连一升，不分昼夜地推，想早一天完成任务，早一天卸磨去玩。所以，腊月里有一段时间，我们是在磨坊里度过的。好在推磨可以轮流进行，有推的，有缓的，也就不觉得累。推上一段时间，我们便放下磨担，跑到院子里。如果是雪天，便捏雪疙瘩，我们叫"雪馒头"，一边吃一边推，很是得意。如果天晴了，院里的阳光正好，地上的积雪开始融化，房檐上吊着的冰凌棒也滴滴答答滴着水，那水跳下来，在檐水窝儿里溅起一朵朵的水花，把台子根底洇湿了一大片。这个时候，我们便拿填炕用的推耙去捣冰凌棒。冰凌棒直落下来，"啪——"摔成几截，拾起来，看都不看一眼，便径直送到嘴里，"扑滋滋"地吸着，似乎比城里孩子吃的冰激凌味道还要好——当然，那时从来也没有人提起过世上还有什么冰激凌，听都没听过，也就无从知道冰激凌长什么样儿了。除了推磨，还要跟着爸爸去大场里的碾子上碾米。在农人眼里，米是奢侈品，平时很少吃，只是到了过年,才碾小米熬米汤。碾米和推磨的活从形式上讲并没有两样,只是碾米要费工得多。碾子比磨子重,推起来费力不说,单就碾米,还要把出了碾道的谷子一遍又一遍地扫进去,让碾子翻来覆去地碾。碾米讲究时机,时间不能长也不能短,长了,把米碾烂了;短了,谷糠褪不净。至于啥是个时机,自然有大人们掌握,孩子们根本不用去操这一份闲心,只需用劲把碾子推着滚起来就行。碾米费劲是费劲,但我们还是乐意去做。因为队上的碾盘,一般都盘在大场北面的某一个角儿上,北面也就是阳面,阳光流泻着,暖融融的,冻了一冬的孩子们,在这避风的角落劳作,权当是在阳圪里晒暖暖呢,有什么不情愿的?加之,大场里人多,不单调。你看,大场北墙根一带,东倒西歪地躺着几个老人,眼睛眯成了缝,似乎睡着了,但他们的嘴里仍然有一句没一句地说着家长里短,时不时地和谁"抬着杠",惹得大人孩子一阵哄笑;西侧的场院上,给队上看牲口的老者,正在用推耙搅晒填炕的牛粪,大场的上空,便弥漫着牛粪浓浓的、独特的气味。在生产队,大圈饲养员的炕,永远是焦热焦热的,也永远人气最旺,人们出出进进,从没有个断的时候。要么,横七竖八地睡觉,要么,团在一起"掀牛九"(一种棋牌游戏)。所有这些,在孩子们的眼里,无疑是很有吸引力的。

　　腊月二十三这一天比较特殊,不仅因为是小年,家家要举行一个简单的仪式——送灶神爷上天言事,而且在这一天,农家要搞一年中最为隆重的清扫。吃过早饭,男女老少齐动员,上房、偏房、厨房,所有的东东西西、坛坛罐罐,该苫的苫,该挪的挪,该腾的腾。不一会儿的工夫,大大小小的家当,杂乱无章地摆了一院。孩子们对扫房并不感兴趣，那些平时很少动过的家当，经过一年，已是陈垢满身，特别是挂在墙上的那几个相框，背面挂了厚厚一层灰土，厨房里坛坛罐罐上尽是油渍，很不容易擦洗干净。日之夕矣，气温开始下降，手也僵了，脚也麻了，腰硬得直不起来。要不是能偶然发现之前丢了的铅笔、久无音信的转笔刀、许久未见的玩具、大人藏在箱子底的小玩意儿，这扫房对我们来说也就确实没有什么乐趣可言。

但杀猪则不同，不仅因为过年能吃上猪肉而理所当然变得令人神往，而且，也许此后更长一段时间里，端起的饭碗里会时不时地飘荡着几星油花，也许偶尔还可以在洋芋菜里见到夹杂其间的一二肉片或"油补脑"(油渣)，使家里的饭食变得不再寡淡。杀了猪的当晚，照例要尝新肉。家家来一位代表，大家坐在一起，放开肚皮吃一顿炒肉菜，话一话农家的新鲜事和难场事，平时清冷的农家小院，便蒸腾起少有的热闹之气。名谓尝鲜，无非是洋芋、萝卜、包菜之类，加上肉片而已，但却是地地道道的农家特色。那种味道，我至今再也没有遇到过。村东头的大爷爷、大奶奶老两口儿，腿脚不灵便，来不了，妈妈便叫我把菜送过去。当我端着高高的一碗菜出现在大爷家院子里时，大奶奶便连声地说着："我的蛮儿! 我的蛮儿!"

当过年的日子终于盼来了时，我们会不相信似的在心里一遍又一遍默念着："过年了!" "这就是过年!"除了要贴哥哥写的对联，贴杨柳青"年年有余"的年画，贴姑姑铰的喜鹊登梅的窗花，贴秦琼敬德两个门神爷和"福、禄、寿、禧"这几个大字，听着此起彼落的鞭炮声、锣鼓声，感受着这种过年才有的浓烈的气氛之外，最让人期待的，还是大年三十晚上的长面或饺子。长面，不仅面长又筋道，而且会用平时没吃过的醋调味。对于顿顿吃着酸菜、浆水长大的农家孩子而言，醋，无疑是独具诱惑的。当厨房里雾气环绕，兑好的醋汤散发着诱人的香味，煤油灯盏昏昏沉沉摇曳着如豆粒般大小的光点时，我们鱼贯而入，守在锅边，看妈妈从翻滚的水里高高地捞起长面。等不及端碗似的，眼泪都要急出来了！如果是吃饺子，则看谁先吃到包在饺子里的"分元"，比谁的福气大。等吃过饭，一家人坐在一起，爸爸会从箱子里取出给我们的礼物，这才是最让人激动的"年"。枣儿、核桃、洋糖、鞭炮，都是由爸爸按人头分的。我们拿到这些宝贝之后，都会藏在只有自己知道的地方，轻易舍不得用。特别是洋糖，给了我们最初也是一世关于"甜"的全部理解，至今仍顽固地主导着我的味觉，好像除洋糖外，其余的甜都不正宗似的。至于鞋袜衣服啥的，分到什么是什么，从来不羡慕别人。如果是一双黄胶鞋，只有在过年那几天才穿，年过完，就又换上了旧布鞋。新胶鞋穿在脚上，感觉人一下子美了，能了。还要扭过头，看一看鞋底的斑纹拓在溏土上的印痕，心说，我也穿上了底子有斑的鞋，很有些飘飘然的味道。

　　从正月初一开始，除了吃饭，我们在家里连面都不闪一下，早跑到大场等热闹的地方去了。大场上，到处是人影，到处是人声。男人们在一起"抹胡"（一种棋牌游戏），女人们则说着闲话，孩子们在麦草垛底下，这里一堆，那里一丛，做着熟悉而趣味浓烈的游戏。你看，那些"掀牛九"的，因为谁作弊偷了"牛"而招来骂声一片；抓五子的，因为谁输了却赖着不给洋糖而撕扯在了一起；跳房的，谁出了线还装作无人看见似的继续昂着头、瞪着眼走步，引起一阵哄堂大笑；打沙包的，谁被沙包打在脸上而双手捂着在那里"哎哟"；捉迷藏的，谁藏匿得找不见了，致使敌我双方被迫停战，大家一起高声呼叫着孩子的名字；"叼狗娃"的一群小毛孩，在那里只顾团蛋蛋，早笑得喘不过气来；敲锣打鼓的，不乱点地敲打上一阵后，打鼓的和敲锣的便暗中顶上了牛，越打越快，越敲越急，最后谁跟不上趟了，搅得那刚才还很有韵味的锣鼓点儿一阵纷乱，围观的人们便对着他起哄……耍社火的人们，早在腊月里就开始了行动，用旧课本、柳筐子、麻叶丝，就能扎出一个活灵活现、威风凛凛的狮子来；用竹竿、白纸、红纸，就能糊出一艘灵动小巧、摇摆自如的旱船来。这个时候，他们已做好了"闹正月"的准备。一群穿红戴绿的女孩子扭着秧歌，咿咿呀呀唱曲儿："正月里梅花报喜春，二月里迎春一片新，采朵鲜花双手捧，献给领袖毛泽东。"泥土味很浓。还有"二喜摔跤"，一个真人和一个用背篓做的假人较量，我当时老想不通假人为啥也会摔跤，还把真人摔倒了几次，有时怀疑是假象，旋即又认为是真的。至于踩高跷，对我来说就更神奇——腿那么长的人，晚上睡在什么地方，昏昏然不得其解。社火出庄是最好看的。那边庄头处接社火的纸一点燃，这边的狮子就冲了上去，领狮子的草绳子燃着火星，舞出飞动的火蛇，两家的锣鼓较着劲敲打，响彻山谷，看社火的人们便肆无忌惮地高喊"噢嚎嚎——"，把社火推向了高潮。撒回时，人们会唱着小曲，对因耍社火而打搅了人家表示歉意："亲戚亲戚你不要骂呀，我们是一泡耍娃娃呀。耍得好了你不要夸呀，耍得完了你不要骂呀！"一直要跟到社火完全结束了，才回家睡觉。回到家后，似乎已经睡着了，但耳畔仍然回荡着喧天的锣鼓、萦绕着这熟悉的曲调……

赶庙会，是过年的最后一道关。戏班子从进入腊月就开始排练，正月初四上台，连唱四天四夜。先是唱样板戏，后来唱老戏。不管哪种戏，戏场里总是人山人海，热闹非凡。卖焦糖的、卖油饼的、卖沙梨的……应有尽有。最爱晚上看戏，当高悬在戏楼前檐的汽灯点燃了，那亮光把戏场子照得如同白昼的时候，我们便在灯光的笼罩下捉迷藏，出没于人的海洋和或明或暗的地方。每年戏散后，村子里的人们，照例要荐台。暖锅子、油饼摆了整整一戏院，演员们散蹲着，面对着热气腾腾的暖锅子，吃得兴致盎然，谓之"吃团圆饭"。我很是眼馋，但顾及自己和戏不沾什么边，只好作罢。因为这个缘故，以后村子里唱戏时，我都要上台，让人家把自己的脸画了，拿上大刀或者红缨枪，充军上"战场"。每次都是跑上场，嘴里喊着"噢啊"的声音，又迅速下场，从没有演过一个正经角色。即便如此，我也成了名副其实的"戏班长"，到再吃团圆饭时，便心安理得，甚至骄傲。也正是有了这一段"舞台生涯"，长大后，看戏竟成了我的爱好，不仅会欣赏，还能哼哼唧唧唱两句！

从正月初四开始，家家的老人、孩子便提着油饼走亲戚，把乡下的年味滋润得更绵长了。至于戴项圈的姨弟一来，我们肩并肩高唱《大刀进行曲》，笑得上气不接下气，那乐趣就更不用说。等元宵节一过，人们便急着上地去，年的气息才慢慢淡了下来。

2009 年 5 月 31 日

城里的灯泡比月亮还亮

　　布谷鸟在院后的槐树上，扯开嗓子"布谷布谷"地叫了，斑鸠鸟站在屋脊上转着圈圈儿，一声比一声紧急地叫着"姑姑等"，园子里的桃花儿红了，梨花儿白了，这个时节，城里的哥哥回了趟家。我和弟弟像尾巴一样，老是围着他转。爸爸交代，要给南房的新炕再抹一层细细的泥。哥哥挑土、找麦衣，我和弟弟抬水，一顿饭的工夫，泥的模样儿就出来了。我和弟弟脱掉鞋，双脚踏到泥里乱踩，泥这东西就像被挠痒痒的孩子，一下子瘫在了地上，当真变成了一堆没有筋骨的烂泥。我用铁锨端泥，哥哥拿着泥抹子抹炕。

　　"哥哥，你说城里有灯泡呢，真个有呢吗？"我这是第三次问同一个问题。

　　"真个有呢！你不信？"

　　"信是信呢……那城里的灯泡真个亮得很？"

　　"真个亮得很！"

　　"那有多亮哟？有罩子灯亮吗？"要知道，家里自从有了罩子灯，整个屋里都像变了样儿。一到天黑，小心翼翼地取下玻璃罩子，在调钮上把灯捻子拧高一点，用洋火点燃，然后卡上玻璃罩，"哗"的一下，就一下，连屋子的旮旮旯旯都给照亮了，比用墨水瓶做成的煤油灯亮一百倍！我敢打赌！

"罩子灯？那咋比呢！城里的灯泡……如果你把针掉在地上，拉开灯泡一看，哟，这不是针吗？一眼就能找见，城里的灯泡比月亮还亮！"

"啧啧！"

"啧啧！"

我和弟弟一边端泥，一边赞叹着，心里羡慕得要死要活的。

你想哟，妈妈用针线给衣服补补丁，一不小心针脱了线掉到了地上，那是经常有的事。妈妈说："我娃眼睛亮，快寻一寻针在阿达（方言，意为哪里）呢？"我们把眼睛瞪得大大的，在地上仔仔细细找上半天才能找到。你想哟，城里的灯泡，刚一拉开，就一眼能看到针，那灯泡可真是个神奇的东西！比月亮还亮？你再想哟，月亮地里，哪里有人声，就能在哪里看到人影，月亮还不够亮吗？可这城里的灯泡比月亮还要亮呢！

这灯泡！于是，心里便一直点燃着一盏灯泡，那灯泡的火光扑闪着，照得人心里直痒痒。

第二天，哥哥一走，再见到村子里的小伙伴，便不无得意地说："城里有灯泡呢，城里的灯泡比月亮还亮，你把针丢了，灯一拉着，一下子就找见了！"

"你咋知道的？"

"我见过。在我哥哥的房子里。"

"你吹牛!"

"你是吹子手!"

他们不信？心里咯噔一下，脸上挂不住，便挥起拳头和他们打了一架。

去城里的愿望像一粒整天泡在水里的豆子，不几天便在心里发了芽。如果再不取出来把芽芽儿掐掉，芽芽儿会越长越长，像野蛮生长的藤蔓一样把心给缠死！

哥哥再来时，见我不像先前精神了，也没什么胃口吃饭，蔫蔫的。他给爸爸丢了一句："这娃怕是有啥病，啥时领到城里看看！"哥哥走了，我的心也跟着走了。心里想着，啥时真的害个病，就是那种不大不小、非得去城里看的病，可不就能去城里了吗？想着想着，像真的到了城里一样，不由自主地伸出舌头来，舔了舔嘴唇……

真是春日苦短，转眼到了夏天。午饭后去学校的路上，见乡上的解放牌汽车停在商店门前，正在"嗮嗮嗮"地叫着，驾驶室里坐着村上的两个人，正在和司机大声说着话。听旁边的人说汽车去城里，我的心里突然"腾"的一下，去城里的欲望像爆玉米花一样瞬间膨胀了起来。

"三爸，我去城里，能拉上我吗？"我拉着驾驶室里一位长辈的衣襟急切地问。

他转过头和司机说了几句话后，再转过头对我说："这里面坐不下了，你就坐在车厢里吧！""行行行——你让汽车等一下，我去学校请个假就来。"我撒开脚丫子往教室跑，边跑边在心里嘀咕：坐车厢？好啊——让我坐"司机楼"，我才不坐呢！写好假条，交给同学，生怕汽车等不及一撅屁股走了，慌慌忙忙地跑出学校，三两下爬到车厢里。呀！这么大的车厢！我站在上面，骄傲地看着认识的和不认识的同学从汽车旁经过，幸福得像考试得了第一名。

突然，"呜"的一声，我的脚下向前去，而身子却向后仰，差一点摔倒在车厢里，急忙抓住车厢帮。一看，学校的教室、路边的柳树像过电影似的向身后甩去，脚底下像驾了云，轻飘飘地飞着。呀，这汽车算真正跑起来了？真的比手扶拖拉机、架子车快多了！爸爸亲手裁剪缝制的白丝布汗衫，被风吹起来，仿佛突然长了翅膀。

转眼间的工夫，汽车冲过深沟河、爬上红土坡、绕过伍家坪，经拱拜、后沟，爬上了一道高高的、长长的山梁。汽车在山梁上跑得时间最长，一路上可以看到几抱粗的倒柳树稳稳地蹲在路边，树冠像墨绿的堆云，一直伸到路的中间，车飞过去，修长的枝条会"唰"的一声抽打在脸上，脸上疼着，心里却企盼着让那枝条继续抽打，那就再来一下，再来一下！看到飞驰的汽车快到柳树跟前了，便主动把脸伸过去，只紧紧眯起双眼，任树叶、树枝在脸上甩过。偌大的车厢，是我一人的自由天地，一会儿在厢左，一会儿在厢右；一会儿一手把着厢前的横梁，一手又在腰间，作环顾四周状；一会儿又背对着汽车前进的方向，督促着路边的柳树快速地闪过，站、坐、蹲、躺、滚……真是无比惬意，就像从山梁上掠过的雄鹰：随意，舒展，自在……啊！还有这种车，我可从来没有见过，浑身开着窗，窗玻璃在阳光的照射下，耀得人眼睛都睁不开，那模样更是奇特，齐头齐尾，这怕是叫班车吧？有的窗子打开着，人的头从里面露出来，有的人戴着眼镜、穿着白亮的衬衣，那可能是的确良衬衣吧？这种齐头齐尾的车，响着喇叭，打着招呼，从我旁边开过。我会站到一边，就近去欣赏它，喜爱它，羡慕它。山梁上，绿柳依依，喇叭声声，班车、卡车交替穿过，这不是和家里墙上粘贴的新农村宣传画一个模样吗？这样想着，自己仿佛已经赶上了新农村建设的美好时代，无忧无虑、幸福快乐地生活着……

　　下山后不久，汽车在一个非常平展的川道行驶，马路很宽，不一会儿便驶进了一个很宽敞的地方，高楼和店铺一闪而过。这怕是到城里了吧？原来城里这么大啊？可汽车没有丝毫停的意思，继续加大油门，在柏油路上飞奔，一直把这个很大的地方甩在了身后。汽车在川道行驶与在山梁上行驶又截然不同，不仅跑得快，而且跑得稳。快了，我很欢迎，但稳了，我就不高兴，因为没有了刺激。心里就盼望着再过几道河，再爬几个坡，颠颠簸簸，让人有一惊一乍又一喜的感觉。可惜，从此，汽车再不给我机会，只一个劲儿地跑，跑，跑。路两边的水渠里水哗哗地流着，光屁股的娃娃在水渠里"打蛟水"。这里人的穿着咋就那么洋气呢？

　　汽车终于放慢了速度，最后停在了一个地方。村子里的人从司机楼里走出来，对我说："下来，城里到了。"这就是城里了？心里"悠"的一下，仿佛怀揣了很长时间的一块石头终于落了地，紧接着是一阵隐隐的失望，真的希望汽车永远这么开下去，永远到不了城里才好呢，希望城里只是住在我心里，让我向往着、憧憬着就够了，真的到了城里，心里反而有些不高兴。

　　村上的人领着我不知拐了多少个弯，过了多少个马路，最后在一个窄窄的巷子的深处，找到了一个同样窄窄的院子，才算找到了哥哥的住处。后来知道这个巷子叫倒醋巷。到城里时，已是晚饭时分，一走进小院，到处飘荡着清油炒韭菜的香味。

黑压压的马燕在头顶盘旋着，"嘎嘎嘎"地乱叫，刚听还有些新鲜感，也许是因为和乡里的燕子不同的缘故，但听得久了，就感到太吵，有些心烦，不如乡里的燕子亲切。

哥哥见我到了城里，自然高兴，我最怕他盘问我到城里的目的。对这个问题，哥哥只是轻描淡写地问了问，并没有穷追不舍。我说是爸爸让我来城里看病的。对这个我想了一路的谎言，哥哥似乎相信了，这让我久悬的心总算放到了实处。过了这一关，就轻松愉快多了。掌灯时分，哥哥拉住吊在半墙上的一根绳子，只轻轻一拉，电灯泡哗的一下，亮了。呀，整个屋子全在灯光的照耀下，屋子里所有的东西全都看得一清二楚，像白天一样。这个长得和家里的香蕉梨一模一样的灯泡，咋这么神奇呢？它真的比月亮还亮呢！月光是朦胧的，模糊的，而这灯光，却是清晰的，在这样亮的灯光下，果真是只需一眼便能找见掉下的针，没问题的。这样想着时，不由得多看了几眼灯泡，直看得眼睛花了，看屋里的东西时像是蒙上了一层纱幕。

第二天，嫂子领我去医院，懵懵懂懂的。医生问我咋了，我说："我不吃饭。"

医生笑了："不吃饭那是饱着。"我说："饿着，我也不吃饭。"惹得医生哈哈大笑。不知道医生对嫂子说了些什么，反正再没我的事。病就算看完了。中午，哥哥让我在城里玩两天，我高兴得心里像开了花。

起初还有些胆小，只在倒醋巷附近转悠，怕走得远了找不见回来的路。后来胆大多了，越走越远，越走越野。一条街上的楼被我审察了个遍，只感觉这里的楼比先前经过的那个大地方的楼多得多，也高得多。齐齐儿一条街上，每隔几步就有一棵大树，树荫落在街上，连成了一片。

我很喜欢在树荫下来来回回地走。不仅如此，我还知道了书店在哪里，转角楼在哪里。我会从倒醋巷出来，一直走到书店，站在书店的玻璃柜台前面，远远地看小人书，直看得眼馋心跳。等人家问我买啥时，我才回过神来，不敢说一句话，慌忙从书店逃出来。我会从转角楼的这头走进去，慢慢儿从那头走出来。转角楼里很凉快，水泥地上洒着水，我的布鞋被渗得湿湿的。货架上的录音机里正放着音乐，很好听。我很乐意地从这门进去，从那门出来，一遍又一遍，一遍又一遍，不敢说话，只是看着售货员在那里招呼顾客，只是看着商店里那些崭新的、琳琅满目的商品。有一个人买东西，问得多了，被售货员训了一顿，那人站着没动，却把我吓得跑出了门。心想，城里的售货员咋那么凶呢？如果自己长大了，能当上售货员的话，这辈子就满足了，我一定做一个和蔼的售货员。这样想着时，心里暗暗下了决心，步子也轻快了，仿佛自己已经是售货员了似的。

头一回从倒醋巷出来，看到一个乡下人模样的老人，提着个小篮篮，在巷子口的树荫下卖樱桃，我就记住了这个老人。但等我往回走时，死活找不见卖樱桃的人了，看着巷子像又不像，急得我在那里转圈圈儿。后来大着胆子走进去，脚在走着，心在缩着，直至走到哥哥住的小院门口，缩成一团的心才算放开。哥嫂正等我吃饭，问我到哪里玩去了，咋来这么迟？我只红着脸，不敢说实话。

吃过饭，由哥哥嫂子领着，去市场坑看戏。我才知道了一种叫"冰棍"的东西，夏天里的冰，甜甜的，五分钱一个，我为自己能自告奋勇跑到卖冰棍的小房子门口排队买到冰棍而自豪。市场坑里，到处是人影，是人声。戏场周围全是灯光，五颜六色的，看得人眼都花了。只是奇怪得很，那些城里人为什么不看灯，只在那里说话呢？

城里的女娃娃，穿着裙子、皮凉鞋，男娃娃穿着短袖、半裤，很清爽的样子。听我身后几个男娃娃说话，"xue 呢，wai 呢"的，想笑又不敢。不知谁说："戏有啥看头，不如看电视去。"电视？电视是什么？我只知道电影，还不知道电视。我问哥哥，电视是啥，咱们看电视走。哥哥说咱们没有电视，到哪里看去？我便知道了这电视是个不容易看到的东西，不看也罢了，可心里一定要记住"电视"这个字眼儿。

第二天，我坐着班车回家，这是生平第一次坐上了班车。感觉比坐卡车稳当，只是视野不开阔，少了在卡车上的自由和舒展。一路上，我一直在纳闷：城里的灯泡咋那么亮呢？城里的好东西咋那么多呢？

1980 年，我十三岁。

2007 年 5 月 4 日

上 学

一

这个乳名叫"上杨家"的村庄，有卧龙山横立村头，一座堡子样的院落，高踞山脊之上，人们叫它庙院。现在是村民祭祀、集会、娱乐的场所，而那时却是我们的村学。村学里有上、下两个院子，中间二十几个台阶把它们连在一起。上院是我们上课的地方，处在高台上，东面是一排三间简陋的教室，房顶到处开着眼，天晴有阳光透进来，下雨会漏一地的水，窗户一律用白纸糊成，坐在教室里看外面，有一种外面正在下雪的感觉。课桌为清一色的泥土台子，糊在上面的报纸大多已磨烂，露出丝丝缕缕的痕迹。西面是老师宿舍，一排两间，和教室没有什么两样，只是木扇窗子而已。下院要比上院低十多米，是一个不到四百平米的操场，坐北向南，有一座高起的戏楼。课余，我们时常在戏楼上伸胳膊展腿，打打闹闹，上课铃声一响，便从戏楼上直直地跳下去，几步奔上台阶。

正式上学前，我参加了村学的中午班。所谓中午班，就是在上学的孩子中午回家吃饭时，我们就到校上课。这或许是中国最奇特的班级吧。现在想起来，中午班实际就是识字班，专门给那些过了上学年龄的半大孩子安排的。他们大多已经十多岁了，参加了队上的劳动生产，中午再到村学识字。五六岁的我，混迹其间，大小同学，倒也相安。

中午，放学的铃声响过，正式上学的孩子像一群撂鞭甩出去的小鸟，飞过校门，越过山脊，一路喧闹着回家。而我们，像一群觅食的麻雀，踩着铃声的余音赶来。中午阳光正好，教室里一片明亮。村上的两位长辈是村学的老师，他们在黑板上写"爸爸""妈妈"……点横撇捺，横平竖直，点如桃，撇如刀。我们在老师的指挥下，模仿着老师的腔调，摇头晃脑地读笔画（读如唱）："一撇，一捺——"声音洪亮，朗朗上口，一边读，一边伸出食指，跟着教鞭在空中上下左右地点画。我们是一地雨后疯长的冰草。

读上几遍后，随着一声"开始写"，孩子们便跑出教室，像蒲公英被风吹了一样，散落在院子里的几处树荫下——农家孩子，缺笔少纸，只好在地上写字。我们拿出各种各样自制的"笔"——木棍、石子、瓦片，最好的"笔"莫过于废旧干电池中的碳棒，同学们叫它"铁墨棒"。那时干电池已不稀缺，一般能比较轻松地寻到，一旦得手，便背着大人，用石头砸开，取出碳棒，先在土里用脚使劲踩几下，再用废纸擦净，然后放在手上来回搓磨，直到光亮为止，一支铁墨棒就算做成。用久了，铁墨棒会变得光滑油亮，不管上不上学，都会一直装在口袋里，随时拿出来看看，宝贝似的，怕弄丢了，更主要的是唤起拥有的得意和快感，也因此弄黑了手，弄脏了口袋，但我们根本不屑于计较这些。中午班的同学，几乎人人拥有一支铁墨棒，只是大小不同罢了。实在没有弄到铁墨棒的，才用木棍、石子、瓦片写字，那是极个别的。同学劳劳，其时已经十四五岁，不知在哪里弄到一支比大拇指还粗的铁墨棒，那天拿出来写字时，惹得同学们一阵哄笑，接着是一片"啧啧"称赞声，直让我们眼馋了好几天呢。用铁墨棒写出的字，既黑又亮，再丑，自己看着都是漂亮的。有时写上一坨，站起来，歪着头欣赏一会儿，心里得意得跟吃了蜜一样！

校园的几处树荫下，只见同学们毫无章法地蹲在那里，或面对面，或背对背，各自占着一块地方，一边写，一边唱："一横嗯——" "一撇儿——"……顿时，那些高高低低、男男女女的唱书声，在山嘴上空回荡。有时，谁蹲着蹲着，一屁股坐地上了，便引来一阵大笑。有时写着写着，唱书的声音渐渐弱下去，弱下去，及至悄无声息，突然一哄而起，唱书声又此起彼伏，嘈杂纷乱，用老师的话说，像麻雀窝里捣了一担。老师常常用"看谁写得多"来鼓励同学们，我们习惯把"写得多"理解为"写得长"。老实点的孩子，字写得一板一眼，横竖都像样，形状方方正正，显不出长，同学们就说写得少。调皮的孩子，经常弄虚作假，几个字一行，有时甚至一字一行，倒退着写下去，把其他同学撇得远远的，走近一看，其实才一列字。遇上这样的孩子，老师只微微笑一下，绝不会骂的，至多说一句"这家伙"。

中午班的同学，记不大清了。印象中有十多个孩子，记忆最深刻的是劳劳和多弟，那时他们都十几岁了。他们是我的同学。

二

正式上学，是 1974 年。好像是春季开学。大哥用一截约两厘米宽、一尺长的木片做底，用牛皮纸为我糊了一个特别的书包。我就提着这个书包，由大哥领着去报名。牛皮纸书包里，装了一支柱状的、白兔图案的铅笔。一年级的教室是靠南的一间，中间为二年级，靠北是三年级。我在这里读了三年，1976 年冬季一结束，就村学毕业，升入公社所在地的中心小学去读高小。记得好像是上二年级的时候吧，学校的课桌换成了高且长的木柴桌。比起中午班时的泥土台子来，老柴桌显然要好得多，但仍然没有桌肚（课桌里用来放书的部分），我们便用绳子做筋、秫秆做骨，绕着桌子上上下下地绑出一个桌肚来。有劲的孩子，绑得牢且耐用，书放在这样的桌肚里面，既安全，又温暖。力小的孩子绑得松松垮垮，不几天便散了架。同桌间用粉笔在桌子中间画出了不得侵犯的"楚河汉界"，并且因为有意或无意的入侵而打架，那是小孩子们常有的事。

对刚入学的孩子来说，最激动的事莫过于发新书了。老师喊"抱书来"，同学们会一窝蜂地冲出教室，每人抱一摞新书，低着头向教室跑，往往和对面的人撞个满怀。新书发下来，迫不及待地打开，把书页紧贴在脸上，深吸一口气，让那一股浓浓的墨香直入心肺。闻新书的墨香，至今仍乐此不疲，大概是那时培养的吧。遗憾的是，不知是墨香变了，还是人变了，反正现在的新书已闻不出那种香味儿了。

一年级的课本上拼音字母旁边还有"花图图"：张开的嘴巴是 a，

公鸡对着太阳叫是 o，大白鹅是 e……另外记忆犹新的是一篇名为《在泥塑"收租院"里》的课文："妈妈拉着我的手，往泥塑'收租院'里走。'收租院'里有个女孩子，也紧紧拉着她妈妈的手……"插图是一个衣衫褴褛的老大娘，背着一个孩子，身旁拉着一个瘦骨嶙峋的小女孩。还有一篇是《我要读书》，写高玉宝的故事，其中的插图是穿着马甲的地主儿子，手执皮鞭，正在抽打倒在地上的高玉宝，旁边是高玉宝放牧的小猪。这两篇课文成了我三十多年的牵挂，经过了苦苦的找寻，我终于在 2001 年找到了有《在泥塑"收租院"里》的那一本课本，那是我在兰州城隍庙花五元钱买的，现在是我的珍爱。

小孩子家，懵懵懂懂，喜欢书但不知保护书。通常的情况是，课没上几节，我们就背着老师，躲到教室后面，把书上的插图一律用蜡笔涂成彩色的。一天中午，我们几个正涂得起劲，不知谁说下午老师要检查课本，涂染了的一律要挨教鞭。我们吓坏了，赶紧用指甲把蜡刮掉，刮了一中午，把书都刮破了，结果老师并没有检查，虚惊一场。但书的脸面从此大变，不到学期终了，我的所有课本都拦腰折断，还戏称"把书念成字典了"。

下课了，我们会站得远远的，看老师在宿舍里吃馍。一直以为只有我们这些什么都不懂的孩子或者成天在地里劳动的农民才吃馍，教书的老师怎么也要吃馍？我们对此感到新奇、惊讶，又不可思议，像发现新大陆似的奔走相告。于是，同学们齐刷刷地站成一排，好奇地看着老师："呀！你们看，老师吃馍和我们一个样子呢！"等老师喊一声"看啥呢"，我们又一哄而散，跑得没了踪影。或者，几个要好的同学一起，在校园里没有目的地乱跑，一会儿跑上来，一会儿跑下去。跑着，跑着，哪个男生把哪个女生一头撞翻了，我们就当笑话讲好几天，直讲到那个男生烦躁了为止。或者，去操场打陀螺——那种用木头削成的、家乡话叫作"脖牛"的，用鞭子的鞭梢缠住"脖牛"，用力一拉，"脖牛"就快速地转起来，或不用鞭梢，而用两手互反着扣住"脖牛"，使劲一搓，并迅速放到地上，"脖牛"借着惯性也能转起来。本事大点的孩子，拿着一个非常大的"脖牛"，我们叫它"脖牛王"，着地的一头尖尖的，上面镶嵌着一粒滚珠，朝上的一面用彩笔画出一道道的圆圈，转动起来就非常好看。这样的"脖牛王"，用绳子做的鞭子是抽不动的，只能用柳树枝抽打。虽然转速不快，但因体大而有劲，任你多少"小脖牛"走马灯般地碰撞，都不能让它倒地。这个时候往往是最热闹的，只见操场上，孩子们这里一堆那里一群，各自吆着自己的"脖牛"，互相碰仗。操场的上空，便喧腾着阵阵热浪，弥漫着鞭梢吆"牛"的"噼噼"声。或者，去校园的后墙根捉一只屎壳郎，孩子们叫它"屎爬牛"，在墨盒里沾上墨汁，用细线的一头拴住"屎爬牛"的后腿，一头绑在用树枝做成的小犁上，然后，手指扶犁，嘴里吆喝着耕田人常喊的话，督促"屎爬牛"在桌子上耕田，"屎爬牛"爬过的地方，便留下一道道黑色的犁痕。再不，就是等沟底的夯歌飘上来时，我们会爬到学校墙上，看沟底的一群人唱着夯歌打夯。"大家使劲打来嘛哎——哎嗨哎嗨哎嗨哟呀，干完活了就回家呀——哎嗨哎嗨哎嗨哎嗨哟呀。"那夯歌的歌词是现编的，看到啥就唱啥，内容不无幽默、诙谐，只是调子凄凉难耐，不忍细听。

1976 年 10 月，有四个家伙的名字上了学校的土墙。老师组织了一个秧歌队，说是要到改土的工地上去宣传，我本来是被选中的，而且参加了排练，可到了正式演出时，却因为没有老师要求的白衬衣和皮带，被勒令退出了秧歌队。演出那天，长长的秧歌队，统一装束，精神抖擞，那场面十分热闹、壮观。看着他们骄傲地走向工地，我失落得连肠子都要青了。从此后，凡要求集体参加的活动，我都会千方百计地参加，绝不因为一些细节问题而留下一辈子的遗憾。

<h2 style="text-align:center">三</h2>

1984 年，我初中毕业，考上了师范，秋季一开学，就要到外地去了，心情当然非常轻松和愉快。

那一年的夏天，父母格外忙。除了丢不下的农活外，还要给我准备上学的被褥、衣服和日常用品。眼看就要开学了，可路费还没有着落，父亲急得转圈儿。那时只要考上中专，就等于成了公家人，不但不再交学费，连吃饭公家都管了，但总得筹些路费和零用钱吧！虽说只有四元的路费（李店到静宁一元三角，静宁到平凉两元七角），可父亲真的拿不出来。临开学的几天里，父亲一直闷闷不乐，一言不发。当时无法知道父亲的感受，及至自己做了父亲，同样遇到家里需要一笔钱而自己拿不出来的时候，那种失落压抑的心情，使我真正理解了父亲的难处。

一天早上，刚起床，父亲让我跟他去李店赶集。他把一个扁担交到我手上，指着墙角的两筐香蕉梨，说："担上，到李店卖了。"原来，天一亮父亲就把院子里的梨全摘了，准备拿它变钱。我知道，那梨还没有熟透，这时候去卖，肯定不会有好价钱，可父亲已别无他法。

到了集上，一担青梨，愣是无人问津。几个上年纪的人老是蹲在那里，一遍遍地翻看，就是不出好价儿。问得急了，几个人索性连声气也不给。日之偏西，集上的人稀拉可数，父亲说，不能担回去，只好贱卖了。"一角七，买不?"话音落处，有人已站起来，二话不说，提起篮子麻利地过秤，一颗一颗小心翼翼地装进手边的蛇皮袋子，用尼龙绳扎好袋口，然后，手伸进内衣，摸出一个牛皮纸折的钱夹来，数出四张一元的，交给父亲。父亲十指捏钱，连数两遍，确认无误后，折好，同样把手伸进内衣。那人在父亲装钱时，手里已捏着几张二指宽的纸条，给了父亲一张，另外几个人同时伸出手，自取其一，买梨人右手攥着一个粗布旱烟袋，先给父亲，然后依次在几个人的纸条上匀旱烟。等他们卷起烟、掐掉烟蒂，买梨人就用洋火一一为他们点烟。火星明处，几缕灰烟弥漫开来，顿时发出呛人的气味。几个人默不作声，收拾家当，转身离去。父亲站在那里，望着远处又像没望远处地出神，良久，说声"回"，便自顾自走了。徒步来去，往返四十里，回家的路仿佛被拉长了一般。父亲回到家，倒在炕上，蒙头便睡。父亲真的乏了！

上学那天，父亲从牲口棚里拉出老毛驴，套好笼头，绑好铺盖，送我去李店搭车，然后顺便把驴卖掉。那时，成纪河河床很宽，河水很大，翻着浪卷，午班车一般停在河的东岸，不过河的。时候尚早，我便骑驴过河，放好行李，让驴再自行返回。父亲看我安全地等在河岸上，他便放心地吆驴去卖。谁知那天的班车破了例，车驶过河直到集上去了。半个小时后，班车折回，却见父亲坐在车上。原来，他正在牲口市场卖驴，见班车驶来，集上去县城的人蜂拥而上，他见形势不妙，一急之下，丢下驴，上车为我买票占座。看我坐好了，他才卷起裤腿，放心地蹚水过河。看着父亲远去的背影，我的眼睛一阵阵潮湿。就这样，我省下了人生路上的第一笔费用：一元三角钱。到县上后，大嫂又为我联系了一辆拉煤的便车，我又省下了人生路上的第二笔费用：两元七角钱。怀揣这节省下来的四元钱，我踏进了平凉师范的校门。

寒假回家，发现家乡的变化真大：去李店的路不再是羊肠小路，而是宽展展的公路了；家里也通上了电，结束了煤油灯照明的昏黄时代。见那头老毛驴依然站在牲口棚里，我问父亲："驴不是卖了吗?"父亲说，那天他送走我，赶到集上时，老毛驴已经不见了。他在集上四处寻找，转了一天，到黑也不见影子，只好一个人回家。快到家时，却见那头老毛驴在前面优哉游哉地走着。原来，在父亲送我时，老毛驴自己顺着原路回家了——它还真认识路呢！从此，父亲打消了卖驴的念头，直到老毛驴役期终了。

2007 年 3 月 16 日

再也回不去的世界

再过几天，就是六一儿童节了，再过一个月，女儿就要小学毕业了。越是临近这个时间，女儿越是表现得焦躁不安，我也越来越清晰地感到了来自女儿心中的力量。尽管这个力量，就像企图阻止易逝的春天一样，只能做着抚慰心灵的努力罢了。

我之所以这么说，完全是女儿最近的举动告诉我的。每天上学前，她都要把红领巾叠成一寸宽的长条，细心地用手掌压平整，然后，捏住红领巾的两个角，绕过头顶，准确地戴在衣领上面，绾好结，压一压，看看没有问题了，才带着一脸自豪去学校。回到家里，也舍不得取下来，让它高傲地飘扬在胸前，显得容光焕发。这与此前的她判若两人。要是在平时，她会胡乱地抓起红领巾，三两下套在衣领上，不管叠平没叠平，也不管戴得端正不端正，只要有这么个形式就行。有时还塞在衣领下面，只在衣扣处露出一个角，用她的话说，就是露一点在外，完全是做给值周的老师和同学看的。从过去对红领巾的不在意到现在的格外呵护，我感觉女儿长大了。尽管她也许还不能完全理解时光的意义，但其心里至少已经明白，小学一毕业，就要告别红领巾。童年，这个晴朗的世界，从此再也不会回来了。2007年的"六一"，是她有资格参加活动的最后一个儿童节。但遗憾得很，因为紧张的复习，她说她们不能像往年那样穿上统一的校服，不能上街，不能呼喊口号，不能挥动花束，不能参加演出，不能亲身感受儿童节的气氛。总之，她能做的，只能是坐在教室里，紧张地做着一张又一张的试卷，任由街上热闹的声音透过窗户在教室里回荡，她和她的同学们还必须得做到心如止水，面无表情！

幼时的她是多么快乐啊，跟在幼儿园游行的队伍里，梳着两个羊角辫，头上扎一朵鲜艳的红花，即使因为扎花、化妆或穿衣服而哭过、闹过，但走在队伍里的她，骄傲得像个快乐的小公主。从我单位门前经过时，她会偷偷地寻我，等到我们四目相对，她会扮一个鬼脸，像《猫和老鼠》中的杰瑞一样可爱又淘气。她表演节目又是那么起劲，那么忘我，完全陶醉在幸福之中。

可惜，这一切即将结束。那天，她说今年的"六一"是一年级同学戴红领巾，而六年级同学不再戴红领巾的一个儿童节。言语中不免流露出对儿童节的依恋及对小学生活的怀念。每每看到女儿拿起一年级课本，津津有味地读着，读得忘了时间、忘了吃饭时，我的心里就有一种异样的滋味，那是自己对小学生活的眷恋在女儿身上的延伸和拓展啊！是的，我很愿意追忆小学时代。每年一到六一儿童节即将来临的时候，我久已沉寂、以至达到休眠状态的心绪就会被激活，顿时会出现丰富而敏锐的知觉，这让我激动不已，也让我跟着孩子们兴奋地期待起来。看着他们穿着花花绿绿的盛装，手捧鲜艳夺目的花束和气球，伴随着招展的彩旗和喧闹的锣鼓声，从小街骄傲地走过，我真希望自己也回到过去，回到那个没有烦忧、没有虚假的世界。然而，我不能够！不惑之年，回望已逝的年轮，像孩子一样活着、像孩子一样拥有一扇澄静的心灵之窗，竟是我装了二十多年的心愿。但也只能是心愿而已，因为自己再也不会像孩子那样富有朝气，那样充满童真。那个世界，我注定是再也回不去了。好在我还有记忆这块属于自己的土地，它能够帮助我耕耘过去，帮助我收获那些依然鲜活的片断，只是每一回采撷总要丢失些什么，不是细节被遗漏，就是大段的情节被删除！当人懂得怀念的时候，常常会用怀念让自己处在那种久违的温馨氛围中！怀念总是没有错的！

……乡下的节日，不像城里的气派，也没有那种从头到脚的洋气，而是在朴素和平淡中度过，飘荡着泥土的味道，但那也是让人夜不能寐的。儿童节更不例外。家家的孩子都一样，没有特别的服装，只是把先前穿着的旧衣服洗干净了，就可以体面地过一个节日。即使是让人激动的游行和表演，也乏善可陈，无非是按乡下人的审美标准，用彩纸、野花扎成"花花棍"，抑或"花环"，老师在一旁"嘘嘘"地吹着哨子，同学们排着队，边走边打"花花棍"、跳"十字舞"、扭秧歌，依现在城里人的眼光，那其实土得不忍细看。后来的情况要好些，但也不过是排出几个舞蹈来，大多是"除四害""开荒""葡萄架下笑嘻嘻"之类，画了红脸蛋的娃娃们在木棍搭起的土台子上，扭扭，转转，那是多么光彩的事啊。连村里的大人都被吸引住了，索性放下农活，赶集似的涌来，直看得心花怒放、泪流满面，以为比过年还要好。

我年幼时的儿童节要简单得多，但依然是一年中最快乐的一天。因为全学区的小学生要集体参加学区的庆祝大会。我们是中心小学，作为东道主，理应要做得更好一些。"六一"这天是不用上课的，更不用拿着书本打瞌睡，但必须一大早赶到学校，打扫卫生，收拾会场，还要准备接待兄弟学校师生的地方，忙得不亦乐乎。让人兴奋不已的莫过于"请红旗"了。平时，那些红旗就像旧时深居闺阁的大家闺秀，不到出嫁这一天是不肯露其芳容的。但到"六一"这天就不同，它们都要从闺中出来，被旗手们擎着，满校园转。于是，那校园的上空，就飘扬起一面面红色的旗帜，风吹过来，旗帜像波浪一样一波又一波不停地奔涌；还可以听到红旗招展的声音——"哗啦啦，哗啦啦"，像是问候语和欢呼声；还有锣鼓，这些不常见的朋友，也被请到会场，"咚咚锵锵"地叫着，把人的心都要叫出来。等到其他学校的师生赶十里山路从四面八方汇集齐时，被红旗和锣鼓渲染出的气氛已经过了高潮，即将平静了。

接着是庆祝大会，也是这一天最严肃、最激动人心的时刻。我们不大关心学区校长在大话筒前的一通讲话，却在下面小声"开会"，身子扭过来扭过去地和同学说话。各校维持秩序的老师在队伍里来回穿梭，大声地训斥着，被训的同学吐着舌头，显出忸怩的神情。等台上的掌声响起，学区校长的话讲完了，便是为新加入的红小兵代表佩戴红领巾的时刻，那是最幸福的时刻。代表们被请上台，面向观众，心里泛起的涟漪仿佛强劲的气浪，急着要冲出胸膛！当老师们把一条条崭新的红领巾戴在同学们的胸前时，他们的脸一个个灿若桃花。宣誓的声音高低错落，但个个洪亮——那时的红领巾是只为那些各方面出色的孩子们准备的，孩子们将红领巾视如珍宝，不仅叠得整整齐齐，还要用别针把领巾的上沿固定起来，不戴时，就挂在墙上专用的木钉上。不像现在，只要上了一年级，不管孩子表现如何，一律配发红领巾，难怪女儿说她们同学不懂珍惜，有胡乱塞进书包的，有当鞭子使用的，佩戴时也是当绳子一样绑在脖子上，脏了也不知清洗……

大会上还要为三好学生颁奖，看着老师把一堆堆奖品搬上台，同学们就在下面小声议论着，心里盘算着有没有自己。当然，没有自己也不要紧，但慷慨的掌声必须送给获奖的同学。我也曾羡慕过上台戴红领巾的红小兵们，也曾为领奖的"三好学生"们激动过，也曾作为"非红小兵"代表发过言，也曾幸运地加入过光荣的行列，也曾不止一次地上台为自己领奖……

大会结束，要么是运动会，要么是文艺调演。如果是运动会，各小学的代表队都要参加乒乓球、篮球、拔河比赛，这时我们就拿上搪瓷缸子给外校的运动员送水；如果是看演出，我们就干脆跑上台，给演员们拿衣服。总之不会闲着，但心却轻闲得很！

最怕的当然要数下雨了。准备了数天，苦盼了数天，向往了数天，可等来的竟是一个雨中的"六一"，那是让人最失望的事。天一亮，早早穿好节日盛服的孩子推门一看，眼前竟是淅淅沥沥的一场雨，只好傻傻地望一会儿天空，如果没有看到一丝天晴的迹象，便立即转身进门，一边哭，一边换衣服，一边责怪这该死的老天爷：先前多少日子晴空万里，偏偏在这一天下雨了，这不成心和我们作对吗？积聚了半年的热情被突如其来的雨给浇灭了。等到雨一停，天空中露出太阳的脸，我们又破涕为笑，急忙回家换了服装，赶到学校补过"六一"，当然只有一校单过。如果是隔了几天才放晴，学区一般要重新通知各校，按原来的方案补庆一回，只是迟来的"六一"罢了。

如果这些还不算"六一"最深刻的记忆的话，那么，去拱拜（公社所在地）参加全公社的庆祝活动，当是我们最神往的盛宴。确凿记得，由于我们离公社远，每年的儿童节就以学区为单位进行，不必去公社，但偶尔也会接上面通知按要求参加的。之所以成为我们的神往，似乎是因为去拱拜一个来回需要走四十里山路。小孩子喜欢陌生的地方，一路上打打闹闹，说说笑笑，扛着红旗，雄赳赳气昂昂地走在山梁上，即便在大人看来，想必也是一件值得骄傲的事！爬上红土坡，过了代家湾，就能看到公社粮站那几个黑顶白身的粮囤。因了这几个神秘的粮囤，在孩子的眼里，拱拜就是城市，去一趟拱拜，就已是见过大世面了！但去了也就去了，确也没有多少可忆之处，和学区的庆祝活动大同小异，无非是人多热闹而已。虽然没有多少有趣的事情，但却是我们的精神家园！有时因为兴奋，我们连早饭都不吃便撒腿跑了，到庆祝活动结束，仍然水米未进，往回返时，两腿酸软，实在走不动了，便坐在山梁上歇缓。从高远的地方再看拱拜，别的不收眼底，但粮囤是不能不看的。看着看着，心里回味着一天的见闻，计算着下一次再访的时间，眼里流露的尽是依依不舍的神情！

现在，每到儿童节，我依然要上街去。城里的节日要丰富得多，但我仍不免怀念过去的乡下。只是内心平静如水，早已唤不醒当年激情飞扬的感觉了。

2007 年 5 月 6 日

小　镇

在孩子们的眼里，小镇李店是一个很大的地方。

因为它是方圆五十多里的一个中心集镇，每逢集日，四面八方的人会像赴庙会一样急急地赶来，在一条逼仄的长街上叫买叫卖。仿佛没有膨胀的过程，人一下子挤得满街都是，那地方的上空，也似乎在一瞬间便翻腾起千丈热浪，烤得人有点喘不过气来。从街的这头走到那头，也就十几分钟的事，但一溜儿摆出来、占尽了小街南北两边的物品，已使人目力所不能及。卖什么的都有，洋到手表车子、洋布洋衣，土到权把扫帚、毛毡席面……凡是农家需要的东西，在这里没有买不到的。只要口袋里有钱，哪怕是几枚不起眼的分币，也可以买到自己可心的小物件。饿了，有路边上热气蒸腾的炸油饼；渴了，有久慕于心的甜醅汤。当然了，小孩子们只对小玩意儿感兴趣，比如用糜子做的、小方块连在一起、一掰即破的糖瓜，在花红果子的外面浸上糖、用细竹子穿起来、插在一根木棍上的糖葫芦，先把气吹得足足的，然后放开就能发出悦耳动听的响声的"咪咪"，还有印着很好看的图案、摸上去非常有弹性的小皮球……

　　避开集日的李店，要安静得多，但仍然可以显现它不同于方圆村庄的大气来。在孩子们看来，商店那二层小洋楼的气魄，就足以使其他村庄悄然无声，而高高的柜台后面站着的很洋气的售货员那远乡口音，更是让人刮目相看，不由人从心底升起对李店这个地方的向往来。就连从地头耕作回来的老黄牛，也迈着不同凡响的步子，从街上走过，一看到它们从容不迫的方步，就可知那都是见过世面的。如果把邻村的黄牛吆到李店来，让它们从街上走一走，说不定连步子都不知道咋迈了。

　　对于这样一个名叫李店的小镇，我早就心怀期待，总想去看看。然而，希望的实现终究不易，每遇机会，任凭年幼的我怎样哭闹，临了，仍是不能像邻家的孩子那样跟着大人蹦蹦跳跳地去。因为大人们总是嫌我小，怕我走不动一来一去四十里的羊肠小路，所以才一味地否决我的请求。看来，得到家里的许可比上天还难，我只好另寻他途。终于，机会不期而遇，不久后我便有了第一次去李店的经历。

　　那是我小学四年级的时候，老师们说要选几个同学到李店买面，我有幸在被选之列。说是第二天就要去，我兴奋得等不及似的。农家孩子第一次离开村子，去一个完全陌生的地方，那是怎样的一种心情呢？该是和去北京看天安门没有什么两样的吧！于我，去李店或许要比去北京还迫切得多，因为去北京的奢望我是从来也没有生出过的，因而也就无法知道那是一种怎样的心情了。可是去李店就不同，希望的火焰反复升起，又反复熄灭，看似实现而又未能实现，想必一定是膨胀到了极致。总之，在去李店的前一天晚上，我都是在一种亢奋的状态中度过的，整整一夜，翻来覆去，无法成眠。隔一会儿，我就会起身打开窗子看看天色，可总是看到圆月仍旧挂在天上，没有一丝要落下去的样子，月光下的村子，静得出奇，夜风不失时机地越墙而来，直扑胸怀，让人不禁打个冷战。连忙关窗，躺倒，仍是不能入睡。再次推窗，圆月已挂西天。月光不再明亮，房的影子也已占住了大半个院落，遥望东方，还是先前的一片墨色，离天亮还早得很呢。一夜间，这样起起坐坐，不知反复了多少次。等睡意渐浓，慢慢进入梦乡，已是天快大亮的时候。再次推开窗子，却发现下了一场雨，雨虽然停住了，但天空还阴着，地上泥泞不堪。看来李店是去不成了，这样想着时，竟自委屈得哭了起来。到了学校，老师们建议天晴了再去，可同学们显然没有那么大的耐心。面对一群说什么也不听的孩子，老师除了同意外，还能再做什么呢？那次去李店，其印象无非是：路，真难走，除了雨后路滑的原因之外，还有路窄的缘故；李店真远，一去一来，整整花去了一天的时间，一大早出去，傍晚返回；地方真大，把我们村拿出来和李店比一比，那根本就不在一个层次上。虽然圆了一个梦，但却留有遗憾，因为那天不是集日，这第一次去李店，我便只感知了它平静的一面。后来，每每忆起，心里竟有一种淡淡的、远远的、透着薄荷味的愁绪。

再去李店，正好赶上集日。早几天前，听爸爸说起过要把家里的一只花公鸡卖了。那天，也不知是什么缘故，我死乞白赖要去李店卖鸡，没等爸爸同意，我已将院子里乱跑的花公鸡逮在了手里，并麻利地拴住了鸡的两爪，使它动弹不得。我是在爸爸的骂声里走出村子、加入到去李店赶集的队伍中的。隐隐听爸爸说，花公鸡至少卖四元钱，少了不要卖。我既没有提一个篮子，也没有把它装在袋子里，就那样抱着花公鸡来到李店。刚到集口，就被一中年人拦住了，问公鸡卖多少钱。我嗫嚅着："四元五。""便宜咋卖？""四元。""四元就四元。"说着，他一边递给我四元钱，一边抱住了公鸡。望着愣神的我，他迟疑了一下，旋即从口袋里掏出两毛钱来，放到我的手心里，然后转身离去。望着他的背影，我的心里升起几缕暖意。四元钱无论如何是不能动的，因为爸爸等着急用。是他，一个并不相识的买鸡人，也许是看出了我的困境，额外增加了两毛钱。要不是这两毛钱，我恐怕只好空着肚子在集上转悠，哪还有什么心思领略李店集日的热闹呢？这是我对李店美好的一面较为真切的体验。

从那以后，每去李店，便多了些许平和与恬淡，少了第一次的向往和激动。正因如此，对李店的情结，更多地系在了最初的感受上。尽管后来去李店考高中时，在那里逗留了好几天，对李店又有了全新的认识，还有去外地求学、工作后每次回家，李店是必经之地，但它们都不能唤起我曾经的激动，以及泛着淡淡薄荷味的惆怅。

后来，我读了地方史书才知道，李店，其实是一个了不起的地方。相传它是汉置成纪县的县治所在地，成纪故城遗址就坐落在李店与治平的交界处，那里出土的汉瓦，让一些考古迷们激动不已。美丽的传说，故纸堆中记述的史料，以及触手可及的故城遗址，都让生活在这里的人们生出不少厚重、淳朴之气。我多次登上官堡山，对面的故城遗址尽收眼底，与我相对而视，静默不语，看山脚下的成纪水，毫不喧嚣地悠悠东去，每次感受到的都是一种旷远与谐和。此时的李店，已不再是一个具体的地方，而是故乡文化的一个影像。有时，因为李店街上的土坯房意志坚定地站在那里、没有丝毫要改变的迹象；也因为赶集的人们拥挤在当街，致使来往的车辆无法通行而气恼，但更多的，是默默地为它祝福，希望它长大，让它的文化走得更远，走得更好。

　　毕竟，除了故乡之外，李店，对于我来说，在生命的历程中，它举足轻重！

　　　　　　　　　　　　　　　　　　　　2007 年 11 月 28 日

小河春秋

村北，有一条小河。现在是早已断流，河底裸露，只余一个毫不生动的河床了。

曾经，村里人把这条小河看作村子的灵性。有水存焉，村子就没有失去过灵气。对村子而言，"河"的概念可谓深入骨髓。其实，准确一点说，那不叫河，因为和"黄河""淮河"这些被称之为"河"的奔流者相比，它最多属于谷中溪流。但正像人们把赖以蜗居的这个小小村庄称为"村"一样，这条溪流仍被人们亲切地称为"河"。也许因为过于平常，它竟然连一个供人们呼来唤去的"小名"都不拥有，更别论起有什么诸如夹在书页中传之久远的事迹了。即便如此，正像天雨一样，如果说独具磅礴之势倾泻而下者是雨，随风入夜润物无声者也是雨的话，这山间轻流何以就不能称为河呢？说不定，它作为村里人的一个精神寄托，一走出村头，绕过山的尽头，就在一个不为人知的地方入了黄河呢？

姑且叫它小河吧！小河源自何处，没有人能说得清，流域多长，也没有人能说得清。但它的微末如芥、貌不惊人却有目共睹。因为细小，人们最容易把握它的脉搏。哪里是最窄处，哪里又是最宽处，村里人对它熟悉得就像自家孩子似的。它扭动着纤纤细腰，蛇一般灵动流畅，对两岸人家、来去交通，丝毫不构成威胁。就算最宽处，也只需架一段独木桥，并不费什么力气。即使雨季来临，秋水暴涨，那也不过是需要增加几块踩脚石罢了。如果是枯水时节，连踩脚石都不用，只需轻轻一跨便可跃过。但不论是春暖冰融，还是夏水淙淙，甚至冬月呈一带白冰，小河从来也不曾断流过。作为村子里唯一的水源地，小河在人们心目中的位置便可想而知了。

沿着河的南岸走一走，即可见藤蔓结瓜一样地吊着几处沙泉，或清或浊。泉边上杂乱地布满水桶底面盖上去的印痕，不用说，这些泉眼，正是村里人吃水的地方。河边掏泉，说白了，泉水实际上就是河水，只是为了避免人畜混饮，才不得不有此一举。秋冬两季，河水看上去还算清冽，村里人便直接在河里取水。尤其冬天，河一封冻，冰下的水清澈见底，不愁没有水吃。春天稍差些，早春刚解冻，消冰水带着黄亮的泥沙顺流而下，沿河几乎找不出一处能澄清河水的地方，只好在河滩上不断地打沙泉。但躲过了春荒，一俟河水变清，人们又可担桶下河了。最糟糕的当数夏日，烈日曝晒，河水日渐瘦身尚在其次，更为无奈的是，河里生满了沤绿的水草，上面挂着逍遥飘浮的蛙卵，蝌蚪们来来往往，很是自在。蛙们更是敲鼓鸣唱，自得其乐，浑然不解人们沮丧的心情。等人们在沙滩上掏好了泉，还没用几天，泉边又见绿苔和水草，定睛一看，蝌蚪们早把这儿当作自己的乐园了。蹲在泉底的青蛙，鼓胀着两只大眼，透过水面，直瞪瞪地看人，吓人一大跳。更有甚者，那牲口也奇怪得很，每到这个季节，它决然不喝河里的水，不知是嫌河水有怪味，还是看见绿草、青蛙害怕，总之是一惊一乍，不肯近前。但沙泉里的水，它一点也不嫌弃，喝得咕咕有声。人畜争水，这泉水还有什么吃头？可想而知，这段时间，村里人的日子是最难挨的。

当然，村子依赖小河，不仅仅是靠它吃水。不是吗？春天了，人们会把黄亮的春水拦蓄在小坝里，担水点浇两岸快干枯的玉米苗、菜苗。人们用小河的水挽救着庄稼，用庄稼挽救着人们。夏天了，小河就成了村民的天然澡堂，孩子们必定要下河"打蛟水"、捉泥鳅。劳作了一天的人们，身背晚霞的余晖，把草帽、满是汗渍的衬衫，扬手丢在河滩上，绾起裤子，赤脚钻进温热的水中，洗一洗满是汗水的头脸，再洗掉两脚泥土，顿感清爽轻松。一天的劳累、生活的艰辛，在这一瞬间被河风吹了个精光。再不，等夏粮进场，打碾装袋，只等颗粒归仓，便提一篮子的脏衣服，去河里搓洗。知道这时小河的水无人饮用，也就没有什么顾忌。等秋风吹起，人们还要把准备过冬的山野菜担到河里淘洗干净，然后压到缸里，一冬就不用发愁了。

小河历尽沧桑，走过无数春秋。放眼望去，人们不难发现，这样一条涓涓细流，却拥有一个宽阔的河床。早年的水浸漫之后留下来平展展的沙石平铺在地，形成河滩。可以毫不费力地推想，小河也有过汹涌澎湃的过去。比如，盛夏时节，上游下了暴雨，不出几个小时，河水卷着浪渣——一些木头、柴草等——满河床翻滚而下，人们会带着好奇，拥到河边，欣赏小河的另一面风采。勇敢者还下水去捞浪渣，用叉接住那些木柴，"啪"的一声，甩到岸上来。过个三五天，等木柴晒干，一根绳子捆回家，可当柴烧，也可煨炕。当然，这种情况并不多见。及至河水翻出河床，对两岸的庄稼、村庄构成威胁，恐怕就是百年不遇的了。正如小河曾经拥有很宽的河面一样，它也拥有由宽而窄、由窄而细、由细而没的事实。只是人们未能准确把握它的走势与脉络，不知是从什么时候起，小河有了明显变化的，及至意识到有什么不妙时，小河已然断流。现在想起来，这个过程，恐怕也就十年的光景吧！

干了的小河，就如一个干枯的眼眶，仿佛在苦等着一滴很大的泪水。村民除了怀念它的过去，惋惜它的消逝外，并没有因此而惶恐不安。相反，他们先是在村子的低洼处很坚毅地打井，后又在河滩取沙修建水窖，虽然井多为枯井，窖也因无雨而干涸，可一旦有雨，村民总是把窖灌得满满的，足够一年半载的用度。河水断流了，但人们却开垦了河滩，种上了苹果树，靠开春后的一点消冰水，通过点浇点灌，硬是救活了河两岸的苹果园。村民看着村东村西成片的果园，不禁暗自惊叹，小河有水的时候，人们为什么就没有想过种苹果树呢？而今水没了，苹果园倒蓬蓬勃勃地发展起来了？

河之由小而没，正如事物的由生到灭一样，世间万物也许都有这种轮回转化的过程。只是感叹于这河变化得何其快也，尚没能让人领略出它的风韵来，就已放弃了先前的活力，自甘消弭于石缝青草间。这也许正是一种自然力的见证，抑或更是人为作用的结果吧！

2007 年 11 月 13 日

山上人家

　　故乡的阳屲山，住着数十户人家，他们和山下的村庄是一脉所系。远远望上去，极普通的，就像山顶上冒出的荆棘丛。

　　他们面南而居。沿着山上丰富的石板路拾级而上，曲曲折折中，不觉已进入门前逼仄的小巷。那巷子是高高的门洞参差而成的。置身院落，祖辈留下的土坯房早已无迹可寻，如今的阳屲山，红瓦砖墙，错落有致。恰是午炊时分，袅袅的炊烟笼罩了整个山梁，人立其间，感受到的是另外一种风味。

　　他们的庄稼地，飘落各处，和山下人家的地交错着。春种夏耘，秋收冬藏，四季更迭，就这样，他们和山下的人常常照面，问候交流，彼此熟悉。一对耕牛，一条扁担，足以诠释他们的辛劳。于是，他们的汗水，掉在地上摔成瓣儿，开出遍地的庄稼、遍野的山丹花。

　　阳屲山的人家，山下都有果园呢！春节刚过，园子里的积雪尚未消尽，他们老早就去了，将一年的疲惫抖落在地。打好了地畦，把山沟里的消冰水用细管引到园子里，看着春水悄无声息地渗透，他们的脸上漾起舒展的笑意。等天气暖和了，冬月里淘净的细沙，全都铺到了地里，先用特制的木耙把沙推平，再用扫帚轻轻扫过——他们侍弄果园，跟照顾自己的婴孩一样细心呢！站立树下，温暖的目光从树上漫过，眼睛里，仿佛尽是芽苞和花蕾。不用说，到了秋后，这里又是满满的一地丰收。

最好是在三月来，会赶上阳屲山满坡的桃花、杏花和梨花，赶趟儿一样地开放。还有三月雨带着山外的问候也飘来了，阳屲山的人家便沉浸在花的清香和雨的滋润里。最热闹的，是他们的苹果园，疏花、疏果、套袋，忙得在原地打转儿，都迈不开步子了。此时上山，是很幸运的。

杏黄的六月夜，一直醒着。大忙，他们磨镰哩，烙饼哩，收拾农具哩……黎明，蛐蛐儿正诉说着夜的凉意，牲口棚里的灯一亮，随即又一暗，村里的大门，东一声，西一声，吱吱呀呀地开了。连孩子们也提上拾麦穗的柳条筐，匆匆忙忙地赶十里山梁，跟着大人进山收割熟透的夏天去了。六月夜，谁都比风急啊！

秋来了，阳屲山的人家会住到苹果园里，给苹果去袋，先剥外层，轻微地透点光，过几天再剥里层，让阳光一下子把苹果围起来。不出十天半月，满园的苹果便一个一个地红透了。他们小心翼翼地摘取，像捧着宝贝似的。等山下的马路上汽笛响起，他们知道，阳屲山的苹果又要到很远的外地旅行去了。此时的阳屲山，正是秋醉流红时。

阳屲山的第一个大学生，打起背包，赶山下的早班车时，故乡的人们都被惊喜震醒了。而那年，Q城一个花朵般的姑娘，来到阳屲山，死活要给小栓子当媳妇，着实让故乡惊讶了。小栓子心灵手巧，在村子里小有名气。别看他成天和土地打交道，但学手艺却样样快、样样精。后来去 Q 城学打戏鼓，不仅鼓打得不乱点儿，让人眼花缭乱，而且在 Q 城剧团里学啥会啥，什么琵琶，什么扬琴，什么二胡，什么三弦，到小栓子手里，一件一件全变得乖巧听话。这不，小栓子的这些能耐，愣是吸引住了 Q 城的这位姑娘。当她坐班车长途颠簸来到阳屲山，并且没有嫌弃小栓子家的土炕，也没有嫌弃小栓子家煤油灯照亮的夜晚，依然要做这里的小媳妇时，故乡的人们被一种从来没有过的温情温暖着。虽然，小栓子说服了姑娘，第三天就送哭哭啼啼的她回了家，但故乡的阳屲山从此却多了几分神秘和魅力。

山上人家，现在已悄然换了新装，早已不是当年小栓子家那样的境况。这里的人们，正在铆足了劲追赶着山外飘来的和风。用不了多少年，她会和外面的世界缩短距离，相信是以另一种风度！

2007 年 2 月 26 日

村小的劳动
——小学旧事（一）

老家的村小是很有些资历的。1939 年，杨玉厚等人创办时，称为"阿阳小学"（深沟中心小学的前身），1950 年更名为"共同二校"（深沟乡时称共同乡），1958 年改称"上杨小学"，到 20 世纪 60 年代，这所小学开始附设初中班（深沟初中的前身），便是一个中学的架子。发展到后来，这副架子反而渐渐萎缩，到我能上学时，它早已改称村小了，而且是初小。后来的境况还要糟，这样一路萎缩下去，不几年，便撤并到公社所在地，这里再也没有了教书识字、唱歌游戏，再也没有了孩子们出出进进、大声喧哗，也不闻传之四野的铃声了。

村小上课，不外乎"啊喔鹅，衣乌鱼……昂嗯英翁"地唱拼音、高八度地唱读《毛主席语录》、散蹲在院子里写生字之类，课余也不外乎滚铁环、丢毛蛋、打脖牛、踢毽子、抓五子、捉迷藏、跳房子之类，然而，即使是这样简单地上课，这样快乐地游戏，似乎也不能经常，隔三岔五地，老师们要领我们参加劳动。这正应了"小学"这个字眼的含义：所谓小学，顾名思义吧，就是小小儿地学，限学于被裁剪了的课堂，而绝不迁延至课余，连家庭作业都一律免除，更不要说像现在的孩子背着沉沉的书包到各色补习班去为分数而战了。

村小的劳动，大概分为两种。其一是学校的。譬如，村小背后，有一片属于学校的台地，种菜或种庄稼，老师侍弄得很精心，学生们在这块地里的劳动也跟着成了平常作为，平地、抬粪、春种、夏耘、秋收、冬藏，几乎陪伴着庄稼成长的全过程。除此而外，学校南院的崖壁上，并开着两孔防空洞。起初，防空洞是孩子们的乐园，每到课余，我们会成群结队摸进去，旋即又惊叫着跑出来。后来，却突然宣布不让进了。等到有一天，老师领我们进洞去，在手电筒的引领下，终于探到了洞底，也看到了一群蹦蹦跳跳的、毛茸茸的小兔儿。从此，我们每周就多了一项任务，给兔子拔草。这两项，都是分级分班轮流展开的。像那种师生们全体参加，豁出一天时间来，徒步四十里，去李店公社吴家屲的南山上抬回白土，粉刷教室之类的劳动，只能是临时为之，并不经常。

其二是队上的，按农时分派。打玉米杈自然是在夏初。别看长大了的玉米，生得笔挺高挑，不蔓不枝，碧绿的叶子迎风飘动，堪称庄稼里的帅哥，但它小时候却并不是这样。刚从地里冒出的玉米苗儿，经过放肥、壅土，便展开身段向上猛蹿，仿佛能听到它们拔节的声音，不几天的工夫，玉米苗便超出了地皮。但这时的玉米，往往在主干旁长有斜枝，社员们叫它"玉米杈"，如不及时掐掉，玉米因水分、营养分散，不仅长得低矮，而且可致畸形，要么不结棒，要结，可能也是有棒无籽儿。每到这个时节，生产队就把村小的学生们组织起来，由刚刚毕业的高中生领着，先在地头示范，啥是玉米杈，如何打，须得学到要领，不然，打了主干不打杈枝，或者打杈枝而伤了主干，都是不行的。略略示范后，我们便分散开来，在地的这头布下"长龙阵"，一苗一苗地摆弄过去，向着地的那头进发。玉米地本是乡下孩子的平常去处，不仅熟悉，而且亲切。那里面生长着丰富的猪草,断续(问荆)、鸡蔓(打碗花)、苦苣、葛芦秆(蒲公英)……应有尽有。夏秋时节，孩子们钻进玉米地，不到个把时辰，就可提着满满一筐猪草，从玉米林深处唰唰地走出来；到秋熟时，那饱含着一腔甜汁的玉米秆，更是孩子们的抢手货。可打玉米权就不同，本是队上组织的劳动，且要连干好些天，直到把队上的玉米地全部操作一遍为止。小孩子家，开始干这样的活儿，就像给玉米苗做手术，还有点新鲜感，可整天干这个，单调乏味，失去自由，加之太阳正当头，烤得人浑身无力，偷懒便是经常的了，漏打权、伤主干，也在所难免。远没有躲在玉米林中拔猪草、嚼玉米秆惬意，虽然也有玉米叶子在脸上毫不客气地划来划去、烧灼般疼痛的烦恼，但比起那份自在来，就算不得什么了。

玉米的权枝打过了，只留下一条主干，玉米们便遵照农序生长，什么时候拔节，什么时候抽花，什么时候授粉，又什么时候结棒，都是合着节气发生的。一俟秋风吹起，秋庄稼扎着堆儿长成了的时候，玉米缨子就蔫了，玉米棒子就胖了，这个时候，该是学校组织我们帮助秋收了。说是秋收，其实也就两样活儿：掰棒子，刨洋芋。掰棒子不需要什么技术，农家孩子都会干，只是注意要把棒子外面的包衣保护好，为紧接着进行的玉米棒结串儿留下余地。而刨洋芋就不同，讲究下锄的范围、深浅。掌握得好，三两锄头就可刨出一窝胖乎乎的洋芋，而且颗颗完好无伤。掌握得不好，多下锄费力气不说，一锄头下去，随着一声脆响，一颗白生生的洋芋愣是被一分为二。偶尔刨破一两颗不算什么，但破得多了，轻则被说几句，重则挨一顿臭骂。给生产队掰棒子、刨洋芋，还有当场就能收获的好处。到工间休息时，照例有社员把两满筐刚出锅的煮玉米棒和洋芋蛋担到了地头，让我们能放开肚皮享用一顿，可谓典型的"干啥吃啥"了。当老师高喊一声"歇缓了"时，我们便甩开锄头、筐子，奔向地头。一会儿工夫，两个筐子就见底了。有时因为贪占，竟付出了意想不到的代价。我曾把一颗正冒着热气、绽放着灿烂笑脸的大个洋芋硬塞进了肚兜里，等感到肚皮被烧得生疼时，急忙伸手去掏，可怎么也掏不出来。这让我想起了人们用大肚小口的花生罐引诱猴子的小把戏。像生产队这样款待帮忙的小学生，似乎已是约定俗成，对于经常饿肚子的小孩子来说，恐怕也是我们热爱队上劳动特别是秋收的主因吧。当然了，大多数情况下，工间吃的都是这"煮"字系列食品，运气好的话，偶尔也能吃一顿汤面之类。一次，在阳圵山下的崖湾队上参加刨洋芋的劳动，到中午时分，队上破例没有担来"煮系列"，而是宣布进社员家吃热饭。我们大喜过望，几乎是蝗虫进地般扑向村子，同学们随意组合，分散进了社员家里。清晰记得，那天有同学要拉我去一户人家，因那家较远且看上去院小房旧，可能没有什么好吃的，便硬是没有跟去，和另几个同学就近去了一户看上去情况较好的人家，心想兴许会有什么惊喜。可饭熟了，见是再平常不过的谷面蛋蛋儿，心中的希望便在刹那间破灭了，就像充圆的气球突然被针扎了一下。那次虽然吃饱了，也吃得满头大汗，但心里却一点儿也不暖和。等饭毕聚到地头，互道午饭，当听到先前要拉我搭伙的同学说他们吃的是白面饭时，心里面顿时涌流着一绺一绺的"羡慕嫉妒恨"。

到了冬天，村小的劳动就该是拾羊粪儿了——在老家，这是个特殊的语音，须得"儿"化了才成，否则，就不像孩子们的劳动，倒像是大人们干的什么活儿——我便从一年级一路拾到了三年级。每到拾羊粪儿的一天，学生们各自提着一个小篮篮，一窝蜂拥出校门，散落在河滩、草地等羊们出没的地方，见羊粪儿就拾，直拾到放学时间为止。不管是躲藏在草丛中、石缝间，还是暴露于光天化日之下，羊粪儿都不会自动鸣唱，自乐而舞，以指引同学们前进的方向，而是默不作声，可遇不可求。羊粪儿是一种客观存在，要想获得，关键看同学们的主观能动性。这就要求拾羊粪儿者，须得心明眼亮，脚勤手快。于是，拾羊粪儿的现场，便可见到处都是苍鹰般锐利的搜寻目光，猿猴般灵动的跃进身姿，热闹自不必说。所拾羊粪儿，归到学校后，先要称出斤两，由老师记在一个小本子上，犹生产队给社员们记工分，然后，再统一倾倒在一间专门的教室里。一学期终了，老师记账的本子上密密麻麻地画满了我们的"分数"，那堆在房间的羊粪儿，也早已是一座小山了。为了让同学们多拾粪儿，拾好粪儿，老师总要依据所记，每学期评出几名拾羊粪儿先进个人，予以奖励。于是，每每拾羊粪儿，我们便欢呼雀跃，争先恐后，不仅因为劳动着并快乐着，而且要为荣誉而战，为奖品而战了，也因此而发生抢羊粪儿的事。路遇一大堆羊粪儿，被好几个同学看到了，便一拥而上。为了争取对羊粪儿的拥有权，得与未得间，难免会大打出手；眼瞅着一只羊翘起了小尾巴，鼓胀着一门喷薄欲出的宝贝，几个小篮篮同时伸了过去，临门而待。因为哄抢，小篮篮儿被推来搡去，羊粪儿并没有临时改变主意落在篮子里，而是按原计划落到了地上，散发着热气。刚才还想一劳永逸的同学，不得不争抢着再向那一粒粒黑色的"六味地黄丸"伸手了。记得一年级时，我有幸获"拾羊粪儿先进个人"，发奖那天，见老师给我的是一蓝格生字本，我高兴得一蹦三尺高。那不仅因为我第一次获奖的非凡意义，更让人心跳的是，可以拿这么高级的本子来替代我所剩无几的生字本了。刚进学校时，爸爸用粗麻纸为我订的生字本，自己没有像其他同学那样搭上直尺画格，而是信手在本子上画成横道，歪歪扭扭的不成样子，但自己却引以为豪，而且以为，免得以后写字时因画格而费时，便连续不断地画下去，一直画了小半本。谁知作业本发下来，画过格的纸被老师狠狠地撕了下来，并被严重警告不得徒手画。可怜我的生字本，才刚刚开学，就已剩半本了。因此，在我看来，获"拾羊粪儿先进个人"的美誉，自然比以后因学习而奖了一支小白兔铅笔更值得广而告之、大宣特宣。

羊粪儿积攒起来后，便交给队上，作为肥料再回到庄稼地里去了。

2011 年 8 月 31 日

算珠余响
——小学旧事（二）

因为懵懂与贪玩，小学时我的学习不尽人意，语文尚可，而算术则一直不开窍，也不喜欢，特别是应用题，一大堆诸如行程赛跑、相遇追击、工程效率、鸡兔同笼等等问题搅和在一起，越学越糊涂。一只船在水中游，不直达目的地，而是游过来又折回去，反反复复，一会儿快速，一会儿慢速，一会儿顺水，一会儿逆水，不知那船是谁掌舵，他在水中玩个不停，反要问我们行了多少路，真是岂有此理！朝阳公社永红大队劳动，甲生产队干得好好儿的，却突然放下不干了，由乙生产队接上干，但各自的效率不同，问乙生产队每天干多少量才能提前完成任务。诸如此类的问题，学得人心上都疼。以致升入初中了，仍然对小考结果心存疑虑，颇感意外，如果不是语文成绩功不可没，那就必定是运气使然。这里，值得着重表扬一下自己的是，初一寒假，我竟然没有一如既往地玩下去，而是回头重学五年级算术，一本《小学算术100题》，愣是让我给啃了下来，从此，我沉滞的大脑突然像醒了一样，数学学得轻松而愉快，成绩自然能与人比之一二了。

小学算术尽管总体上学得稍显吃力，但也有称心的方面，比如珠算，后来就赶到前面去了。细究其因，主要是家里有一把老算盘，很小的时候就看爸爸和大哥用算盘算账，几根指头轮番上阵，忽上忽下，算盘子儿被拨得噼啪作响，新奇好玩，一有空闲，我便攀着凳子从箱柜上取下算盘，乱拨一通，或与弟弟各执一端，玩"中国打美国"的游戏，对算盘表现出了浓厚的兴趣。之外，更主要的，缘于四年级的一次珠算比赛。

教我四年级算术的是刘锋老师。他是一位民办教师，待遇很差，但教书育人的责任心从不因身份低微而有所减弱。记得学圆的分割时，因为学校没有现成的教具，为了让学生能直观地感受，他就地取材，先是把农家最常见的洋芋蛋切成薄片，用圆规画上线，然后用小刀小心翼翼地沿线切下来，再按需要分割成大小不等的几份。上课时，刘老师把事先准备好的洋芋圆片贴到黑板上，再随心所欲地取、拼，让我们认识圆及圆的分割，这使得从没有见过教具的我们，眼前一亮，学习的兴趣也为之大大提升。珠算的加减乘除学过之后，为了再一次调动我们学算盘的热情，那天，他宣布要进行一次珠算混合运算比赛，老师当堂念数字，学生现听现打，最后一个数字念完，要求学生即报答案。我至今不能忘记，那次珠算，运算过程相当复杂，加减乘除交替出现，必须集中精力，心、脑、手、耳齐动，稍不留神，刚刚听到的数字就没有了印象。如果平时学得不好，尚在搜寻珠算口诀时，下一个数字已经在敲击耳膜了。我当时的主要问题恰恰是学得不熟练，平时作业不求快，慢功还能对付，可一比赛，正是一大软肋，起初还能跟上，比赛到中段时，就已是数字与运算法打架了。知道比赛的大势已去，索性停在那里不再动手。留兴第一个举手了，紧接着顺平也举手了，就在这千钧一发的关键时刻，我悄悄扭过头，瞥了一眼离我不远的留兴同学的答案，然后，马上把印象中的一串数字快速地拨到了算盘上，我强力压抑着快要蹦到嗓门儿的心跳，伸出手，向老师做出了历史性的一举。仅仅是这样的一瞥加一拨，搞得我至今很是佩服甚至崇拜自己。当我举起手时，也许是作弊后的脸色不正常，抑或是中段停手时老师已有所察觉，反正，刘老师带着一种似乎不相信甚至生气的目光看了一眼我的算盘，迟疑片刻后，仍然庄严宣布，我获第三名。一颗装在衣服口袋里很长时间、已经有所软化的洋糖，被庄重地放到了我的手里。尽管糖纸粘在上面很难剥离开来，但作为奖品，它极大地满足了我的虚荣心。当然，除了那一刻享受着同学们投来的羡慕的目光外，比赛一结束，与之有关的一切也应该到此为止，再不会有什么故事了。

可不久后发生了一件事，却深深地刺痛了我。同桌是一位名叫石的同学，和我同村，人长得和他的名字一样敦实，力气方面，自然不在话下。平时关系尚好，从没有发生过鸡毛蒜皮的摩擦。清晰记得，那天正上着放学前的自习，我写大楷，他做其他作业，不知因为什么事，我们起了战端。先是轻微的口舌仗，继而是叫着大人名字或绰号的谩骂，由此又上升到互动胳膊肘儿，最后是双方站起来互揪头发。相持了一会儿，鉴于正在上自习，更是自知不是石的对手，我便先放了手，他也就不再揪我的头发。就在双方出现缓和，以为可以平息战事时，他接下来的一个举动却让事态陡然升级。他见我已坐下了，竟面向全班同学，宣布我珠算比赛作弊，而且声音是出奇的洪亮，口气又是难以接受的揶揄。我一听他当众揭短，顿时恼羞成怒，忽地站起来，抓起他的作业本，"唰"的一下，丢在刚刚洒过水的地上。他毫不示弱，顺手操起我的墨汁瓶，对着我的头来了个"醍醐灌顶"，顿时，那浓黑的墨汁顺着我的脸颊流了下来，衣服上也尽是乱点梅花。脸上的、脖颈处的墨汁好办，径直到教室后面的桶里捞水洗干净罢了，但头上的，当时没办法处理，只能等到回家以后。还有，墨汁没了，得向爸爸要钱再买，这是个很难场的过程，弄不好，一顿狠骂在所难免。放学了，同学们整队回家，我坐在座位上不敢乱动，单等全校的学生走完了再走。当我背着书包刚走出校门，恰好碰到老师们送完学生返回，躲避已不可能，只好迎面而对。只听校长李正廷说："不知道这个娃娃肚子里墨水多吗少，可头上尽是墨水！"吓得我赶紧贴着墙根溜了。

从那以后，我下决心学习珠算，后来，竟也赶超班上一流水平。

三十多年过去了，当我回过头来回忆旧事时，不禁感慨万千。老同学石，已英年早逝，如果活着，即便再来一场战事，则何其幸也！而要问我现在的珠算水平呢，恐怕只剩"认得算盘"了。

2011 年 9 月 9 日

农场如烟

——小学旧事（三）

1977年秋季，我们村小的一二十名毕业生，由数学老师领着，统一去深沟中学报到。那时，深沟中学是一所"戴帽初中"，和深沟小学（后文简称"深小"）还没有分开。统共也就四个年级：小学四、五年级，初中一、二年级。等我升入初中，小学部便离开了中学，搬到雷爷山嘴上去了，在那里的几排简陋教室里苦撑了几年后，才重新在中学的隔壁建起了新址，直到现在。虽然深小离家并不远，但终究是在另一个村子，此前也没有去过，对它尚存陌生感，加之那天又是阴天，秋凉也已渐渐深入衣袖，让人无法直起腰身来，因而，那天的报到，并没有让我们兴奋异常。校门是朝东开的，进门不远的当院，就有一个人为挖出的大坑，作为校办农场的补充，坑里饲养着一群兔子，校长李正廷正领着老师们在坑边劳动。见我们来了，校长不知说了些什么，反正再没有办理诸如填写花名册、家长姓名、家庭成分之类的手续，我们便统一回家了。

也许是"文革"结束了的缘故，我就读深小的那几年，学校秩序与村小的大不一样，似乎要正规得多。起码不再像村小那样时不时地要为队上劳动，虽然校内的劳动不可避免。最常有的活儿，大概就是掐麦辫。自己掐显然完不成任务，只好由家长代劳，一大捆盘结好的麦辫儿交上去，才算过关。像这些劳动，都是课余布置的任务，尽量不影响正常的教学。此前，深小也有拾羊粪儿、挖灯花等劳动，1977 年后，好像没有了。

在我就读深小前，距学校十里之遥的雷爷山腹地，有一处二十亩的校办农场，处在台地上。创办农场，其实是应国家 1974 年"开门办学"之运而生的。在这方面，辽宁朝阳农学院先行取得经验，名之"朝农经验"。于是，一场学习"朝农经验"、开门办学的浪潮随之席卷全国。当时有个口号，叫"地方有多大，学校有多大"，正是开门办学的写照，让学生走出校门，参加社会实践活动。县上也不例外，1975 年，由县委的分管副书记主持，在威戎召开了现场会，要求全县落实。会后，治平公社便在雷爷山的南山湾，划拨大岔大队耕地十二亩，深沟大队耕地八亩，计二十亩作为深中校办农场用地。当年底开始筹备，第二年春天正式创建。暂且不论这种办学的理念正确与否，单说农场的建设，就是一个师生自力更生、白手起家的典范。现在重温这段往事，其间的一些做法，仍然让人感动。晓东老师懂木工，便担当起了农场修建的总指导，房屋设计、门窗制作、上檩正梁、架椽摆瓦，事无巨细，一应操劳。其他老师还要承担改板、打胡墼、刷崖面等任务，学生们呢，抬水、和泥、搬胡墼、打窑洞，也从不闲着。正是师生们齐心合力，才有了那个看上去像模像样的院子，才有了院子北侧坐北向南的三间办公、住宿用平房，才有了两孔窑洞，其一做厨房，其一做羊圈。

　　建成之初，即困难重重。没有肥料怎么办？刚开始还从学校往农场送，老师担，学生抬，一个下午送一回，实在太窎远，太辛苦，太费工，后来便发动学生在农场周围的野地里拔灰草、抬水沤绿肥，这个办法便解决了三大窖绿肥；与此同时，学生们还上山铲草皮烧生灰，相当于农家的灰粪。春季下种时，没有犁耙，向附近队上去借；没有畜力，由学生拉着抬担耕作。师生们硬是一犁犁、一步步操持着这二十亩地。种的庄稼主要是小麦、胡麻、荞麦，蔬菜主要是老萝卜、大白菜、洋芋等。粮食收获后，一部分交了公粮，一部分则留给学校。当时，在学校西侧与校门正对处，就建有一处粮食仓库，也是老师们修建的。而蔬菜，则全部留归学校和农场。

　　除了种庄稼外，农场还养鸡、养兔、养猪、养羊，谓之一人一鸡一猪一兔一羊，鸡、兔、猪的喂养，大概属附带，数量并不多，而且因为是圈养，相对要轻省一些，而数量最多、又离不开人的，就是羊。除了晚上归栏，其余时间都要专人看护、放牧。农场未建时，学校就养着这么一大群，农场建成后，便归了农场。学校采取的办法是，学生轮流放牧。从年龄上考虑，初中学生也许更适合，但因为他们毕了业要考外校，不便过多地耽误学业，只好由小学部四、五年级的孩子承担，一人一周，一次二到三人。堆良、明太、朋芳、启强、昌余子、整社子，都是当时农场著名的放羊娃。堆良在暑假放羊，还给自己挣过一元五角钱的学费呢；启强放羊时，因为学老农抽旱烟，抽醉了，脸色蜡黄，被同学搀着回到农场。

　　农场初建，老师、学生都是各自背来面、油，汇合后，由值班的老师统一做饭。吃水靠沟底的红土泉，四季不干，清冽爽口。放牧归来，羊们入栏，这时，饭也做好了，虽然没有什么好吃的，不外乎粗粮杂面，顿顿酸菜散饭、荞面搅团，但也吃得热热乎乎；活儿单纯，相对自由，学习的压力也没有在校时的大，这些都是孩子们喜欢在农场放羊的原因。但他们毕竟还小，一到晚上，便想家了。特别是整社子，心急得站在那里看对面的麦顶梁，梁上就是他的家，因为回不去而常常哭鼻子。农场地处大岔、深沟、停岔三村中间地带，前不挨村，后不着店，孤零零独处荒郊野外，时常有狼光顾农场，孩子们必须和老师挤在一起睡觉，才不至于害怕。值班的老师晚上还要起来好几回，面对黑黢黢的大山，吆喝几声，借以吓狼，以保护羊们安全。

农场的其他农副产品，都要交给国家，每年有上交任务。兔子、生猪交给了公社收购组，鸡蛋则交给设在深沟川子的供销社分销点上。这期间还发生了一件事，1976年，老师们把交剩的鸡蛋煮着吃了一顿，被一同学写大字报揭发，县上派专人和公社副书记来校调查。学校承认事情属实，但老师们是交了钱的，这事便不了了之了。

遗憾得很，我没有为学校放过羊，也没有参加过农场的耕种，当然就没有了身处农场的生活体验，但1978年或是1979年农场停办，那里的一砖一瓦、一菜一粟，都要全部搬到学校，大概是全校师生齐参与，我才有幸来到农场，算是最后睹其容颜了。依孩子的眼光，农场撤办，自然是一个浩繁的事件，仅搬移的东西就有很多，农场离学校又那样远，要全部撤离，定非一两天就能完成。那次去农场，分配我的任务是抬菜缸。长长的雷爷山梁上，抬缸的同学一避开老师的监控，借口歇脚，掀过缸盖，捞起一大朵泡菜，"咔嚓嚓"吃得津津有味，也把菜核丢了一路，为此，我们还挨了狠狠一顿批评。

关于深中农场，随着时间的飞逝，我越来越感兴趣于那段往事，总想窥其全貌。2011年9月的一天，我去李店孔家沟拜访了当年的老校长王自勖老师，才对农场有了一个大体的印象。

2011 年 9 月 16 日

那年那月，我眼热的公家门和公家人

　　那年那月，年头节下，总能看到村子里在外工作的人，穿戴一新，手拎一个大大的提包，从李店公社通往深沟公社的蚰蜒路上精神抖擞地走来，并在乡亲们亲切的问候声和眼热的目光中回家；自然又看到他们的妻子儿女激动地簇拥，尾巴似的围着团团乱转；在接下来亲戚邻人出出进进的来访中，我更看到递出去诸如兰州、燎原、大前门之类的品牌香烟，散出去大把大把的洋糖；有时还会看到他们拿出照相机，"咔嚓、咔嚓"地给村民"摄影"；把收音机长长的天线拉出来，在旋钮上"吱吱啦啦"调几下，然后挂在半墙上，让匣子里面的人说说唱唱；继而又看到他们的孩子，穿着新衣服，当着我们的面，摆弄着一个或好几个新奇的玩具：有上了发条就能奔跑的汽车，有看上去像玉米棒、对着一排方形的眼儿就能吹出好听的声音的口琴；更有散发着书香的、崭新的、彩色的"连环画"……上面这些画面，相信是每一个像我一样出身的农家孩子，在 20 世纪七八十年代刻骨铭心的记忆。那些平时见不到的"公家人"，每到这时，就会让我幼小的心灵里，升腾起一种强烈的冲动："我愿意当公家人！"只是最初，对"公家人"的理解还停留在模糊的概念上，没有具体的指向。等到后来，自己真的成了在外工作的公家人之一员，体味到公家人的"酸甜苦辣咸"之后，再回过头来看当年，就发现他们至少不是如人们想象中的那样风光，他们也有不能言说的苦衷。但不管怎么说，当公家人，总比当农家人要好得多。

初中毕业的那年，报考师范并如愿。说实话，当一名小学教师，与理想无关，之所以不上高中而考师范，原因其实很简单，就是急着要成为一名公家人。加之，那年没有其他学校可选，只有平凉师范。而此前，深埋在自己心灵深处、决心长大了为之奉献终身的职业是"三员"：售货员、放映员和邮递员。虽然自己终归没有从事"三员"工作，但这丝毫没有影响我对这三种职业的热爱和向往。至今，"三员"的职业特点，仍然会在心的海洋里激起一圈又一圈的涟漪。

最早闯入心房、让我愿意干一辈子的，是售货员。对这个职业从产生兴趣到喜爱，该是很小的时候就有的。那时也就是五六岁的样子，每到家里的煤油或食盐用完了，爸爸总要拿上煤油证或购货证，提着一个我们叫作"垫桶"的、"英国制造"的"大公牌"小煤油桶，或者一个小布袋，去深沟分销点倒煤油、买食盐，偶尔也会领我去的。分销点最初在深沟阳坡，继而搬到雷爷山嘴上，后来是现在的商店院西边角落处的几间房，最后才有了如今临街的一排门店。那时的分销店，依现在的眼光看，不外乎小小的一间房，"鸡窝"似的逼仄，进门去，迎面就是用土块泥起来的所谓柜台，一面墙似的，完全挡住了小孩子们透视里面的目光。那货物，想必也不过一些日常用品，远没有现在商店的气派：一溜儿排开的玻璃柜台，高可摩顶的货架，如果是超市，则更有布局的新颖别致、货物的琳琅满目、交易的便利快捷。但若论起使人们心里鼓荡起的神秘来，如今的商店只能甘拜下风了。

从家里出来，跟在大人的身后去分销点，一路心花怒放。在爸爸倒煤油的同时，个头还没有柜台高的我，总是攀住柜台，腾起双脚，把半个身子俯到上面，很贪婪地看着里面的货物，特别是那几斗满满当当、花花绿绿的洋糖，散发着耐闻的香味（加上香烟味、茶叶味，便是商店特有的味道），更是让人不忍离开。有时，难得遇到爸爸好心情，在倒好煤油或买上食盐之后，也舍得花几分钱买洋糖给我，那就是天大的收获了。当然，更多的时候是空着手，什么也没有得到。即便不能享口腹之欲，敞开胸肺闻一闻弥漫在周围的洋糖气味，也是很能解馋的。每到这个时候，自己急迫的心情自然会推己及人，那些站在柜台里面、新货随便看、香味尽情闻、一会儿拿货、一会儿拨弄算盘的售货员，该是多么幸福啊！那个"老商店"、人们唤作"老李"的售货员李义勤，就是如此幸福的一个人。老李看上去瘦瘦的，说话的声音却很有磁性和引力；对每一位顾客都热诚、和气，对货物的熟悉程度更是让人啧啧称奇。你要什么货，话音刚落，他就已准确地找到了货物的位置。每到我费上半天劲、"窸窸窣窣"趴在柜台上时，他会装出生气的样子，用铅笔轻轻敲打我的手背。我吓坏了，脸一红，缩缩脖子，身子仍然攀着不动，可心里怕极了，生怕他赶我下去。好在他不再纠缠于我，转身干别的事去了。稍大点，独自一人去买东西，他都会审问半天：买铅笔干什么？长大了当什么？考试得了多少分？我都会红着脸老老实实地回答。如果我偷拿家里的鸡蛋去换学习用品或洋糖，他更是审得不遗余力，真怕他审出我的"不轨"来，继而告诉老师或家长——对他的敬畏感从来就没有改变过。后来，私下里进了一趟城，在那里见到了比深沟分销点大得多的商店，也见到了更多让人眼花缭乱的物品，对售货员的钦慕就更深了一层。那时，心里就暗暗发着宏愿：这辈子要努力当个售货员。可惜，这个当年异常吃香的职业，后来的境遇有些落魄，这也从一个方面印证了世事的无常。现在，当你置身于满世界大开着的，被各类网店、微店排挤得哭丧着脸的店铺，你不难想象得出，在那个物资短缺的时代，"货从一家出"的风光和牛气来。

对邮递员的热爱，缘于一个叫王荣的人。认识他，是在 20 世纪 70 年代末。他身材矮胖，话音里略带塞涩。那时候，他正做着乡邮员的工作。上小学时，大哥为我订了一份《中国少年报》。起初，我是从老师那里拿到报纸的，后来，发现那辆邮政绿的自行车驶进校门的时间，和下午课外活动大致吻合，于是，我就有机会直接从邮递员手里拿到报纸了，既可以在第一时间阅读"知心姐姐"和"小虎子"，又可以减少中间周转环节，避免了丢失，还可以近距离接触这位身穿邮政绿制服的人。一来二去，他认下了我。我也渐次知道了，他不仅家在新王庄，相距不远，而且还是我邻居的亲戚，有了这些彼此心知的关系，渐渐地，我们便熟络了起来。等上了初中，大哥为我订了《中学生学习报》《儿童文学》《中学生》等报刊，加之这些报刊送来的时间并不同步，总是错开着，今儿报纸，明儿杂志，隔三岔五地，总要和他来一次面对面。在别的孩子很少有课外读物的情况下，每次拿到这些新崭崭的报刊，我都不会把它们装入书包，而是拿在手里，有意在同学面前显摆。看到他们投来的嫉妒目光，我得意忘形，这极大地满足了我小小的虚荣心。更重要的，二哥那时在窑街煤矿工作，长年不能回家，妈妈很牵挂。每接二哥来信，妈妈总是让我一遍又一遍地读给她听，每次都听得以泪洗面。与二哥书信往来，便成了妈妈心头唯一的安慰。于是，对邮递员的羡慕和渴盼也就更加热切起来。有时，他还把村子里没有及时送递的信件，在给我报刊的同时，很信任地交给我。我也不负重托，定要在放学后掌灯前，把信件送到各家。应该说，他是见证了我从小学四、五年级一直到初中毕业这一过程的人，还因为我偶尔代他送信，初尝了做一名邮递员的奇妙感觉，他又是那个让我产生"长大了也当一名乡村邮递员"愿望的人。当然了，那时对乡邮员的认识，还仅仅停留在好玩上，总是觉得，骑着一辆崭新的邮政绿车子，后架上搭着鼓鼓两邮包信件和报刊，从李店开始，沿着那条通向深沟的小路，走村串户，摇铃送信，给人们牵线搭桥，往来沟通，心情自然是清爽而愉快的。直到后来看了电影《香巴拉信使》，心灵的极大震撼才使我把乡邮员与"信使"这样"高大上"的字眼相联系。真没有想到，当年选它作为自己的"公家门"，其意义竟是如此的非同凡响。虽然无缘当乡邮，但心中自有它在。每当生活落入俗套，被不愿面对的琐事所累，我都会放飞想象的翅膀，骑上一辆飞鸽牌自行车，悠然自得地行进在乡野，一路吹着口哨去送信，那些烦恼便在顷刻间化为乌有。

至于放映员，那更是一个让人羡慕和神往的"公家门"。乡村精神生活的单调，让看电影成了至高无上的精神追求，且从不计较成本。那叫作天阳子和堪才儿的两位放映员，因此而成为最能让我眼热心跳的

"公家人"。前两年，看了表现放映员生活题材的电影《横平竖直》《王长喜来了》，再次勾起了我内心深处对放映员的那种美好感情。小时候产生的感觉，竟然能如此顽强地占据在心底，一旦勾起，同样是那么熟悉，那么新鲜，又那么强烈。有时，一个人枯坐闹心，便这样幻想未来：等自己退休了，重拾小时愿望，相约几个朋友，一起穿行于村村寨寨，给村民放电影去，该是怎样的情形呢？不难想象，那肯定是一件让人惬意开心、富于浪漫色彩的事啊！

前不久，因为王堡村建成了一处文化活动中心，我有幸参加了他们的庆典。站在舞台上，我竟然在黑压压的人群里，搜寻到了一张熟悉的脸孔，哎，这不就是乡邮员王荣吗？只是比起当年来，他瘦了许多，脸上也明显有了"沧海桑田"。虽然没有和他说话，但毕竟也算是快三十年后的再见面了吧！当年不问其出身，后来才知道，他那时只是一名聘用制的乡邮员，邮政电信改革时，他解聘后回家务了农。同样是临时人员，遇到时代转型，先是录像，后是电视，一股接一股的冲击波，使天阳子和堪才儿后来的境遇也大致如此。相对来讲，售货员老李就幸运得多，他毕竟是正式工，后来调离深沟分销点，去了李店，直到退休。只是我再也没有见过他们了。

2011 年 11 月 18 日

结缘舞台

我生性愚钝木讷，不善表演，喜欢幕后，最怕前台。禀赋如此，本应安守一隅，平静度日，然少不更事，也曾和舞台结缘，在那一方"热土"上现身露脸，出尽"洋相"。而那些人和事，一旦想起，仍有一种沧海桑田的感慨。

初缘舞台，与一位叫景宗的老师有关。老师姓杨，杨嘴村人，是一名拿着极微薪水、队上记着工分的民办教师。他1975年初春被聘为民办教师，到冬天时，便调深沟小学任教。我1977年秋入深沟小学上四年级时，他即成为我们班语文老师兼班主任。到了第二年春天，为了演好学校的"六一"节目，各班紧锣密鼓地准备着，内容几乎都是"你办事，我放心""除四害"之类，这在当时是一种风尚。我们四年级也不例外。为了能在"六一"给全校师生奉献一个像样的节目，景宗老师默默筹划了好几天，最终在一本儿童杂志上选中了一幕话剧。话剧很简单，一男一女两个同学，在上学路上，通过对话共同声讨"四人帮"，决心长大后，甘为"四化"献力量。男女演员很快被锁定，女演员由新王庄一位名叫红娣的女生担纲，而男演员，则选中了我。我胆小腼腆，不善言辞，根本不具备表演才赋，不知道老师为啥要选我？加之，那个年龄段，我又绝不与女生说话，让我和一位女生搭档演戏，面子上很是窘迫，心里极不情愿。已是春末夏初，天气渐渐热起来了，而排练时间，大多又是下午。其他同学都在上课，只有我和红娣同学在操场上排戏。因为话剧故事发生在上学路上，我们只好顶着烈日，按照老师设计的台步，边走边演。老师的监督，心理的排斥，与女生对戏的尴尬，不能上课的气恼，加上易忘的台词，拙劣的演技，简单的重复，不大的工夫，汗水就顺着脸颊滴到脚下的浮土里。那次排的戏不知为什么最终没有演成，但从此后，"舞台"的概念却深入到了我心底，知道要登台并不是一件容易的事，自己既不是演戏的料，对前台亮相之类就只能暗自羡慕，而不敢奢望了。

三十多年过去了，景宗老师留给我的印象一直清晰如昨，也许与这次排戏不无关系。记得景宗老师周一来学校时，天下着小雪，当他踏进校门，一个披着风衣、高高大大的形象便立时刻在我的脑海，至今挥之不去。景宗老师非常敬业，细致的教案，工整的板书，准确的讲解，都表明他是一位极认真的老师。他在黑板上写字，会用大拇指、食指和中指捏住粉笔，而无名指和小指微微翘起，很像"兰花手"。他除了教四年级语文外，还教全校唱歌，时常见他背着一架手风琴，在校园里走动。景宗老师识谱，会拉琴，当他领着我们在手风琴的伴奏下，"哆来咪发"地拼谱、唱歌时，我们便大为惊异，兴奋不已。和此前的那些只会领唱歌词的老师相比，感觉景宗老师本事大得多，因而就对他格外敬慕。他唱歌还有一特点，当需要特别示范某一音节时，他的下嘴唇总会微微颤动，每到这时，幼小的我们，总会忍俊不禁，低头偷笑。有时，他把我们排成四排，或呈梯形，或呈三角形，队列形式变幻多样，演唱便会更加卖力。小学阶段，我学数学不开窍，成绩不理想，但语文却较为突出。每次上语文课，如遇老师分析课文，必先叫学生试分段，再总结段落大意、中心思想，这几乎是老套路了。而每次的提问，我总能回答得八九不离十，也就能经常听到景宗老师的表扬，这无形中增加了我学语文的兴趣。回想当年老师选我当演员的理由，可能与语文课有关。印象更深的是一次自习课，景宗老师先发了大楷本，然后给我们讲了一件事。一天，下着大雪，景宗老师在去学校的路上遇到一位老大娘，她一个人艰难地拉着一架子车农家肥去送。大娘的穿着很旧，也显单薄。经他事后了解，大娘家里困难，日子过得不宽裕。而她的孩子，就在我们班上。这次大楷作业，写得最认真、最好的，正是这个同学。他的大楷，其中有一页几乎全给画了圈。这位同学懂得家里的困难，在学校能认真学习，可见他是一位懂事的孩子。他要求我们在学校认真学习，体谅大人的苦衷，做一个有爱心、有责任心的人。孩子们都比较好奇，下课了，我们偷偷地翻看大楷本，虽然老师当时没有点名，但到底还是让我们知道了他讲的是谁。这件事，让我们对景宗老师尊敬的同时，还多了一份亲近。后来，上了初中，景宗老师就再未给我上过课。再后来，他好像调回本村小学任教去了，从那时起，就再也没有见过面，也就说不清他什么时候被辞了民办教师，回到队上当了农民。前不久，我突然在城里的某机关大院里遇到他，他是为申请养老保险补助来办手续的。握着景宗老师的手，问一句："您还认识我吗？"他已显苍老的脸上绽开笑容，用三十多年前在课堂上点名时的语调叫出了我的小名，我的心立时颤抖了。

正式登台，是村子里把传统戏唱红了的时候。20世纪80年代初，随着"样板戏"退出舞台，传统历史剧由沉寂趋于回暖。村子里不失时机地把原已解散了的戏班子重新成立了起来。冬天来临，大雪封门，家里的上房里，老是聚着一帮人，做戏衣，粘戏帽，为接下来的大戏开场紧张地筹备着，气氛热闹和暖。一时间，山梁沟岔里，到处都能听到传唱"老戏"的秦腔散板。既然有小学排戏的经历，我产生上台的想法就不应该，有此举动，就更是不知天高地厚了。说来好笑，自己竟然能一意孤行亮相台口，这并不是因为自己的表现欲，而是嘴馋人家荐台时端来的油饼、暖锅，或散戏时的团圆饭。说实在话，对于一个肚子里没有多少油水的少年来说，那散发着胡油香味的油饼，那蒸腾着热气的暖锅子，其诱惑实在无法抵御。村子里似乎有这样的潜规则，如果你不是"戏班长"，荐台的那些吃食，你只能眼睁睁地看着，绝没有权利下手，众目睽睽之下，面子上也过意不去。为了那点口腹之欲，我决定豁出去，到台上走一走，碰一碰运气。可接连几次上台都眼瞅着别人按事先准备好的角儿出出进进，也没有接到什么活儿，心里面失落得很。好在这些心事无人能懂，悄悄放弃谁也不会知道。恰在这时，机会来了。一次唱夜戏，后台筹备正在紧锣密鼓地进行着，忽听团长说谁谁今晚有事，其扮演的老员外的"书童"空下了，开戏在即，团长急得直搓手。虽说是一个小角色，但没有了断然不行。救场如救火，他一把抓住在台上乱窜的我，直拉到化妆区，说："这个娃像个书童，顶上算了。"化妆的人二话没说，就开始给我打扮。然后，挑了一顶相公帽儿戴在我头上，没有合身的戏衣，就把一件下人穿的戏袍套在我身上，戏衣太长，只好在腰间折叠了好几道，用腰带扎紧。梳妆完了，我忙问团长，这书童有啥台词没有？咋表演？团长说没有啥台词，也没有啥动作，就是跟在员外的后面出去就行。终于轮到我们出场了。踩着锣鼓点儿，我壮着胆子紧随"员外"从入口处进了前台，当自己全方位暴露在戏灯下的刹那间，心说，这下完了，再没有退路了。我极力压抑着狂跳的心，装出一副满不在乎的样子。当"员外"在前台自报家门亮完相，坐在台中间一把椅子上时，我便侍立台口一侧，再也不知道该干什么。台下的人似乎不看员外，而都在盯着我，先是有人问这是谁呀？紧接着有人认出了，于是，叫我小名的声音就在台下接二连三地爆响，叫得人很难为情。剧情继续推进，由民安扮演的秀才从幕后进入前台，他先是愣在那里直勾勾地看我，见我面无表情没啥反应，便低下头，抬起长袖遮住脸，做出给我说悄悄话的样子。果然，我听到他低声说："禀员外，有一秀才求见。"我一下子明白了，慌忙做出进门禀报的姿势，按秀才教的话禀了员外后，原退到台口望着台下的人群傻站着。按剧情，这位书童本只有这一句台词，说完，书童的使命就算完成了，完全可以从侧幕下去。而我呢？只一句台词还要人家提醒——当然这不能怪我，是团长没有交代明白，可台下的人哪里知道这些渠渠道道？只会笑话我笨得连一句台词都记不住——更丢人的是，只是傻站着倒也罢了，不会影响别人演戏，哪承想，台口高悬的汽灯照得人浑身燥热，内衣里面似有多条小爬虫在蠕动，奇痒难耐，我便开始不停地左右摇摆，想通过肢体的动作达到搔痒的目的。戏场的人一下子看明白了，"轰"的一声，大笑不止。这也许是那晚最具看点的部分。即使现在想起来，仍然让人忍俊不禁，后背上的冷汗也会一阵胜似一阵地涔涔而下。如今，弟兄们坐在一起说从前，互相嘲弄取笑，这一出便是他们最拿手的撒手锏，一旦亮出，我立马笑蔫。这是我与舞台结缘唯一一次也是最后一次扮角儿。这段逸事，二十年后，不幸被朋友所知，2004 年的春节，他有短信飞临："当年唱戏当书童，台上难受难为情。若有机会吃暖锅，哪管台上多丢人。"读后，乐而开怀。初中时，音乐老师是同村一位我称二爷的长辈，他曾指点过我们吹笛子的基本指法。放学路上、放牧期间，苦练不止，竟学会了吹奏秦腔曲牌，并达到了村级吹奏水平。此后登台，便由演戏转行吹了笛子。后来跟随村子里的剧团出庄唱大戏，或串庄唱"牛皮灯影子"，我干的都是吹笛这一行，再也没有唱过戏了。

　　师范四年，除了学习文化课外，我还选修了音乐。所谓选修，其实是按照学生的兴趣和爱好，利用课外时间，让学生有一个较为集中的训练。音乐选修课，也就是比不选修的同学多了一些视唱，增加了风琴练习，仅此而已。二年级时，学校要举办一次学生器乐比赛，因为自己是音乐课代表，加之课余仍然吹笛子玩儿，音乐老师杨兴华便鼓动我参加器乐比赛。那时的我仍然懵懵懂懂，不要说杨老师不了解我的实力，我对自己到底处在哪个水平也是不甚了了，学校师生器乐方面的整体水平如何，我也不清楚。更为致命的是，我上报的参赛曲目竟是笛子独奏曲《扬鞭催马运粮忙》。这个经典的独奏曲，自己只是在广播里听过几回，既无人指点，也没有按吹奏法苦练过，一些技巧根本就拿不下来，完全是按自己的理解，随心所欲地吹着玩的。这就叫不自量力，用一句土话说，就是"瓜娃晓不得害怕"。不用说，比赛一败涂地，结果不出所料还在其次，整个过程更是丢人。轮到自己出场了，刚刚还雄赳赳气昂昂走上台口的我，被平师礼堂明亮的灯光耀得连眼都睁不开，看不清台下的人，只觉得黑压压一片，本就不清醒的大脑"嗡"的一下，浑然一片空白。颤抖的嘴唇怎么也合不拢，舌头、手指都不听使唤，平时还算熟练的曲调，吹了几句后死活也接不下去，只好把那几句翻来覆去地吹了几遍，完了。折身后台，台下竟出奇地安静，既无掌声，更无笑声。也许事出突然，师生们一时还反应不过来，也许他们压根就不会嘲笑一个根本不知道害怕的少年。经历这次比赛，让成长中的我懂得了一个沉重的道理，人是软的，舞台却是硬的，想登台亮相，没有真本事绝对不行。后来，我有幸两次再登平师舞台，效果就大不一样。一次是1987年元旦。平师一年一度的元旦文艺晚会正在紧张地彩排，我们班的节目是器乐合奏，我在其中执笛。当合奏曲《喜洋洋》《金蛇狂舞》刚一落音，台下观看彩排的副校长杜正杰马上站了起来，紧跨几步靠近台口，大声喊着："让杨华在晚会上再来一曲笛子独奏。"这属于临时增加的节目，我表面故作镇定可内心还是有些慌乱。第二天下午，负责晚会筹备的沈明辉老师在教室窗口对我说，上晚会的事已经定了，让我抓紧准备。我只好放下功课，跑去找教我们音乐的柳承录老师。经过几次配合，由柳老师钢琴伴奏的笛子独奏《姑苏行》，便在元旦晚会上正式上演了。这次登台，曲子熟，有伴奏，加上自己已是三年级老大哥了，就再也没有怯场，很顺利地演奏了下来。还有一次是三年级下学期，1987

年6月，学校举办全校音乐兴趣小组的风琴（脚踏琴）比赛。普师、幼师同时参赛，分开评奖。只见幼师班的同学个个盛装上台，而我，还穿着二年级时哥哥买的一件黄军衣，袖口破了，滴溜溜掉着，很容易把指头套在里面，对弹琴极为不利。可马上就轮到我了，换衣显然来不及，怎么办？事到急处有奇招，我三两下把袖口挽起来，虽然看上去袖子短了些，但于弹琴却利落得多。我弹的是《熊跳舞》和《四小天鹅舞曲》，因弹奏无打结、无间断，这次比赛，我得了一等奖。一些当年在校的学友，不管是不是同级，至今提起我，还有印象："那个弹琴、吹笛子的！"看来，舞台还真是个了不得的地方。

参加工作后，登台的机会虽有几次，但都是"羚羊挂角，无迹可寻"。唯有一次，留给我的印象不可磨灭。1993年冬天，为了纪念毛泽东同志诞辰100周年，县上举办了一次毛主席诗词朗诵比赛，我作为机关代表参加了。我选的诗词是《七律·长征》，正式比赛前，我天天背，夜夜诵，自认为背得滚瓜烂熟，也自认为朗诵得有真情、有技巧，得个一二名应该不在话下，心里面美滋滋的，都已经飘飘然了。正式比赛是在政府礼堂。到我朗诵了，前面还算顺利，可朗诵到"金沙水拍云崖暖"时，一下子卡住了，我大窘。为了掩饰，我装作是麦克风出了问题，低着头只管拽线，等到我想起下句时，时间已凝固了好一阵子。那时，只觉得脚下的台子瞬间破裂，条条缝隙向我张开大口，我恨不得纵身一跃而消失。这真应了庄子的一句话："外重者，内拙。"用家乡俗语来解释，就是"想得早了，翻起来跑了"。

像这样与舞台屡结屡失的缘分，使我最终没有领略到台上应有的风光，而留给自己更多的，则是如唱戏笑场、吹奏忘曲、朗诵忘词之类的笑柄，以及笑过之后所谓的经验罢了。

2013 年 9 月 9 日

叁

亲情素描

父亲的生日礼物

农历腊月十六日，是父亲的生日。

父亲年轻的时候是没有条件过生日的。为了生计而奔波，艰难的日子几乎没有什么区别，日出而作，日落而息，每一天基本都是这么过的。生日那天，谁也不会感觉这一天有什么特别之处，谁也没有意识到今天是父亲的生日。和往日一样，天不亮父亲就起床了，先是给牲口添一把草，然后把火盆放在炕桌上，新支几根木柴，或干脆把上次烧残的树根，用特意揉皱的纸，或用较细的木签，蘸着煤油点燃，屋子里顿时充满了让人涕泪横流的浓烟。我们就是在这种既显得亲切熟悉又使人无可奈何的烟味中日复一日、年复一年地长大。一阵烟熏火燎之后，烧旺的火苗归于平静，映照着父亲黑红的脸膛。在木柴燃烧的毕剥声中，父亲粗大的手抓起一把茶叶，扣入细小的茶罐，准确地用水壶添水，看着火苗舔着黝黑的茶罐，父亲脸上泛着不易察觉的幸福表情。茶叶在茶罐里慢慢上涨，等冒出罐口，父亲会捏住一个已泛黑的小茶棍，不费力气地把茶叶压下去。反复几次，感觉到火候了，父亲便端起茶罐，将一股黑红的茶水倒进一个很有些年成的小茶盅。父亲炖茶是有讲究的，茶叶要多，入水要少，炖好的茶水要酽，量不能多，刚够小半盅最好，味道极苦才能解困解乏。这时，父亲一边吃着母亲端来的干炒面，一边吸溜着酽茶。等吃饱了，茶也喝好了，父亲会用剩茶水浇灭木柴，摆放整齐，以便下次再用。印象中，熬罐罐茶是父亲最惬意的时候，小小茶罐，所盛者绝不仅仅是一杯茶。那里面，也许就装进了父亲的辛劳、父亲的汗水，还有父亲的憧憬与梦想。茶毕，虽然不像大忙季节那样随即要到庄稼地里忙活，但父亲仍不闲着，会一边叼着旱烟锅，吊着旱烟袋，一边为如何度过这个干瘦的年关而黑着脸不停地忙出忙进。父亲的咳嗽声也像连枷打场一样，在村庄上空轻一声重一声地回响。父亲的生日，既无人送礼，也无人道贺，每次都是在平淡无奇、不知不觉中度过的。

接下来的日子就容易打发了。先是大哥、二哥参加了工作，包产到户后，三哥、我和弟弟又先后考上了师范，排队一样陆陆续续吃了公家饭，苦艾一般的日子才算慢慢有了好转。但弟兄们离开老家各奔东西，成家，买房，抚育孩子，工作上又极力打拼，几乎没有喘息的机会，仍然没有想起要给父亲过生日。恍惚间，又是十多年的光景。

后来，父亲在接近古稀的年岁告别了熟悉的农活，不再到庄稼地里劳作了。大哥建议，弟兄们根据父亲的愿望，每年接父亲到各自工作的地方去散心。去哪里，住几天，完全按老人家的心情而定。在父亲的生日，弟兄们要回到父亲身边，为父亲过一个热闹的生日。可父亲住惯了老院，睡惯了土炕，愣是不习惯城里的楼房和床板，在城里不几天，就会嚷嚷着回家。倒是过生日，父亲显然要乐意得多。生日那天，弟兄们会从不同的方向，各自领着子女赶赴老家。没有仪式，没有生日快乐歌，甚至也没有祝福的话语，但父子们拉着家常，说着一些陈年旧事，孙子辈跑出跑进，倒也其乐融融，气氛温馨。

那么，给父亲送什么生日礼物，就成了一个不是问题的问题。按说，父亲这把年纪，儿女们又都有工作，平时吃穿用度不会有大的麻烦，但弟兄们仍然会为父亲的生日送上礼物。日常需要的茶叶、卷烟、白糖等等，这一天是不会送的。除了糕点、烧鸡、奶粉、油茶这些吃食外，还有过冬度夏的服装，有的可能还会送上父亲特别喜欢收藏的古币，有的干脆给父亲几个零用钱。但所有这些，我感觉都不是最珍贵的礼物。

那年冬天，父亲经常感冒，无法遏止地咳嗽，吃药输液都不见效。接到城里一查，是肺结核，肺部大面积感染，阴影非常严重。于是，治疗肺结核的组合药整整吃了两年。组合药必须在空腹时吃才有效，偏偏父亲的胃又不好，两年下来，肺结核虽有所好转，但胃却被伤得厉害，饭量明显下降。过了不到两年，又反复了一次，组合药又吃了一年。一生离不开旱烟的父亲，这时也不得不戒掉烟，就连喝茶也减省了许多。雪上加霜的是，两次治疗期间，父亲因胆结石剧痛，不得不施以手术，七十岁的老人，如何能经得起如此折腾？术后的父亲，头愈白，脸愈瘦，背愈驼。望着父亲佝偻的身影，我的心里涌起一股无以名状的苍凉之感。站在儿女的角度，面对这样的境况，难道天下还有比祝愿父亲尽快恢复健康更珍贵的生日礼物吗？

2003年暮春，我遇到了一次不得不做出的人生选择，自己也因此曾经一度堕入了尴尬的境地，一段时间，心情竟灰到了极点。面对亲人的误解、朋友的疏离、社会的不宽容，面对轻蔑的目光、嘲讽的笑容、各种不怀好意的流言蜚语，我唯一能做的，就是选择沉默！我只有屏蔽了自己，躲进属于自己的方寸天地，关起门来默默地忍受，艰难地面对，潇洒地躲避，坚强地挺立……在那些艰难的日子里，归来后第一次回老家见父亲，原以为会受到父亲的责问和诘难，没想到父亲竟出奇的平静。晚上躺在炕上，父亲只轻轻地问了一句："你啥时候回来的?"什么"光宗耀祖"，什么"得来不易"，什么"劳神吃苦"，什么"面子丢尽"等等，一概不问，其实父亲的心里压根就没有这些东西，这让我久受委屈的心得到了不曾有过的安慰。

前不久，就在父亲生日前的一个月，我因突发急性阑尾炎而手术。出院后的一天晚上，我扭亮床头灯，把开关拧到最小，让昏暗的灯光笼罩着屋子，在这样的夜晚，一些心事最容易爬上心头：2005年底，先是大嫂因脑瘤在兰州做了手术，连春节都是在医院里度过的，至今仍在恢复当中（大嫂于2008年去世，距今已有十年，沉痛哀悼大嫂不幸）。接着是女儿因双腿关节游走性疼痛，无法行走，在兰州住院半月，出院后继续服药百天，期间又反复发作过多次。这些，成了父亲埋在心底的牵挂。父亲急了，按照农村的习俗，请了一位先生，在家里祈禳。等我们回到老家，那些画符、香表仍然安放在特有的位置。想起来，心里真不是滋味。

又到父亲的生日，我该拿什么作为父亲的生日礼物呢？听着妻女均匀的鼾声，看着自己术后平抚的刀口，我忽然懂得，送给父亲的生日礼物，最好者莫过于平安和健康。其实，送不送礼物，送什么礼物，送多贵重的礼物，所有这些，对于一个七十多岁的老人来讲，又有什么要紧？一生沧桑的父亲，经历过的坎坷何止一处？对于平安的理解更是倾其一生啊！是的，站在父辈的角度，难道天下还有比儿女家人平安健康更珍贵的礼物吗？

祝父亲生日快乐！祝父母健康长寿！祝家人平安健康！快乐幸福！

2007 年 2 月 2 日　父亲生日前夕

母亲的"电话号码簿"

当年乔迁新居时，好心的朋友劝我，家里就不要再装座机了，两口子都用上了移动电话，联系很方便嘛，能省一笔费用不说，关键是免得夜半铃声惊梦，让自己能一觉到天明。话很在理，但我没有采纳，仍然把原先家里的电话移了过来。原因很简单——为了母亲！

母亲辛苦一辈子，六十岁时，被弟兄们接到了城里。一转眼，也已十多年了。

母亲习惯了城里楼上楼下的生活，虽然简单平淡，但孙子辈在自己的照顾下，一天天长大，老人的心里便很满足，很欣慰。母亲思想单纯，对生活也别无苛求。她的天空虽然很少悬挂七色彩霞，平常更是缺少政治、文化、音乐……连电视也看不懂，可以说，她的世界完全是素净和洁白的。但母亲生活的箩筐里装满寄托和牵挂：丈夫的健康、子女们的平顺、孙子们的成长，构成了母亲生活的全部，欢乐由此，烦恼亦由此。

母亲虽然没有进过学堂，但她明白学堂对孩子的重要，再苦再难也要供子女们上学。但由于当时家境极度困难，二哥失去了上学的机会，从小跟着他们参加了劳动；她唯一的女儿，我的姐姐，也是念到半道而辍学，至今没有一个像样的工作，这些都是母亲一辈子的遗憾和心痛。

母亲不识字，就连最简单的阿拉伯数字也不认识，但她懂得敬重识字人，就连写着字的纸也很珍惜，不管有用没用，都要整齐地码在一起。

母亲不会读书，但懂得事理，说话办事莫不中规中矩。年逾七旬的人了，仍然眼不花，耳不背，至今还穿针引线，经常为孩子们钉上松了的衣扣，补好裂开的衣缝。母亲的记性尤其好，我们都是些没心没肺的马大哈，一些日常用品随手乱丢，到用时又找不到，总是母亲告诉我们放在哪里，一找一准。我们说过的话，她牢记在心，即使我们小时候的事，她说起来依然清晰如昨，如数家珍般没个尽头。液化气灶、电磁炉、微波炉，这些现代用品，稍一指点，母亲用起来也得心应手，从不出错。难怪女儿说："奶奶是家里好记性第一人！"

家里没有电话时，母亲有什么话要说，有什么事要问，都是通过弟兄们转达的。及至家里有了电话，隔三岔五，大家就直接和母亲通话。听听她的声音，问候老人家的身体，夏天了，热不热？冬天了，冷不冷？关节炎还犯不犯？头疼脑涨别忘了及时服药……母亲说着"好着哩"时，又一遍一遍地反问，身体好吗？孩子乖吗？老家下雨了没有？临了，更不忘一再叮咛，别累着，别生气……每次可能都是重复着这样几句话，但每次都会让人心房颤抖，双眼潮湿！如果遇到谁有不如意的事，或身体不舒服，那几天，母亲会显得特别不安。我们上班时，母亲一人在家，想给谁说几句话，又不会使用电话，只能等到我们下班。一进门，她会迫不及待地说："打个电话，问一问病好了吗？""打个电话，问一问现在咋着呢？"她紧紧地催促着，那是母亲扯不断的牵心藤啊！

一天，母亲突然叫我，说："我打你姐姐的电话，你看看对着吗？"客厅的电视柜很低，母亲半跪在上面，左手拿起电话听筒，用右手的食指去摁那几个在母亲看来有点奇怪的洋码，一个洋码一个洋码地按过去，按得很用力，等把我姐姐的电话号码按完了，问我："对着吗？"我惊喜地说："完全对，你啥时候学会认数字了？"母亲笑笑，告诉我，去年在哥哥那里时，想经常和姐姐通话，就让侄女一个号码一个号码地教她。母亲不认识数字，她记住的，并不是电话号码，而是号码所在的位置。就凭这，她记住了姐姐家里的电话！按完了姐姐的，她又分别按了哥哥的、我的、弟弟的、老家的，一连五六个固定电话，她全记对了！这就是母亲的"电话号码簿"！

我不得不感慨！我们的电话号码簿，不是印在纸上、装订成册的，就是直接输在手机上，用时从电话上调出来即可，从来都是敷衍着记忆，没有一个是用心去感受，用心去记忆的。但母亲的"电话号码簿"，完全是刻在心上的！虽然只有五六个号码，但因为是刻上去的，也就显得异常厚重，翻动它，仿佛还铮铮有声；虽然无形，但因为是用心刻上去的，因而同样可以用心来感触，其分明的程度，就像用手心抚摸一个棱角分明的手背。由此，对于母亲的记忆，我也就不难理解了，那也是用心在记啊！

我们的电话号码，其实是建立在母亲心房上的坐标，每一个坐标，又是我们在母亲心目中不变的位置。母亲按电话号码，并不是在按那几个数字，而是把刻在心上的一个个坐标，丝毫不乱地标示出来。有了这个"电话号码簿"，母亲与儿女们就不存在任何形式的距离了，就连地理层面上的距离也没有了意义。因为，电话上那几个数码，按一定的顺序排列起来，就是一列通向儿女们的直达列车，一条心与心瞬间相通的线路……

2007 年 5 月 21 日

母爱是手指从后背轻轻划过

前几天，妻子出差，我和母亲、女儿在家。

因为妻子不在，像做饭、督促女儿写作业、练琴以及睡前喝牛奶、洗脚、刷牙等这些琐事儿，自然落在了我的肩上。活儿不重，只需提个醒、操一点点心而已。要是在平时，这些事都是妻子在料理，她会不厌其烦地在那里一声又一声地张罗："帆儿，喝奶子了！""帆儿，刷牙！"我对此很有意见，嫌她多管闲事，瞎操心。认为女儿大了，没有必要还像小时候那样，像个跟屁虫一样，老是撵前撵后，女儿的啥事都要弄出个根根筋筋，心中有数。连女儿也不耐其烦，每遇她黏黏糊糊，涎着个脸，巴结似的让干这干那，如果配合她，那还算顺利，如果不配合，轻则反驳，重则跳脚。隔着房间，经常会听到她们母女你一言我一语地斗嘴。有时说着说着，俩人就谈崩了，一个气得高声大嗓，一个气得摔东摔西。实在拿女儿没有办法了，妻子会隔门高呼："你来看你女儿咵！"这成了我难以消化的家常便饭。每遇这种局面，我这个当家的，就得出面和稀泥，或者出乖卖丑，让她们破涕为笑，握手言和，或者阴云密布，各打一百大板，用高压促其就范。用女儿的话说，她妈妈是姓黏名蛋叫"黏蛋"、姓糯名糊叫"糯糊"、复姓泡泡名糖叫"泡泡糖"……可是妻子呢，不管女儿咋说她，不管我如何有意见，她都不理不睬，我行我素，该干啥照干不误。大多数的情况是，每每女儿作业告一段落，妻子就会主动迎上去逗嬉她，"猫儿""狗儿"地亲昵着，女儿多半会顺势给个后背，说声"搔"！妻子会叉开五指，从女儿的衣服后襟伸进去，在后背轻轻地抚摸，这时，女儿就一脸的得意和幸福。一会儿，妻子感觉手酸了，说："行了！"可女儿不干："继续！"她只得再来，如此反复多次，一个欲罢不能，一个罢而不行，于是两人又翻脸了。和好后不出几分钟，妻子又如法炮制，真拿她没办法！反正，平时妻子在家，她和女儿就没有清静过。妻子在女儿身上就是不长记性，她活该注定是个"受贱"的命呢！

妻子出差去了，用我和女儿的话说，叫"把个'害害'给走了"。你看，妻子不在家，女儿出奇的乖。放了学一进家门，照例是先洗手，然后开始做作业，吃过饭，再做作业至完成。才收拾好书包，马上又坐在钢琴前，练习老师布置的任务。然后喝牛奶、刷牙、洗脚……这一切，根本不用你催，她完成得一板一眼，按部就班，一个程序接着一个程序干得很顺溜。就连平时很淘气的吃饭环节，除了边吃边说班上的新鲜事、贩卖从书上看来的笑话外，单就吃饭论，这会儿也不挑菜了，不留碗底了，更不拖时间了，还一个劲儿地夸老爸我做的饭香，比她妈妈做得香多啦！这些事情做完，也到睡觉的时候了，她会自觉地去她的房间，脱衣上床，拧开台灯，默默地看一会儿书，什么条件也不提就睡了，一副很懂事、很乖巧的样子。

是的，她很乖。但过了两天，看着和平时判若两人的她，除了乖，我总觉得好像缺了些什么。那么，缺了些啥呢？对了，缺的是她平日说话时的高声大嗓，拌嘴时的咄咄气势，说事时的眉飞色舞，吹牛时的轻狂嚣张，干事时的心浮气躁……看着她的样子，我心里竟然莫名空虚起来。她为什么会这样？晚上，当我一个人躺下来，认真思考的时候，平时的她和这两天的她，就像走马灯一样，在我的眼前交替出现，我似乎理出了一点头绪。其实很简单，就是因为她妈妈不在家！

原来，母亲是个势，母爱更是个势！妻子在家时，女儿会借势发火，借势发泄，借势撒泼，借势犟嘴，也借势撒娇。一旦妻子不在，女儿顿时失了势。她平日借势的惯性就无所凭依，心里会空落落的，跟丢了什么似的。从妻子的角度讲，她平时的所作所为，更是不难理解，俗话说："打是疼，骂是爱！""打着骂着，心上挂着！"说的就是这个理儿！

这让我想到了自己。母亲住在我这儿的时候，我就有一种踏实感，一种凭依感，即使和母亲磕磕碰碰，听母亲絮絮叨叨，那也是一种势啊！当母亲住在哥哥或弟弟那儿时，心里就像被掏空了一样，尽管知道母亲在哥哥、弟弟那里会比我这里过得好些，但我仍要不停地牵挂，就像手里的风筝线，一刻也不能松地拉着！

妻子出差回来了。听到钥匙开门的声音，女儿第一时间从她的房间冲出来，把妻子堵在门边，稍事亲昵，说声"搔"，后背已经贴了过去。妻子顺从地搂着女儿的肩膀，张开五指，乖乖地伸进女儿的后背，轻轻地抚摸着，抚摸着……

2007 年 4 月 5 日

照片与布鞋

　　闲暇，翻看孩子的影集，总认为现在的孩子特幸福。不仅吃穿用根本不必愁，就是照张照片，也是宝贝似的，由父母领着，穿着时兴的衣服不说，到了影楼，还要化妆，摆出各种各样的姿势。甚至认为普通照太一般，争先恐后地还要拍明星照，摆在家里的显眼处，让来访的每一位客人赞不绝口，那是多么荣光的一件事啊！打出生满月起，就开始照、照、照，百日、周岁、两岁……及至上了小学，就已是照片的富翁，拥有了几大本哩。再如果坚持下去，一直到若干年，把那些不同时期的照片连起来，不正是一个人一生走过的路径吗？条件好的家庭，还给孩子录像、刻光盘，把他们蹒跚的步伐、咿呀的语言、可掬的憨态留存下来，等到孩子长大，再拿出来让他们看。可以想见，到了那时，已经长成大人的孩子，看到另外一个自己，会笑得泪流满面，会笑得满地打滚。并且，当他们冷静下来，一定会感慨地说："时光真快啊，这才一转眼的工夫，我就已经变成了这个模样。我还是他（她）吗？他（她）还是我吗？"

　　这不由得想到了自己。小时家贫，没有见过照相机，更别说照相了。村里有外地工作的人，每次回家，都要给大人小孩照相。因此，村里不少和我一般大的孩子都或多或少保留着小时的照片。而我，不知是人家照时每次都没有赶上，还是其他啥原因，反正没有留下童年的模样。弟弟尚有一张八岁的照片，和叔父一家照的，这让我羡慕至极。我最早的照片是上初一时的全家福。说是全家福，其实上面缺了二哥。二哥从矿上回来探亲十几天，假满刚走，照相的就来了。我站在边上，身穿二哥买来的夹克衫，一脸的严肃。现在咋看咋不像自己。其次，就是这张初中毕业前的照片了，那已经是1984年春上的事。照片上，我和三个同学分两排站立在校园操场上一片青青的麦田边。我最小，当然站前面。那样子有点滑稽，有点可笑。头上很扎实地戴着一顶帽子；棉衣的袖口不甘寂寞地露在罩衣外面；一条我们戏称作"提高警惕"的裤子，裤脚缩在小腿肚上。让人忍俊不禁的是一双松紧方口布鞋，竟然反穿在两只脚上，即左鞋穿在右脚上，右鞋穿在左脚上。乍一看，好像两只脚长错了位置。本人的脚生来就不规矩，有点外撇，前掌向上翻，后跟向外侧，新新儿一双鞋，没穿几天就成"8"字状，像拧了麻花。我开玩笑说，我的脚用五个字可以形容，即偏、短、宽、厚、平，用专业术语说，就是典型的扁平足。这样的脚，当兵是绝对不行的，第一关就会被刷掉。鉴于我"贵脚"的特殊情况，打小穿鞋，妈妈就教导我，左右鞋要不停地倒换着穿。除了进行扎实的思想教育，让"换着穿鞋"的毛毛雨时常下之外，还从制度上想方设法予以保证，就是从不给我做斜口（或称偏底）布鞋，不让有左右固定式样的鞋诱惑我的双脚。一直以来，妈妈只提供给我端口（或称端底）的布鞋，因为不分左右，换着穿很方便，双脚也不至于产生不适感。这样，一双新鞋穿它二三年，是不会成什么问题的。所以，长成十几岁的大小伙了，还没有穿过方口的松紧布鞋。问题是，没穿过不等于没向往过，能有一双崭新的方口松紧布鞋，是我那时的美好愿望。但因为上述原因，一年推一年，不知走过了几个"五年计划"，直到我初二的那一年，才如愿以偿。

那是1983年春节，我和弟弟去村里的大场上玩，黄昏回家时，路过一远房姑姑家。老远看过去，姑姑站在门口，向这边张望。等走到她家门口时，她叫住了我，把一双新布鞋塞到我的怀里。我一眼就看出，那是我梦寐以求的方口松紧布鞋啊！我当时兴奋得脸都红了，嘴上不知道说什么好，只在心里使劲地感谢着姑姑。我一路小跑着回到家里，一进厨房门，就对妈妈喊："妈妈，我姑姑给我一双松紧鞋。"妈妈拿过一看，也高兴得很，说："我娃就穿上。"我当即脱掉了端口旧布鞋，穿上姑姑送我的方口松紧新布鞋。晚上，我还特意把爸爸织的毛袜洗得干干净净的，第二天穿上新鞋，感觉走路都飘飘然了，走着走着，低下头要看一会儿鞋面，或回头看着布鞋底子上细绳纳出的针脚清晰地印在浮土上，那一刻，比我刚吃了长面的感觉还要劲！

一顺子穿鞋的感觉就是好。但不久，妈妈还是要我换着穿，说我的脚那是没治了。虽然换过穿很不舒服，也不受看，但为了能多穿几年，我很珍惜，只好按妈妈说的，左右鞋换着穿。这不，直到初三毕业，这双鞋还套在脚上。那天照相时，自己懵懵懂懂的，忘了把鞋换过来，穿着"背背子鞋"就照了。时空是一个凝固剂，它可以把这一历史性的镜头凝固下来。生活中一些没有经过雕琢、没有经过刻意装扮的东西，倒是保留了原汁原味和本色。这不是很好吗？

工作后，曾穿过一段时间的布鞋，但人家笑话"老土"，也就不再穿了，开始在商场买各式各样的皮鞋。这种鞋，再不用左右脚换着穿，但我心里一直向往布鞋，怀念穿布鞋的日子，更怀念反穿布鞋的日子。总忘不了姑姑送我的方口松紧布鞋，更忘不了送我鞋的姑姑。忘不了妈妈苦口婆心教诲我的话，让我懂得了什么是爱惜和如何去爱惜！

现在女儿热衷于穿布鞋，她不嫌布鞋土，认为穿上很舒服。

2007 年 4 月 20 日

家有木箱

　　木箱是爸爸亲手打造的。梨木质地，长一米有余，宽、高各半米。一个一分米高的箱盖，使木箱严丝合缝，浑然一体。小木箱是陇上人家常见的那种，由于模样实在太普通，根本显不出些许与众不同的地方，因此，倘若把它和其他农家木箱放在一起，定然会被众木箱同样的朴实无华所湮没，所忽略。

　　小木箱最早是大哥的书箱，从小学直至高中毕业，曾陪伴他辗转外乡多年。大哥工作后，小木箱就一直待在家里，为没有进过校门的二哥所有，装着二哥特意买的一些农村初级读本和识字课本。是木箱帮助二哥学会了识字、写字，并达到熟练的程度，二哥也因此而成为农村不可多得的识字人。小木箱离开老家，再次成为书箱，是 1982 年。那年三哥考上师范，需要一个小木箱，既可装书，又可放置日常用品。二哥便腾出木箱，权作三哥的小书箱了。就这样，一个普普通通的木箱，因为书而改变了命运。那一年的 9 月，当菊花开了时，三哥就带着这个小木箱，来到了平凉师范。没承想，这一去，它竟在平凉师范待了九年。

　　1984 年，我初中毕业，步了三哥的后尘，也来到了平凉师范。1986

年，三哥毕业时，就把小书箱留给了我，它又成了我的小书箱。我把小木箱用砖支在宿舍靠窗的一边，用一张旧报纸铺底，衬得规规整整，课本、课外读物、中外名著等心爱的书，一律书脊朝上，整齐地立在箱底。课余，等宿舍里的同学都到外面闲逛去了，宿舍里只剩我一个时，我就从木箱里小心翼翼地抽出一本书来，然后把木箱当书桌，津津有味地看起来。或者当晚上熄灯后，同学们陆续进入梦乡时，我也会从木箱里取出书，躺在被窝里，用手电筒照着看上一会儿。我被书熏陶的同时，小木箱也被书所熏陶，我和小木箱因书而进步。

1988 年，我平师毕业时，刚好弟弟在那年也考上了这所学校，我便把小木箱连同铺盖卷一起留给了弟弟。一直到 1991 年，弟弟毕业，小木箱才从平师校园荣归故里。一个农家不起眼的小木箱，就这样跟随着我们，在平师一连上学九年，想必它有了比我们更为渊博的知识，更为独特的体验。因为它不仅和我们一同上学，而且见证了我们负笈求学的全部辛苦和不易。我们的所学，对它而言，不仅熟悉，而且熟知。它更像一位沉默的哲人，对人生有其独到的见解和认识，但它从不开口说出，只是以它的经历，以它的丰富，更以它的内蕴，让你去思考！去感悟！

弟兄们各自拥有了一面墙一般大小的书柜后，上学时的书全部搬进了书柜。小木箱就又相继做了侄儿、侄女们的书箱，装满了他们高中时的课本、作业本，以及他们在大学校园、工作岗位上写给老家那一封封问候的、报平安的信。那一叠一叠厚重的书籍、信件，已经无法为木箱所承载，于是，木箱的盖子被高高地顶了起来，再也无法合拢，就像一位适逢喜事的人因高兴而合不拢的嘴。

而今，小木箱早已油漆斑驳，蹲在老家上房的一角，安安静静，默不作声。虽然没有往日的一丝风韵，但却还原了梨木的本色。就像一位上了年纪的老人，久经风雨，当铅华脱尽，返璞归真时，他的禀赋和内涵就表现为另一种厚重，另一种难以企及的气质和根本无法模拟的风采。

和读书人一样，因一生与书的不解之缘，这木箱，注定也要做一辈子的"读书箱"了！和文化人一样，因一生追求文化，这木箱，也可算是箱中的"文化箱"了！

2007 年 4 月 8 日

简如童心

孩子两岁时，喜欢涂鸦。五指聚拢一起，撮住画棒，见纸就画。不几天，满屋便尽是他的"杰作"了。孩子既有画趣，就该倾心呵护，于是，专门订了一个本子，供他挥洒。孩子天性安静，画画时，更显得沉着，站在那里一动不动，旁若无人。起初，见他所画也不过丝丝线线，类于乱麻，因而也就没有在意。如果不是偶尔翻看画本，与他有过一次对话，也许，我永远不会关注他的"画作"。

那天，他歪着脑袋很专心地盯着画本，在上面信笔乱涂着什么，不时自言自语，我在一旁听着有趣，便凑过去看他作画。

只见他横着画了一条线，嘴里说："这是大车。"

我说："不像大车呀。"

他立即反驳："大车在跑呀。"

哦，有点意思。快速奔跑的车，其轨迹不正是一条线吗？

我赶紧回应："哎呀，画得真好。你看，一辆大车在奔跑。"

他又画了一个圆圈，说："这是洗衣机。"

看不出一点洗衣机的样子。正想拿过画笔，教他如何画得更像，不料他接着说："洗衣机在洗衣裳。"

快速旋转的洗衣筒就是一个圆。心为之一震。紧接着他在圆圈上胡乱涂了些道道儿，虽然没有说什么，但我更愿意相信，那就是一堆正在接受淘洗的衣裳。

此后，再见他画画，我便及时向他讨教。

一天，雷雨过后，天空大晴，两道彩虹高悬。天象难得，赶紧抱上孩子一起观看，并告诉他这叫彩虹。一会儿，彩虹消失，他着急起来，连声追问："天（彩）虹哪？""雷哪？""闪哪？""雨哪？"见不到这些东西，他快要掉泪了，好不容易连哄带骗，才把他安顿下来。不想到了晚上，他又重操画笔，在本子上乱涂起来。还是那些线条，边画边喃喃自语：

"这是天（彩）虹。"

"这是雷呀。"

"这是闪呀。"

"白雨来了，红雨也来了。"

这时，我被紧紧地攫住了，完全融于他彩色的世界。不禁感叹，那一条条看似无趣的线条，却原来深藏着这么丰富的内容。孩子是纯真的，眼里是什么，笔下就是什么，只是老于世故的大人，读不懂孩子罢了。

2011 年 9 月 28 日

玩具也怕冻

孩子小时候，晚上睡觉，被子经常被蹬在一边，身体蜷成一团，怕着凉，我也不敢睡得过沉，要醒好几次给他盖被。有时见他醒着，便不失时机地说："给娃盖上，不然，把娃冻了。"说得次数多了，他便懂得了其中的道理。等有一天看到我午休光着膀子，他便拉过被子，一边盖，一边说："给爸爸盖上，不要把爸冻哟。"尽管天气很热，盖被子似可不必，但我心生感动，愉快地接受了孩子的关怀。

一天，下班后回家，见孩子把东西丢得到处都是，几乎无处下脚，我想发动他归于一处。便取过装玩具的纸箱子，说："我和你比赛，看谁在箱子里放的玩具多。"他立马兴奋起来，第一个冲上去，拾起，"噔噔噔"，几步跑到纸箱跟前，丢进去，转身，又去拾其他的玩具。比赛的结果不言自明，他兴奋地欢呼起来。

玩具装好了，正准备把纸箱归到原位，却见盖电话的手绢丢在墙角。我用手指轻轻示意，他马上奔过去，拾起手绢，再跑到电话旁，一边盖，一边说："给电话盖上，不要把电话冻哟。"正准备评价一句什么话时，只见他又跑到玩具箱跟前，一边合着纸箱上的四面盖，一边说："把箱子盖上，不要把玩具冻哟。"

听着这话，一阵热浪顿时漫过心头。

2011 年 10 月 8 日

和孩子玩不起这样的游戏

我这人特俗，自己没有人生目标，却对女儿玩起了"从小树立远大理想"的游戏。

比如猴子掰棒子，现走现掰。上幼儿园前，我和她玩的是"捉迷藏""叼狗娃"的把戏，并没有给她讲过"树立理想"之类的话。我也知道，这问题连大人都觉得茫然，更不要说小屁孩了。等她上了幼儿园小班，我也不能免俗，以一种得了"教育正品"的姿态，开始问她"长大了干什么"，且不厌其烦，逮住机会就问，这有些像宣传思想工作，毛毛雨要经常下，才能起到潜移默化的作用。说话的神情，也是严肃得有些庄重，自以为带领她走上了一条正规化的教育之路，也自以为孩子绝不会输在"理想"的起跑线上了。孩子呢，也很配合，每到我问这个问题时，她都是一副成竹在胸的样子，回答得慷慨激昂，声音响亮："长大了当小班李老师。"她很坚守，在她上小班的一年时间里，对于自己树立起来的远大理想，丝毫没有动摇过。自打有了理想，她开始呵护她的小班、她的李老师，呵护得类于执着和不近人情，谁要是说小班和李老师的不好，即便很轻微，她都坚决不答应，非要闹到你低头认错不可。而对中班大班，对其他老师，你尽可以放开批评，她不但不奋起反抗，相反，还有一种幸灾乐祸的嫌疑。等上了中班，她的理想又成了"长大了当中班王老师"，到大班则为"长大了当大班张老师"，只是对理想中的班级和老师，其呵护的热情和力度，始终未减，并由此上升到对她们第一幼儿园的小心呵护。一次演出后，我无意中哼了第二幼儿园弹唱的曲子，她立马哭闹起来，我只得赶忙改口对第一幼儿园大唱赞歌。

她崇高的理想，我好像已经能把握得住了。不用说，等上了小学，她的理想就该是当个小学老师了，那么，中学呢？大学呢？一路想下去，我这心里便开始美滋滋的，娃长大了当个大学老师——不，到大学就不叫老师了，该叫"教授"才对——是再理想不过了，高级知识分子，满脑子的学问，儒雅的谈吐，砖头一样厚的专著，甚至，猛不丁来个留洋什么的，晃晃悠悠就成了"海归"一族，到那时，老爸我的脸面就鲜了去了。果不然，上小学一年级时，她的理想就是"长大了当小学老师"，并以不屑的口吻说："当个幼儿园老师有什么意思。"这直接打击了她在幼儿园当"高级知识分子"的妈妈。

初中快毕业时，为了决战中考，孩子在题海中"蛙泳"了几个月后，一天，趁着吃饭，想着让她轻松一下，比如玩个游戏什么的，只求博得一乐。可一开口，竟又是"理想"之类的臭话，仿佛开玩笑，可孩子却认了真，说得铿锵有力："如愿考上一中。"我说："上一中只是近期目标，不能算理想。"她似乎还在题海里扑腾，语气有些生硬："那就没有什么理想了！"见话不投机，我就此打住，她也低头吃饭，不再言语。中考的结果，一中算是如愿了，可高中这片海，要比初中的大，加之她的水性又不好，在里面只能算作"狗刨"，眼见着游得一天比一天慢，一天比一天费劲，免不了被海水呛着，那味儿也一定是苦咸苦咸的。有一天，我重拾理想旧话——我这人不可救药，不该在这个节骨眼上问这样无聊的问题。谁知，她给我的回答打死我也想不到：

"我就想美美儿地睡上一觉。"

我一愣，心里一阵揪抓。随后，我们都沉默了。

2011 年 10 月 27 日

假日旅行

"五一"放假，孩子嚷着要去文屏山旅游。

目的地有点"远"，还得动用一下"车"。楼下，在拥挤的停车位，提出我们的"私家车"——"00"牌的——停好，说："上车。"孩子意会，开怀大笑。脚踩住后座下侧的横杆，一抬腿，坐上去。再说："请系好安全带。"孩子笑得后仰，两腿叉开，回一句："系好了！"我一踩"油门"，以每时五公里的高速，冲出楼院，风驰电掣般，向城南驶去。

车就是好。能在高速路上提速的车更好。这不，上了阿阳路，略一提速，一拐又一拐，车就在人民路上当"奔驰"了。孩子坐在后面，不停地"嘟嘟""呜呜"地叫。不到五分钟，来到一处三岔路口。城南的文屏山，就横在眼前不远处。车左拐东行，约莫过了一百二十秒，再右拐向南，驶上一段"变脸路"——晴天"洋灰"路，雨天"水泥"路——车子开始"丁零当啷"乱响。对面来的车，拖着一个尘土大尾巴，扫得人睁不开眼。孩子骂不听话的土雾，我心里说，哼，要去美，还不付出点儿？穿过河桥，在教育园建设工地，和挖掘机、推土机、压路机赛跑。孩子兴奋得啸声串串。

到文屏山下，停住。说："解安全带，下车。"孩子收腿，踩住横杆，一跃而下。

一大一小，沿山间硬化路，慢上。

路两边陡立的山坡上，沟道间，一嘟噜一嘟噜的野花，争抢着，往眼睛里钻；满坡的山草，铺成绿的毯，从山顶挂到路旁；微风中，野生的榆树骄傲地拎着一串串淡绿的榆钱，炫耀似的，伸向行人；槐树则把自家的花朵，从枝头轻轻抖出去，飘得到处都是；今年新栽的云杉，伴着骨感的柳插杆，一窝一窝，不成样儿地乱立着。孩子伸出手指，一一点数过去，显然，树的数量突破了他会数的范围，开始"八十""一千八十"地乱数。最终，数不下去了，吐一口气："哇，这么多!"看到柳树发了芽，哈哈笑着："长着些碎丢丢的头发。"山间的鸟儿，一路给我们唱歌，当听到野鸡的奏鸣声，孩子从"这是啥在叫"开始问起，一问接一问，停不住嘴。

上到半山坡，一转身，看到城里林立的楼群，孩子一眼认出了我们住的高楼，说："那个楼，看起来低，是因为离得远，其实高仄（着）呢。"这话说得，那叫一个水平!

路上不时有车从身边开过，孩子问："车为啥跑得快? 人为啥走得慢?"我答："人不着急，要慢下来，慢慢地走路，慢慢地看山哦。"咳，一小屁孩，知道没懂。

上到山顶，眼界一下子开阔了，古人早都说过："欲穷千里目，更上一层楼。"山顶无人，一点儿也不拥挤，任由我俩转来转去。此时的小城，变成一张巨大的鸟瞰图，一下子摊开来，那上面的楼院街衢、人车树桥，清晰可数。山下的建设工地，机器们跑得更快了，叫得更欢了，新盖的楼，一层一层长得很快，像雨后漫堤的河水，仿佛能听到悠悠上涨的声音。与山下的热闹相比，身旁的这座娘娘庙，则显得有些落寞，红墙遮蔽，庭院深锁，飞檐上悬吊的风铃叮当作声，传递着清冷和幽静。

风，劲很足，提着把大刷子，蘸着浓墨，在北边天空一刷子一刷子地乱抹，不一会儿，黑云已在小城北边马圈山、峰台山顶弥漫开来，不时有闪电和雷，呼应着，把天空撕得闷响。看得出，久晴不雨，偶尔下点儿，出门，就让我们碰上了。眼看着北边天空的黑云就要盖到头顶，一场风雨即将来袭，拉着孩子的手，赶紧从山前的小路下行。瞅准一处标志物，给妻打电话，告诉她，我们正在文屏山的小路上给她挥手呢，让她到窗前去看。她在电话里说，近视，看不见。

下山，沿来路返回。快到家时，豆大的雨点儿已经当头"噼啪"而下，开着没有篷子的轻便车，只顾低头猛蹬，任由雨点在身上乱射。刚躲进楼门，一帘雨雾便遮住了天空。

回家才知道，她这人哪里是近视看不清，根本是对小城山林不熟悉，弄不清哪是哪，人在城南的文屏山，她却瞪大眼睛在城北的峰台山上搜寻。"幸亏没看见，看见就麻烦了。"听了这话，孩子笑得连饭都喷了。

孩子说："下次还要叫上太多的人，再去文屏山。"

想着这趟假日游，心里突然冒出一句话：游，不在远近，而在心境！

2013 年 5 月 8 日

世情评弹

好人、坏人、导向及其他

《平凉日报》2007 年 3 月 29 日发表某作者一篇文章《谁来保护好心人》，其中讲到一个小故事。读后，似觉意犹未尽，心中块垒，不吐不快。为了能更明了地说明问题，不妨将这则小故事摘录如下：

三个鬼魂被押到阴曹地府，他们生前分别是妓女、小偷和医生。

阎王先问妓女在阳世是干什么的，妓女回答："我专门收容一些无家可归的男子，让他们也能享受夫妻生活的乐趣。"阎王颔首："善哉，应该得到好报。"遂命令判官把她降生到富贵人家。

轮到小偷了，他也从容应对道："回阎王爷，我在阳世专门替别人拿东西，有的人口袋太重，自己拿不动，我就替他分些来；有的人东西没藏好，我也捡回来；有的人家里贵重东西太多，我怕他失火，就替他们把东西转移到我家，好好保藏起来。"阎王听后高兴地说："你做得很好嘛，这叫助人为乐，与人为善，理当增寿三纪，享年百岁。"

医生在一旁忍不住开口道："阎王爷你被骗了，他们在阳世做的都是害人的事……"

阎王大怒，一拍惊堂木："谁骗得了我！我问你答，扯别人干啥？你是干什么的？"

医生理直气壮地说："我才是真正的好人，我治病救人，把快死的人都精心治好……"

"住嘴，难怪我派小鬼抓不到人，原来是你在和我作对。来人，将他打入十八层地狱，永世不得翻身。"

这故事当有续篇。

为了避免职业群体集体误解，使个体虚拟形象不至于上升为职业代表，从而步入一种良性的话语环境，在此特申明，可能产生复数歧义和职业标签的"妓女""小偷""医生"，均为不确定的虚拟对象，与职业无关。

先看妓女。因为阎王爷的赞扬和肯定，这个在阳世名声很坏的人却得到了投胎富贵人家的结果，结果为正数。这使妓女尝到了说假话的甜头，同时从阎王那里获取了当妓女的合法性。于是，妓女投胎富贵人家后，不但不痛改前非，相反，却重操旧业，甚至变本加厉。不出几年，被富贵人家逐出家门，断绝家庭关系，彻底流落于烟花巷。人们虽痛恨妓女改变了世风，但有阎王这把保护伞，只好眼睁睁看着人间妓女大行其道，妓风日甚矣！

次看小偷。因阎王下令加寿，小偷再续阳寿至一百年，其结果同样为正数。这使小偷在享寿期间，仍干着替别人"当保管"的营生，一改过去昼伏夜出为昼夜兼程，小动作多了，被发现和抓住的概率上升。及至寿终，来到地府，见过阎王，如此这般汇报，阎王念其功德尤隆，大喜之下，再续阳寿。于是小偷得以生生不息，绵延不绝。即使人们恨之入骨，但因有阎王的赞美和首肯，作为人又如之奈何？

再看医生。这样一位救死扶伤的好人，因阎王的否定，只好来到十八层地狱，不用说，其结果为负数。医生来到地狱，被先他到此的众人团团围定。其中有一哲人，也因在阳世对人大讲生死之道，得罪了阎王，被打入十八层地狱。下面是哲人和医生之间的一段对话：

"你在阳间干的是救死扶伤的事，为何也难逃地狱之苦？"

"谁说不是？我无非说了实话，谁知阎王爷好的不是这个，而是妓女、小偷之流说假话干坏事者。"

"那你有没有认真想过，阎王为什么要罚你下地狱？"

"我百思不得其解，还望前辈赐教。"

"你错就错在没有和阎王站在一条道上。他干的是销魂的事业，让更多的人倒伏在他的脚下，使他的冥国不断壮大，这是他的价值追求。而你干的却是还魂的事业，正好和他唱了对台戏。你在执业的过程中，让许多在阎王看来已入他利益之门的人又回去了，这不是明摆着挡了他的道吗？你不但阻止了阎王意志力的表达，而且破坏了阎王赖以生存和壮大的生态规则，使他的利益无法获得最大化。你和阎王矛盾的实质，可以用两个字来表达。"

"哪两个字？"

"利益！"

"我似乎有点懂了。但我仍不解的是，阎王为什么对妓女和小偷要大加肯定呢？"

"因为妓女和小偷的营生不会对他遵循的生态规则形成破坏，更不会触及他的利益。一切不对其利益构成威胁的人和事都是可以大加表扬和赞赏的。更何况，妓女和小偷越是卖力，越有可能使更多的人减去阳寿，以尽快投入阎王的膝下，这就是间接策应了阎王的事业，等于使阎王变相获得了利益。阎王能不高兴吗？说到底，还是利益使然。"

"那么，请你告诉我，我该怎么做？"

"无非是四条：或者身死道德亦死，或者身死道德不死，或者身不死而道德死，或者身不死道德亦不死。而要做到身与道德皆不死，也就是说，既坚持你的职业操守，讲求职业道德，又不被打入十八层地狱，只有让阎王站在你的道上，这显然是不可能的。那样的话，阎王就不成其为阎王了。那么，只有一个办法，那就是让阎王死。这更是无稽之谈。看来，身与道德皆不死这一条你无论如何是做不到了。现在，摆在你面前的有三条路可选：要么，你什么也不做，就这样在十八层地狱，永不翻身，做到身死道德亦死；要么，你坚持你的职业道德，继续救死扶伤，但你永远无法走出地狱之门，身虽死，而道德犹存；要么，你放弃心中的道德，说假，做假，按阎王的规则办事，心虽死，然身犹存。"

听了哲人的话，医生默然不语。

起初，医生的良知还让医生坚守着职业道德，在十八层地狱，为终日不见阳光而百病丛生的众好人疗疾治病，但大家因十八层地狱的苦难生活，终日以泪洗面。想起因做好人、干好事而堕入如此黑暗的世界，痛定思痛，不免对自己坚守着的道德发生怀疑，对道德卫士的纯洁性产生动摇，对自己在阳间的所作所为渐生悔意，逐步站在道德卫士的对立面。久而久之，众好人不再需要医生的服务，并开始对救死扶伤的医生大打出手，企图让他同样放弃道德底线。面对众人精神的、肉体的折磨，随着时间的推移，医生由起初难逾道德心理关，到后来不再坚持，再到逐渐滑向众人一边，心甘情愿蜕变为道德的忠实破坏者。于是，大家集体道德失语！这时，医生及十八层地狱的众狱友，因为道德水准和行为完全符合阎王的评判标准，某日，被阎王调出十八层地狱，并允许投胎回到人间。投胎后的医生，因十八层地狱的沉痛记忆，不再做救死扶伤的工作，而变为一个制假、贩假、说假、毫无道德和良知的人。

小结：妓女和小偷，缘于阎王的导因，痛失洗心革面、重新做人的机会，无法摘去头上"光彩夺目"的光环。而医生，同样缘于阎王的导因，虽然从十八层地狱中解放了出来，获得了重生的机会，但却不再有道德底线。他们都成了道德沦丧的积极实践者和推动者。

至此，妓女、小偷、医生不幸集体道德缺失。

因为，阎王掌控着话语权、合法伤害权，乃至生死权！

这就是导向的力量和作用！

2007 年 4 月 3 日

掌权当有畏

某日读书，见两则记宋太祖的史料。

其一曰，据史载：某日，（太祖）后苑挟弓弹雀，有臣僚叩殿称有急事，上急出见之。及闻所奏，乃常事。太祖曰："此事何急？"对曰："亦急于弹雀。"上怒，以钺斧柄撞口，两齿坠焉。徐伏地取齿怀中，上怒曰："汝将此齿去讼我耶？"对曰："臣岂敢讼陛下，自有史官书之。"上怒解，赐金帛慰劳而去。

其一曰，宋太祖一日罢朝，俯首不言，久之，内侍王继恩问故。上曰："早来前殿指挥一事，偶有误失，史官必书之，故不乐也。"（陈继儒《读书镜》）

上面两则小故事，体积不大，容量不小。余不才，虽不能深谙其中全部蕴味，但至少读懂了一条：位及人主者，亦不能高高在上，为所欲为，必有其惮之、忌之者。一句话，掌权有畏。

想那北宋男一号宋太祖匡胤，自陈桥兵变、黄袍加身以来，位及至尊，奉天承运，嬉笑怒骂，皆成法律。上至当朝宰相，下至黎民百姓，无不惮其皇威，惧其极权。君要臣死，臣不得不死；朝要臣亡，臣绝不活夕……要人脑袋，犹探囊取物，去人前途，只在弹指一挥间。概而言之，皇帝者，欲之所至，必致其意；意之所至，必致其言；言之所至，必致其行；行之所至，天下莫可挡焉。有人会问：依尔之言，皇帝岂不是言即法律，行即法律，当如是，区区百姓，岂不是把吃饭的家当挂在刀刃上耶？非也！君不见，即使尊如宋太祖者不也有畏吗？所畏者，讼也；所畏者，史也。讼者，封建的诉讼，岂不是为皇帝、皇权服务的？岂不是皇帝怎么说，判官怎么判？但宋太祖之所以有畏，并非判官可判其罪，可判其死，而是畏伤其面，进而毁其誉，传之四海，难服天下众生。说到底，畏民也。

史者，书记皇帝言行，昭彰皇帝美德，传之后世，以为楷模。按说宋史官，吃皇家饭，拿皇家俸，享皇家福，不利于皇帝的话不说，不利于皇帝的事不记，才对得起皇帝的知遇之恩，供俸之情。然宋史官愣是不知天高地厚，胆敢把皇帝不便面世的言行、失误记录在案，搞得皇帝闷闷不乐，以至于被我们这些身处自由、民主、讲民权、谋民利时代的小人物看到，试问史官，意欲何为？正是这位"史官必书之"之史官，秉承先辈正气，磨砺先辈史笔，坚守职业道德，把一个工作当中有失误，失误之后有畏忌，有血有肉、真真实实的宋太祖形象呈献给了后世，弹雀贪玩，不接受臣下顶撞，居然拿武器撞臣口，致臣下牙齿脱落；指挥失误，因怕史官必书之而不乐的宋太祖形象，跃然纸上。然而，瑕不掩瑜，对宋太祖其人其品暂且不论，仅就这两则小故事所反映的后世读到的宋太祖，其形象不仅丝毫未损，相反，倒生出几分可爱，几分平易。毕竟，缺点错误也不是什么好事，怕传之后世也是人之常情。宋太祖畏史官，并非畏史官其人，而是畏史官手中的笔，案上的卷，卷中的文，文传后世。说到底，畏后也。

史为镜鉴。读史可以知兴替。由封建帝王想到人民公仆，也就在所难免。要怪就怪我们的公仆吧，因为有些公仆的所作所为，不要说拿宗旨、拿党章、拿纪律来衡量，就是拿为人的起码标准、拿服务的起码要求、拿公仆的起码规范来衡量都有距离。倒是损民的胆量、利己的勇气与无拘无束、无所畏惧、义无反顾、勇往直前之间成了零距离。一代封建帝王，尚且能做到畏民畏后，社会主义法治国家的公仆，难道不如封建官僚？

说有些公仆无拘无束、无所畏惧、义无反顾、勇往直前，也不全对。其实，他们也有"畏"，只是所畏者，非民，非后，非口碑，而是畏上，畏权，畏利，以及由此派生出的畏称谓、畏座位、畏座次、畏坐骑、畏房子，甚至畏桌签……之所以有畏，盖因上可以升其官、辍其位，权可以谋其位、辍其利，利可以谋其事、富其财，而称谓、座位、座次、坐骑、房子以及桌签等等，无一不是权力的象征、尊贵的代表、面子的体现。面对它们，也就时时怀揣敬畏之心，战战兢兢，如履薄冰。

而民，对其位之上升丝毫无助，对其位之下辍丝毫无用，对其利之增加丝毫无益，对其利之减少丝毫无法，既不能加称谓、稳座位、提座次、换坐骑、增房子，更不能给权力、予尊贵、光颜面，所为者无非饭罢茶余，街谈巷议，大不了"政声人去后"。小小百姓，何畏之有？

然综观历史，大凡把百姓的冷暖放在心上，为百姓谋福利者，即使得罪上峰，或贬官远任，或充军流放，或罢官下课，或抄家籍没，或杀头株连，或挖坟鞭尸，纵然一时无法正名，但百姓心中自有一天平，自有一明镜。百姓会永远记住他们，口口相传，流芳千古。口碑足以作证，民心足以作证。如此说来，真正的史，不在上不上史书，如何上史书，而在民口！在民意！在民心！

掌权当有畏！

2007 年 2 月 9 日

帽与头

　　小时候，头不是被修理成"光光头"，就是被修理成四周剃光只留脑门处一撮头发的"茶壶盖"。除了夏天可以不戴帽子外，其他大多数时间都要在头上扣一顶帽子。帽子的式样五花八门，最常见的是带檐的一种大众帽，颜色有灰色、蓝色等。另有一种称为军帽的，当然不可能是真正的军帽，黄颜色，常不可得。后来才有了鸭舌帽等在当时可算作款式较为新潮的帽子。但不管戴哪种帽子，头和帽是相称的，头需要一顶帽子，既可取暖，又可护头，不至于灰尘等杂物飘落其上。帽子生产出来，就是为头服务的，因而对于帽子来说，需要一个合适的头，那也算职能使然。更为重要的是，在一些地方，曾经有一段时间，戴不戴帽子表明了一种态度，即是否融入社会、适应世俗环境的一种态度。按理说，自己的头戴不戴帽子、戴什么帽子应该完全由自己做主，与环境、与世俗及他人有什么相干？理是这个理，但实际上，这戴不戴帽子还真大有说法。因为周围都是帽子，都是帽檐，而你却顶着个光头或让长长的头发暴露于外，在他人眼里，就是不合群，就是另类，就是"耍二"。你看，处在这种环境里你不戴帽子，是讲不过去的。

　　后来，改革的春风吹遍了神州大地，环境变了，观念新了，这戴不戴帽子就从一个侧面彰显出了个性。不但青年人不再戴帽子，让修剪得很新式的头张扬出来，什么中分头、三七开、二八开、大背头、板寸头、小平头等等，不一而足。就连上了年纪的老人，也不大愿意戴帽子了。只有乡下老人戴顶帽子可能还保持着帽子原始的功能，即单纯为了实用，也可能是一种习惯。一大早起来，抓起帽子扣在头上，操起农具就去出工，日久成习。城里的老人就不同，即使要戴帽子，那也绝不仅仅是为了单纯取暖的需要，而更多时候是一种修饰，一种示美，一种整体上的配套、协调与和谐。比如，一顶礼帽或一顶瓜皮帽，再配一副时兴的眼镜，外加一副手杖，就显得别致和优雅。我常想，那些生产大众帽的厂家，恐怕从此要倒闭或转产，不然，失去市场，他们拿什么来生存？

　　接触到社会，知道了一些机关游戏规则，就懂了帽子的另外一种含义。帽子，不再是一种实物的个体或群体存在。它的功能，也早已不是小时候所理解的那种单纯为了或取暖或习惯或示美，而是一种象征，是和人的身份、地位、才能相衔接、相匹配的，是和一些社会称谓相一致的。比如司长、局长、处长、科长、教授、董事长、总经理等等。这些称谓，人们就叫它"帽子"。这也许是从中国传统的历史文化中传承下来的，君不见古装电视剧、传统戏里的角色，但凡是一个有地位、有身份的角儿，都会戴一顶不同凡响的帽子，且根据帽子的成色、帽翅的方圆可以判断人物的官位、性格以及忠奸等等。如包公、晋信书戴的帽子就大有区别，很有讲究。

难怪乎，私下里就有人互相戏言："最近有没有换帽子?""昨天开会了，阁下有没有戴上新的帽子?"于是，戴上帽子就是一种荣耀，一种气派，周身仿佛充满了精气神，身体也就硬朗了，说话的底气也就足了，脸上的颜色也就光鲜了，饭量、酒量也就大为增加，这方面的应酬也就在所难免，"酒醉风落帽，醒后星满天"的机会也就理所当然地多了起来。那么，没有帽子者见了有帽子者，就毕恭毕敬，就相见恨晚，就大献殷勤。看到周围都是戴帽子的，心里就生气上火，就想尽快弄顶帽子，把自己也融于这个世俗的环境当中去。从这个角度看问题，世人还是戴一顶帽子暖和、保险。即使是工作有失误，一不留神犯了错误或者不小心有了罪责，大不了把头上的帽子抹掉了事，对其身家又奈若何? 这等说来，帽子者，作为一种象征，当然是虚的，但它又绝对是实的。它实得有形，实得有价，实得有力!

既然帽子是地位、身份、头衔的象征，那么，这帽子就肯定不会是一个式样，肯定不会是一种质地，也肯定不会是一个标准。分出帽子的大小、颜色、质地、轻重，恐怕就理所当然。由此就有了"呢帽""毡帽""草帽"等不同的说法。分出了帽的类，接下来就应该给不同的头戴不同的帽了。按理说，头和帽应该是相协调的，有多大的头戴多大的帽，有多高质量的头戴相匹配的帽，这似乎是合情合理的。这样，头也暖和，帽子也不至于或松而易落，或紧而勒头。但实际上并不是这么简单。"嗨，哥们，祝贺你，戴了个帽子。""啥呀! 一顶没人要的破草帽!"……戴上了帽子，像是比没戴时还让人沮丧似的，也像比没帽可戴的人更不幸似的。这就传达出了这样一个基本的信息：要戴帽子，就戴质地好点的、大点的、重点的、价码贵点的，千万别戴破点的、旧点的、小点的、轻点的、贱点的。那样，不但不能增加心情的良好系数，相反，会使心态环境惨遭破坏。当然，话说回来，有帽子戴总比没有帽子戴要强吧？毕竟还有一顶挡风遮雨的"保护伞"呢，而平头百姓就是想破头也没有呢！该知足了吧？但世人就是不知足。

当帽子上升为一种象征时，头和帽的关系就变得微妙起来。人们都想戴个大帽子、好帽子、有分量的帽子，全然不管自己头的尺寸几何。于是便生出如是现象：先还是靠才能在拼，拼到一顶是一顶，不管合适不合适，先戴上再说。后来就不一样了，拼能力、拼才气显然来得慢，不合算，更何况不一定拼出个结果来，那就采取一些"短平快"的手段来。这时，头和帽的关系就更显其乱，根本没有办法根据帽子来判断头，或头小戴了大帽子，或头大戴了小帽子，或孬头戴了好帽子，或好头戴了差帽子……不管哪种形式，当头和帽不协调时，就容易出问题，就会有矛盾。头小戴了大帽子者，大帽子就不一定是舒服的、让人心情舒畅的、可供享受的东西，有时会变为一种压力，一种累赘。而那些头大戴了小帽子者，则小帽子的分量不足以显示头的质量来，就会破帽破摔、消极怠工，不利于拿帽子肯定头、调动头。

说到底，帽和头这对难兄难弟还是协调起来好。眼下有两种做法，或按头戴帽，或按帽找头。按头戴帽者，其原则是，有怎样的头戴怎样的帽，但问题是适合的帽子未必就空着，只好在空着的帽子中找一个先戴起来，这样做，肯定是头帽不称，不是紧就是松。按帽找头者，相对来讲要合理得多，最起码帽子在手中，主动权在握，就可以先找好了合适的头，然后再戴上帽子，不大不小，正好合适。倘若在众多伸过来的头里面为帽子找一个头的话，就不一定能做到头帽相称。帽子大了，就叫“揠才”，帽子小了，就叫“屈才”，不大不小，才叫“适才”。

当然，有戴帽子的，必然就有“脱帽子”的。当年戴帽子时何等风光，而有朝一日，一旦被脱了帽，就一夜间风光不再。看世人，有多少人因脱帽而生出五彩缤纷的世态百相。因为世人很难理解这样一些道理：戴帽是一时的，脱帽才是长久的；不管多大的帽，最终都要被脱掉；一切风光的过程，都会成为过去……我说这话，请读者朋友千万别误解，本人不是在宣扬无为，不是在灌输消极，而是想告诉世人，不管有没有帽子戴，不管戴的帽子是否合适，都要保持一个健康的心态，一个常人应有的平常心，正确认识自己的头，正确对待头上的帽，只有以良好的心态对待或大或小的帽，才能做自己的主人，而不是“帽”的奴隶。

2007 年 4 月 17 日

癌与贪

癌，《辞海》里的词条说：由上皮细胞形成的恶性肿瘤，具有代谢旺盛和生长活跃的特点。机体的正常细胞在致癌和促癌因素的协同作用下，发生间变会成为癌细胞，这就是癌变。

观天下芸芸众生，不幸身染癌细胞者，真正痊愈的千之一二。能和癌抗争到底并战胜之，被世人称为人间奇迹，患者也被尊为抗癌英雄。但多数患者一经发现，已至晚期。患者会自绝于疗，亲人痛不欲生，友人痛惜扼腕，见之者惜人生苦短，闻之者叹生命多舛。大有谈癌色变，唯恐避之不及的态势。

见得多了，听得多了，有时就纳闷：癌为什么不能早期被诊断出来？如果早诊断、早预防、早治疗，将其扼杀在酝酿阶段，癌岂不就没有用武之地了吗？后来，在一本书上看到关于癌的致病原理，原来这癌细胞从其本身观之，实在可以称之为旺盛有力之细胞，这和《辞海》里的解释是一致的。因其旺盛有力，其分裂与成长远非正常细胞可比，分裂不断，吸养不断，先吸机体摄入的养分，截断养分供给机体的渠道，其贪婪地攫取至养分不能满足其需要时，它就开始毫不客气地吞噬机体的正常细胞。开始时，机体没有什么不适感，但在这不知不觉间，癌变至一定程度，机体有了感觉时，已是正常细胞被癌吞噬得差不多的时候，也就是癌向生命宣判的时候了。据说，显微镜下的癌细胞，因其不规则的排列而显得千姿百态，"美丽动人"，正是这个外表华丽的东西，正在一步步成为人类病患中的"头号杀手"和"美艳杀手"，是一个名副其实的"健康的贪者"。它扼杀一个个活蹦乱跳的鲜活生命，就像疯狂的雷雨摧毁一朵朵鲜艳的花朵，一夜间便落红遍地，一片狼藉……

平时翻阅历史浩瀚的卷帙，贪，这个字，犹如夏季的蚊虫，在人的眼前频繁乱晃。并且发现，这贪，很有些癌的做派，不妨将二者做一比较。

历史上对财富和资源攫取无度的贪者，就像走马灯一样，"乱哄哄你方唱罢我登场"。历史，长河落日，兴衰更迭，有多少贪官前赴后继，不绝如缕。梁冀、尔朱荣、李义府、贾似道、阿合马、王振、刘瑾、严嵩、和珅……如果感兴趣，还可以列举出更多古代、现代耳熟能详的名字。在这些人中任选一例，哪一个不是贪得无厌的家伙？哪一个的财富不是当时老百姓几辈子的用度？不是说"和珅跌倒，嘉庆吃饱"吗？可见其搂到的财富，连国家财政都难以望其项背。有谚曰："匪来如梳，兵来如篦，吏来如剃。"这话虽然有失偏颇，但还是揭露了一定的社会现实。对匪和兵，不想在这里多说什么，只想就"吏"说些看法。当然，历史上，吏中自有清廉之士，不能一概予以否定。因此，不如将后者改为"贪来如剃"更为准确些。

要说清问题的实质，还得从资源、消费及社会说起。目前的消费，多为强者之消费，高位之消费。有些时候、有些场合甚至于变消费为浪费。"艰苦奋斗"，言而有之，行而弃之。这种消费模式，我称其为"强势消费"。而贫弱者、低位者的消费，实乃一种生存消费。相对于"强势消费"，这种消费自然可称其为"弱势消费"了。资源，是一个不怪的怪物，因为它的最大特点是有限，因而它的怪就怪在越用越少。本来，社会的消费，是按照社会正常运转的基本要求来配置的，任何一方的贪占，都将削弱到另一方的正常消费，甚至危及生存。强势之消费，其基本的情况是，本该由弱势群体获得并消费的资源即公平资源，被强势消费者所豪夺，弱势群体不幸变成了强势群体消费的机会成本。这和癌细胞吞噬机体正常细胞的道理如出一辙。如果说这种消费还属于一种虽不合理，但还算顺向消费的话，那么，另有一种消费，就该叫逆向消费，即一些怀揣各种想法的人，竟然拿着公平资源、生存资源向强势群体热情"献爱心"，强势群体也以良好的心理素质予以笑纳。这就好比机体的红、白细胞，面对强大的癌细胞，甘愿放弃立场，主动投怀送抱，以能成为癌腹中之物为荣，这就是一件令人不可思议的事了。更何况，以钱权为表象的强势消费，大多又是私占公之消费。如此，则资源的消耗更显其快，不仅消耗了自己今日的公平资源，而且消耗了社会的明日资源！如果让贪像癌一样蔓延开来的话，不用说，社会就像一个患了癌晚期的人一样，等于给社会这个机体宣判。当然，贪风盛行，绝非一日之功，而是经历了一个日渐丰隆的过程。就像苏联老大哥一夜解体，成就了一代既得利益集团，大量的公平资源被强势群体所攫取，那也肯定不是一时之败局——贪，是癌的变种！

如此看来，癌、贪一理，何其似也。癌与贪，它们是一对形貌相似、性情相同、欲望相等的"双胞胎"！只是二者针对的领域不同而已。癌是附在人体的幽灵，感兴趣的是人的正常细胞，所针对的只是个体。而贪，是横行在社会、国家甚至整个人类世界的恶魔，它感兴趣的是资源，是他人，是社会，是国家，是子孙后代。它的暴发，摧毁的是人类生态、自然生态，所针对的是整个人类社会。可见，贪吞噬社会机体之快、之惨、之烈，远非癌吞噬机体之快、之惨、之烈可比。

贪，猛于癌！

治贪犹治癌。办法是早诊断，早治疗，早切除。在贪风起于蘋末、尚未刮起时，就大胆地拿起手术刀，向贪果断地挥去……

人们啊，还是做一个社会机体上正常运行、清清白白的红白细胞吧……

2007 年 5 月 1 日

猴哥的悲哀

　　猴哥，是我的最爱。我爱他身怀绝技，七十二变；爱他不畏玉皇阁君，大闹天宫地府，横扫十万天兵；爱他英勇无畏，降妖除魔，忠心耿耿；爱他蔑视权贵，挥舞如意金箍棒，自如挥洒天地间……

　　爱猴哥，那是打小就有的事儿。那时候，看电影《孙悟空三打白骨精》、动画片《大闹天宫》，追前撵后，千遍万遍，不知厌倦。比现在的少男少女们追星还追得辛苦，追得幸福。上学路上，干活地里，随处可见模仿猴哥的身影；课本空白处、作业本背面，都是手绘的猴哥形象，连橡皮擦，也雕刻着猴哥"酷毙了"的脸谱。因为要赶着看猴哥的电影，在漆黑的夜里不顾死活地奔跑，从高高的地埂上摔下去，半天喘不过气来，也不怨恨猴哥没有驾云及时赶来救我……那时候，满脑子是猴哥的模样，举手投足是猴哥的动作，说话办事是猴哥的腔调，活脱脱一只小猴子的形象，简直要做"悟空第二"了。并且幻想着有那么一天，自己也身怀七十二变之绝技，拥有一根如意金箍棒，像猴哥那样，无所畏惧，疾恶如仇，除暴安良，伸张正义，自由来去，天地尽收于心。

　　对猴哥有意见，那是小说《西游记》惹的祸。小说里的猴哥，前后有点不对路，尤其是后来当了他师父的什么九品带棒贴身侍卫，伺候他师父去西天取什么经，我猴哥的现实表现就有点"猴拉吧唧"，心里很不听话地对他产生了一些失望。"追星"追到这份上，让我痛苦，让我忧！

从明朝那个失意文人的书里跳出来的猴哥，有点"抓小放大"。不信你看，和他交手的如果是妖中小不点儿或者妖中"大哥大"，只要是没根没源、头顶也没有伸出大大保护伞的，在我猴哥的眼里，就是"野妖怪"，就是"小妖怪"，对待这些个"低级趣味"，我猴哥都会不惜体力，即便神通不敌，也要调动自己的所有资源，对其进行全面围剿，如意棒下，绝不留情，一律让他们化为灰烟飘飘荡荡着去了，很少有躲过一劫的。倘若是这样的妖怪和他过招：那些神仙做腻了，也想变成妖怪到下界潇洒走一回的仙界败类也好；不甘长期"寄人臀下"、私逃人间占山为王的坐骑也好；对整天伺候主子、仰神鼻息的处境不满，背着主子在下面找到了为所欲为感觉的仆童也好；甚至那些眼馋唐僧美肉、想借此大打翻身仗、一举改变命运的玩物也好……不管危害有多远，不管使师徒们经受了多大的艰难险阻，只要是上面来的妖怪，只要有神仙高高站在云端，好温柔的一声："悟空，请手下留情！"我的英雄哥哥莫不收起金箍棒，拱手相还，就像借了人家的东西，归还时还一脸的感恩戴德，一脸的请多关照。甚至于，如果屈尊说情者是一些特殊神物，在神圣的欢迎仪式和交接仪式一完，我猴哥还要纳头便拜，以示谢意，并且行庄严的注目礼，目送神物携妖远去。那情景，仿佛放出妖怪的不是高居云端之神，而是我猴哥自己！

当然了，作为猴哥的"骨灰级粉丝"，从内心深处是不愿看到他这个样子的。公道地说吧，对待那些个妖怪，不能说我猴哥心慈手软、心中没有原则。降妖除魔，这似乎是猴哥坚定的信念。跟着唐僧到西天取经之路，也就是猴哥实现"猴生价值"之路、执着于该信念之路、信守该原则之路，总不能说我猴哥见妖不除吧？但话说回来，同样是妖，它们的下场却大相径庭，作为"擒妖第一责任猴"的猴哥，再怎么着也恐怕难逃干系吧？如果说你卖"猴情"、巴结上面的神仙，那是冤枉你，但说你工作不彻底总不会错吧？说你执法不公、执法不严，也还在理吧？好我的猴哥哩，你就别生我的气了，你就是抢起金箍棒，这些个逆耳忠言，我还是要说的，那是为你好！不是吗？问题已经摆在桌面上了，有人已经开始对你的这个原则、这个信念产生挑战和质疑了！

既然和你的面皮已经撕破，我也就豁出去了，索性和你面对面地摊牌吧。猴哥，以我们凡人之心揣度一回你这神人之腹，行不？行?！那我就揣度了：也许在猴哥你的心灵深处，还有一个无法示人的绝密规则？你也有你的难言之隐？并且这个绝密规则就是：原则归原则，原则有时不原则，具体情况，区别对待。是不是啊？平心而论，我的如是揣度并不是空穴来风、无本之木。要知道，以我们凡间的情况来看，所谓的大原则、真原则，有时其实无原则。你可能还不知道吧，有些所谓本质型的大原则、真原则，在执行的过程中，可以用"嘴上有，行中无；纸上有，动中无；面前有，背后无"来描述，你还别不服气，事实就是这样，落实过程实在潦草，形式走得却很扎实。

如此看来，猴哥，你是很悲哀的！你先不要给我瞪眼睛，这话是不顺耳，甚至难听，但却很有道理。也许猴哥你西行一路，并没有悲哀的心理，更没有悲哀的思想，因为你的确是一个乐观主义者，更是一个称职的员工，你的岗位职责就是确保唐僧平安到达西天，这一点，你无疑做到了，而且做得很精彩。说到这里，是不是又勾起了你对蹉跎岁月的怀念？也许你会拍着胸膛自豪地说：英雄气贯长虹，多少天地妖魔被我降伏，保护唐僧完成取经大业，终成正果，如此辉煌业绩，何悲之有？

然而，猴哥，你终究是悲哀的！

悲就悲在除恶不务尽：对上面来的妖怪只降不杀。

悲就悲在心安理得：妖随神去时，你没有表现出哪怕丝毫的无可奈何，没有丝毫的痛心疾首，相反，却有大功告成，天下从此太平的心理嫌疑。

悲就悲在勇减当年：你大闹天宫时的雄风已不再，天不怕地不怕的魄力被大打折扣，倒是多了一些婆婆妈妈，多了一些息事宁人，多了一些唯上是从。

悲就悲在你没有悲哀感：意识不到你有悲正是你最大的悲哀！

因为猴哥你不是万能的上帝，却是无所不能的佛祖的掌上败将（对不起，又戳到了你的伤疤，我不是故意的）。背负着这个沉重的包袱，因此，你是受约束的——身的约束和心的约束，双管齐下。紧箍咒是天地般大的绳索，你纵有七十二变、筋斗云可去十万八千里，也难逃双唇微动、符咒缠身的束缚。更何况，佛及其全权代表菩萨，就像神灵一般，无时不驻其心。你因约束而失自由，因失自由而生惰性，更为令人痛心的是，你因惰性而失思想！

但是，猴哥，你的悲哀又和其他某些悲哀不同，你的悲哀是有伟大意义的。

你的悲哀，不仅折射了历史（唐），反映了现实（明），而且预言了未来——你就为你能有这样伟大的悲哀而欢呼吧！我有时也困惑，写你的那个明朝穷贡生，叫吴承恩的老先生，他为什么要用轻松的笔触来写你？是在描绘着一幅幅铲除邪恶、伸张人间正义的画卷呢，还是用反讽的笔法告诉人们，这一切背后不正常的现实以及不对等的游戏规则呢？那些作恶多端、残害百姓、玩弄吃人游戏、以吃人为人生目标和价值追求的妖魔鬼怪，被上司毫无心跳地认领回家的故事设计，到底要表现什么？

认识到猴哥你的悲哀，我就算找到了上述问题的答案。历史的基因在这里表现出了强大的遗传功能，你看，克隆技术并不是现代人的专利呢！不得不承认，这个叫吴承恩的明朝老先生，他还是一个了不起的预言家呢！

2007 年 5 月 13 日

说名片

因为工作关系，曾收到过不少名片。闲时，翻看这些制作精美的玩意，心里就觉得很有些意思。读着上面的名字、名字后面的单位以及职务等，名片上的人就会跳跃出来，他们的音容笑貌、言谈举止便会尽现眼前，一些和名片有关的事也会呼之欲出。但是大多数名片上的人，时过境迁，任你想破头，吝啬得连一丁点的印象都不给你，即使那上面赫然站立的职衔，也无法让他（她）从脑海中跳跃出来。于是，苦笑一下，心说，不要再费力去想了。

说是不再费力去想，但脑子一刻也不闲着，仍然思考与这小小名片有关的事。究其实，名片者，就是印着名字的"片"。滚滚红尘，世俗世界，两个陌生的人相见，递上一张名片，姓甚名谁，一目了然，免去了多少自我推介的口舌，像"'芝麻'的'芝'""'小人'的'小'""'没良心'的'良'""有'鬼'的'魏'"……这样的介绍方式再也不会出现在社交场合了，何其方便？就像蚂蚁，见面碰碰触角，打打招呼，互认同类，亲密无间。名片也就是人类的触角，互递名片的过程，就是互碰触角、相互认可的过程。社交场合，不管是官场同僚，还是商界劲敌，只要双手一握，从名片盒中摸出一张名片来，双手捧上，说："请多关照!"对方拿上名片，匆匆浏览一下内容，忙说："久闻大名，如雷贯耳。久仰! 久仰!"再陌生的人，因这小小的名片，也如昔日好友。名片就是黏合剂，它会拉近人与人之间的距离。如此说来，能不能这样理解：但凡是人，是人有名，有名即可有名片? 这不就是身份证吗?

但世俗生活并非但凡是人就有名片，也并非但凡是人就有必要制作名片。普通百姓就没有必要，桃花源里人家就没有必要。因为名片的功用主要是推介自己，既是推介，就不免要挑拣其中最有代表性、最具吸引力的闪光点，不仅在"名"，更重要的在名后面的"赘"，即"衔"，官衔、职称等，凡是能上台面的东西都可印在名片上。因此，名片是身份证的补充，是放大了的身份证。尽管名在前，衔在后，但从读名片者的角度看，往往注意力向"衔"倾斜，因为那才代表了名片主人的身份、地位、尊严、成就等，更是尊卑远近的分水岭，那才是名片主人的真正意图体现。他递上名片，不仅让你记住他的名字，更要记住名字后面的一切。因为，一个人的名字充其量只是个代号，叫什么都行，叫阿猫阿狗都不在话下，但后面的"衔"就不一定人人都可拥有，虽然简单的几个字，但却是汗水，是辛劳，是心血，是拼搏，是奋斗。可以说，那是浓缩了的人生。

既然是浓缩了的人生，名片与人的成长有着不可分割的关系，那么，我们也不难从这小小的纸片上看出它的变迁和它的内容承载能力。起初的名片到底长什么样，我福浅没法看到，但仅就手头的名片来看，也有一个明显的成长轨迹。材质、形态、装饰、设计、内容等等，都不尽相同，但仍有规律可循，比如从次到好，从粗到精，从简到丰，越来越精美，越来越时尚。据说，当下名片选用的材质就有纸张、黄金、白银、不锈钢、塑料、树脂、檀香木、光纤维等等，不一而足，应有尽有，只是我收到的名片一律为纸质的而已。单就内容言，也有一个从少到多的过程，每增加一项内容，必然折射着时代发展的某些气息。像单位、姓名、官衔、职称这些内容变化不大，变化最大的是联系方式，从开始仅有固定电话，到后来增加了传呼、移动电话、邮箱、网址、博客、QQ 等等，短短的几年时间，名片的变迁何其快也！不要小看了名片，薄薄的一张片儿，其承载能力却远非它本身可比，它其实连着一个很大的世界呢。怪不得人们那么看重自己的名片！

再看重名片，它的定位毕竟是交际的工具，其功用仍然是一时之需，不会恒到永远。因为人的变化和时代的变化一样快，今天收到名片，说不定到明天，这个单位已没有这个人了，不是高就，就是调动。你按名片上的电话打过去，不是"您拨的电话是空号"，就是"你找谁？打错了"，可见，时间一长，名片上的东西不一定会传达出真实的信息，至少是传达不出当下的信息。再多、再响亮的头衔，只能说明一个人的过去，标示出曾经在某一时段上的坐标，但无法代表全部，更不能说明终生，因此，名片上的信息还是不要当真的好！真正的大家，也许为了交际方便，难免也有名片，但那肯定是非常的简洁明了，有的只需一个名字、一个职业而已，其他一概不要。只是设计得更有个性和趣味，没有标榜，没有张扬，让人心生尊敬。的确，真正出了名，到了"天下谁人不识君"的境界，那还要众头衔堆砌的名片做甚？人，就是最响最亮的推介，何需名片来多此一举？如果大名还不够响，倘指望靠名片做到不朽，被人记住，那只能是名字后面的衔越多，越容易被人忘记，时间一长，名片其实就是一堆废物。那才是真正应了一句话："你以为你是谁?"

2007 年 8 月 8 日

花开又被风吹落

1070年春，北宋都城汴梁。

参知政事王安石站在官邸的雕花窗前，凝神望着窗外。这一年的中原大地，春天来得特别早。似乎才刚刚解冻，人们还没有做好迎春的准备，不料一夜春风，已是桃花开醒，柳笛吹眠。

> 爆竹声中一岁除，
>
> 春风送暖入屠苏。
>
> 千门万户曈曈日，
>
> 总把新桃换旧符。

春风吹来，正是人们除旧布新的时候！

王安石的心里，也像这涌动的春潮，翻卷着难以抑制的感慨和激动。

嘉祐三年（1058），三十七岁的王安石，正值人生当年。他敢于担当、敢于任事的胸襟和情怀，促使他向仁宗皇帝呈送了长达万言的《上仁宗皇帝言事书》，提出了一揽子变法主张。上书，并不是一时心血来潮的贸然之举，而是经过一番深思熟虑后的慎重抉择；那些主张，也不是书斋式的凭空臆想之策，而是基于一名底层官员多年来对社会现实的深度把脉。这里面，蕴含着他自幼随父宦游南北的社会阅历，揉进了他对低处群众生活艰辛、宋王朝积弱局面的基本认知，更结合了他历宦淮南节度判官、鄞县知县、舒州通判、常州知州、江东刑狱提典、三司度支判官等职时的一线实践。庆历新政失败以后，国朝貌似平静的社会表象下，其实危机四伏，矛盾突起。内忧外患，财力穷困，风气日坏，法度不合；人乏其才，空谈者多而务实者少；教养之道、养廉之法、约束之律、制裁之规严重缺失；更为甚者，从中枢到地方，奸吏充斥，狼狈为奸，散发着一股腐朽发霉的气息。所有这些，他感同身受。也许是庆历新政失败的阴魂未散，这位富有改革精神的皇帝，却对王安石的主张望而却步，不理不睬。这对他而言，不啻是一次心灵深处最猛烈的撞击。《上仁宗皇帝言事书》虽未进入"顶层设计"，但那时的他，是何等的年轻气盛，何等的慷慨激昂，"慨然有矫世变俗之志"，他曾一度为一腔抱负无以施展而难以成眠。此后，他虽被多次改任，但都是宏愿难伸，当他对在朝为官感到困惑时，便以服母丧和患病为由，屡次"恳辞入朝"。世人哪里知道，这都是因为"嘉祐上书"遭搁浅的缘故，从那以后，在他的心灵深处，便深深地扎下了一个搅动心肠的"变法情结"啊！他太需要静下心来了。也许，对一个郁郁不得志的青年而言，韬光养晦，磨砺心志，才是他假以时日的最好选择。

1067 年正月，新皇赵顼上台。敏锐的王安石感到了空气中的一丝清新，一种灵动，尽管那时天气仍然寒冷。一点微妙的期待悄悄爬上了他的心头。果然，没过多久，这位小他二十七岁的新皇，对他表现出了特别的优遇和重用。先是起用他为江宁知府，旋即诏为翰林学士兼侍讲。到了熙宁元年（1068），新皇突然召见了他。王安石望着院子里繁盛的花事，那次君臣对话的情景，仍然犹在眼前，让他身心震颤。

（王安石对宋神宗说：）"今所以未举事者，凡以财不足故。故臣以理财为方今先急。未暇理财而先举事，则事难济。臣固尝论天下事如弈棋，以下子先后当否为胜负。又论理财以农事为急，农以去其疾苦，抑兼并，便趣农为急。此臣所以汲汲于差役之法也。"（《续资治通鉴长编》）

（宋神宗）与王安石论事，安石辩数甚力。上曰："无轻民事，惟艰。"安石曰："陛下固知有是说，然又须审民事不可缓。"上曰："修水土诚不可缓。"安石曰："去徭役害农，亦民事也。岂特修水土乃为民事？……"（《续资治通鉴长编》）

朝堂之上，他的从容不迫，他的大胆直陈，他的酣畅淋漓，他的对答如流，以及"民不加赋而国用足""农时不夺而民均"的理财、恤民理想、"惟才用人"的取士原则、"天变不足惧，人言不足恤，祖宗之法不足守"的改革勇气，都让皇上喜形于色，赞赏有加，也让皇上从内心深处坚定了变法图强、消除弊病、克服危机、缓和矛盾、巩固政权的决心。这一似乎有违常规的"越次入对"，让这对君臣大有相见恨晚之感。到熙宁二年（1069），新皇干脆一道圣旨，任命王安石为参知政事，主持变法。事后，他才知道，大臣们并不看好他，说他"护前自用""论议迂阔""狷狭少容"，总之是极力反对，而皇上力排众议，果断拜相，委以重任。皇上对他寄予的厚望，他铭刻在心。从那时起，他深知，一场轰轰烈烈的社会变革序幕已然拉开，而处在变革风口浪尖上的，正是他这位根基尚浅的文官。他心潮澎湃，有一种箭在弦上、势已张满、义无反顾的豪迈和坚定，更有一种良马入辕的轻快和惬意。他明白，架在自己身上的这辆战车，从此，只有奋力向前！向前！而不能有哪怕一丁点儿的后退甚至停滞……

想到这里，一股春风越窗而入，吹乱了他的须发。他抬手拢了拢，转身向案几走去。那里摆放着一摞装订整齐的文本，这正是他的变法总纲。总纲里，他以强基固本、提升国力、限制豪强、促进农桑、挽救危局立旨，沿着"理财""整军""取士"三条路径，纵横排布了均输法、青苗法、市易法、免役法、方田均税法、农田水利法、置将法、保甲法、保马法以及取士法等系列新法，囊括了社会、经济、政治、军事、文化各个方面。白纸黑字，绘就了他的社会理想、国家蓝图，或者干脆说，押进去的，无异于自己的身家性命！他用朝圣般的虔诚，徐徐打开这一摞文书，当那些夜以继日写就的文字映入眼帘时，只见他双眉凝重，表情庄严而肃穆。在向皇上做最后陈述前，他必须对改革内容、改革方式、改革路径等等进行再思考，再推敲，不能留有些许的瑕疵和败笔。他瞅了一眼昏黄的油灯，顺手提起几旁的小油桶，给灯小心翼翼地加油，再轻轻剪去灯芯上凝结的灯花，让灯更加明亮——这注定是一个不眠之夜……

在皇上的力挺下，由王安石主持的变法，先后颁行天下。不久，朝廷再下圣旨，任命王安石为同中书门下平章事，居相位，这是皇上为了扫清变法障碍在组织上做出的重大决策。

皇上的手只需轻轻一推，王安石便被推到了他仕途的最高点，也就是变法的前沿阵地。

站在人生的制高点上，他，像一位横刀立马的将军，指挥着千万军兵，向一座座已知的抑或未知的城堡发起猛攻。

熙宁变法，从此渐入高潮。王安石似乎欣喜地看到，国家正沿着新法设计的路径，逐步向生产发展、国力日臻的预定方向迈进。

和任何一场社会变革一样，熙宁变法也不得不触及利益集团的既得利益。在他们头上动土，相当于股肱剜肉，甚至革命。利益的拥有者们，决不会轻易让步和牺牲，这使得变法从一开始就陷入一场新旧两力的对比、较量和决斗，变法就是在这种此消彼长的变数中艰难行进的。

保守派们联手行动，不仅向新法的内容和效益发难，更欲在思想、道德上置王安石于死地。他们轮番向王安石投掷超能量的"流弹"："侵官""生事""征利""拒谏""致怨"，还有"掊克财利""变祖宗法度""以富国强兵之术，启迪上心，欲求近功，忘其旧学""尚法令则称商鞅，言财利则背孟轲，鄙老成为因循，弃公论为流俗"、舍"尧舜知人安民之道""置诸宰辅，天下必受其祸""为与士大夫治天下，非与百姓治天下"……这些铺天盖地的唇枪舌剑，使王安石处于

"众疑群谤"的重重围困之中。

作为一名有远见卓识的改革者，改革的艰巨性和复杂性，改革路上的强大阻力，王安石的认识是充分的，而且也有思想的准备，对此，他并不感到意外和气恼，而是意气风发，不为所动，一如他年轻时写就的诗《登飞来峰》：

> 飞来山上千寻塔，
>
> 闻说鸡鸣见日升。
>
> 不畏浮云遮望眼，
>
> 自缘身在最高层。

这就是他的无畏与豪迈！

让他隐隐生出不安和担心的，其实并不是他的对手，而是处于同一阵营中的皇上。变法伊始，作为这场改革的最高决策者和支持者，皇上并没有表现出勇往直前、一以贯之的气魄来，而是毫不隐讳地展示了"两手互动"的才艺，一手推着王安石这艘满载变法青苗的货船，在波诡云谲的潮头逆行驶向彼岸的试验田，又一手拉着旧党元老重臣这艘巨轮向自己渐渐靠近。这方面，也许，皇上动起心思来更能游刃有余。韩琦罢退河北，上疏反对青苗法，皇上虽然最终没有接受，但仍不忘夸奖一番："琦真忠臣，虽在外，不忘王室。"后来，干脆特遣一宦官前往相州向韩琦赐诏和汤药以示恩，可见眷顾尤隆……现在，只需审慎地回过头来，冷静地看一下当初的情况，就可以对这一场变法的结局有一个大体的判断。皇上本就是一粒家天下的种子，浑身的人治基因，注定了他随心所欲，优柔寡断，变幻无常。他秉承了自太祖朝就有的"异论相搅"的传统家法，需要在新旧两力间找到平衡，需要给自己留有余地。于是，皇上无法自控地开始左右摇摆。就这么左摇右摆着，他看清了自己的真实处境，也窥见了那颗蜷缩在胸腔深处、颤颤巍巍的心脏。两宫太后高高在上，他怕看到两宫不高兴的脸色，当朝议汹汹、变法碰到较大阻力时，他又瞻前顾后，怕天下大乱。

皇上留给自己的最后出路，只有一条：退却。

当人背负重物艰难上坡时，丢掉负担，然后转身向下，比龇牙、喘气、挥汗甚至流泪要轻松愉快、也快速得多。

这是多么令人恐惧的人类惰性啊！

这枚改革的苦果，恐怕从一开始就已经这样注定了。也许，王安石早就看到了这一点，只是不愿意承认，或者更多的是不愿意面对。他只想乘着国家体制的快马，奋力地冲出去，能冲多远算多远！很像一位佩剑的斗士，纵然被刺得浑身鲜血淋淋，也要拼尽全力站起来，再挥剑直冲上去！

王安石在夹缝中苦力支撑了五年，命运的转折点终于到了。熙宁七年（1074）春，"天大旱，久不雨"，朝廷内外守旧势力在以太皇太后曹氏为首的外戚支持下，以"天变"为借口，又一次掀起对变法的围剿。王安石还抱着一线希望，在朝堂上对所谓的"天变"据理反驳，可这时的皇上，已根本听不进"天变不足惧"，而是对他一顿申斥："今取免行钱太重，人情咨怨，至出不逊语。自近臣以至后族，无不言其害。两宫泣下忧京师乱起，以为天旱更失人心。"想当初，正是"天变不足惧"催发了改革的胚胎，可现在，又要从否定"天变不足惧"致改革流产，这真是天大的悖论！此时，王安石只觉一股冷，从后背直穿心肺。

这年四月，王安石以"安石乱天下"罢相，改知江宁府，他本来挺直的腰身被重重地闪了一下。

富有戏剧性的是，不到一年，王安石被再度拜相。当他奉诏从江宁起程进京，舟次瓜洲时，望着滚滚江水和两岸无尽的春色，联想到往日的无奈和未知的前途，他的心里涌起一种复杂的情绪。

> 京口瓜洲一水间，
>
> 钟山只隔数重山。
>
> 春风又绿江南岸，
>
> 明月何时照我还？

王安石与皇上虽然再度合作，但君臣关系已非昔时可比。"王安石再相，上意颇厌之，事多不从"，变法无以推进。到了熙宁九年（1076），天上出现彗星，守旧派又拿"天变"说事，皇上更加动摇。当皇上对王安石说"闻民间殊苦新法"时，王安石的后背已是冷汗涔涔而下。新旧两党围绕变法决力，就像两人掰手腕，在二力平衡下，给任何一方哪怕很小的一点外力，都可能导致立即失衡，输赢立现，更何况这外力是决定生杀予夺的皇权！

十月，王安石再度罢相，出判江宁府。次年黯然隐退江宁，过起了闲居生活。

这场声势浩大的变法，以王安石拜相始，以王安石罢相终。

春日春风有时好，

春日春风有时恶。

不得春风花不开，

花开又被风吹落。

几年后，又一个春天来临。这天，老迈的王安石站在窗前，望着窗外，默默不语，像在沉思，又像什么都没想。此刻，阳光正好，透进窗户，把王安石佝偻的身影轻轻写在了墙上。忽然，一股春风吹来，不远处池塘边的老杏树，花落纷纷。望着飘飞的杏花，王安石的心里似有所动。他转过身去，走向书案，铺开宣纸，挥笔疾书：

一陂春水绕花身，

花影妖娆各占春。

纵被春风吹作雪，

绝胜南陌碾成尘。

人立天地间，经历过，纵然无果，却也无悔……

2013 年 5 月 6 日

苏麟之幸

那时，一代文豪范仲淹主政杭州，诗人苏麟在乡下（在杭州城里人的眼中，全杭州辖区，只有杭州是城，余即乡下）一门心思当他的巡检。

巡检这官儿，全称叫巡检使，始于五代后唐庄宗李存勖。宋时，京师府界东西两路、京城四门都是巡检重要的履职之所，后来，宋朝廷更是把巡检一职布任到沿边、沿江及沿海，在那里，巡检掌训练甲兵，巡逻州邑，事权颇重。但因受所在县令节制，故而其品级不高，充其量只是个九品初干。

苏麟之为巡检，一离开杭州城，自然属于外放官员了。外放官员远离政治中心，"山高皇帝远"，倒也落得个清静。但也正是因为远离而易被遗忘，直接的后果，就是身居冷落，一味受凉，久不重用。

果不其然。范知府在杭州，城中兵官，悉数得以垂青和提携，独远在乡下的巡检苏麟历久不遇。宋人俞文豹《清夜录》即有明文记载。对此，苏麟自是心中不平。苏麟有才，范知府未必知之；苏麟处远，肯定不在范知府视野之内；得不到赏识，想必不是因为无才，而是因为不知。想通了这一点，苏麟心中豁然开朗。

但是，苏麟位低，站在九品的台阶上，去拨动四品大员的心弦，且让其知遇，便是一件颇费智慧的事情了。需要挑战常态！

于是，后人便看到了这样一幕：在一个天朗气清的早晨，乡下巡检苏麟站在杭州知府的办公室里，先作自我介绍，然后从衣袖间掏出一卷宣纸，在办公桌上徐徐展开。一笔秀气的行楷，一首题为《献范仲淹诗》的律诗，让范知府精神为之一振。只见他微微颔首，凑近诗稿，以一种低沉而富于磁性的声调朗诵起来。诵毕，略微停顿了一下，随即大笑不语。当范知府卷起宣纸时，乡下巡检苏麟早已躬身而退。

范大人意会了其中"近水楼台先得月，向阳花木易为春"两句诗的含义，检视自己用人上的不足，遂赏识了苏麟——"即荐之"。

幸运的苏麟遇到了范文正公，所幸范公不好财色。这让事情的发展有了一些圆满的味道。据说，作为诗人，苏麟留给后人的诗，仅此一联。这更是苏麟之幸。

2013 年 5 月 8 日

重读杨华(代跋一)

——《旋转在石磨上的岁月》读后

柏　夫

我以为，对作家可以有多种分类。为方便述评，我把作家分为两类：一类是走在人群的前头，站在高处向人们挥动着思想的旗帜，告诉人们应该朝哪里走；另一类是暂缓一步，走在人群的后面，低头检视寻觅匆忙行进着的人群丢失了什么可贵的东西。这两种类型的作家，很难判断孰高孰低，而是他们所处的时代和社会环境会使某一类型作家的社会价值得以凸显。在黑暗恐怖的专制社会，更需要的是振臂一呼的思想领袖，他们的作品可以像鲁迅先生那样成为一种呐喊，促使懵懂的人们省悟；而在异彩纷呈眼花缭乱的社会大变革中，尤其是物欲横流导致人们价值观念严重倾斜的社会环境中，更需要的则是有人能够慢走一步，细心检视快速行进中的人们丢失了哪些宝贵的东西，抛弃了哪些值得传承的东西。

杨华先生应该算作后者。

印第安人有句谚语：走慢点，等等灵魂！

这句话在当今高速发展着的社会，给人以更为突出的警醒意义。杨华先生在其散文集《旋转在石磨上的岁月》一书的自序中说："人有时需要退一步。退一步柳暗花明，退一步海阔天空。"可以说是这句谚语的一个形象化的注脚。而杨华本人的经历及其作品，不但显出其思想上睿智决绝的超脱，而且更展示出行动上卓尔不群的旷达。这种作为，不是鲁莽，也不是消极，更不是赌气使性子，而是出于对周边环境，尤其是自身状态冷静判断后做出的理智决定。那一年，他年近不惑。他清醒地知道，他当时所处的位置是许多人毕生梦寐以求的；他更清醒地知道，他此举会招致的各种非议；他明白，他必须为自己的选择付出沉痛的代价。然而，他还是决绝地选择了退出——留下的是一个毅然背转的身影！

一、独特的叙事视角

以真实性为基础的散文，比之小说，对于作者的要求更加严格，因为这种文体排斥为了表情达意的需要而进行虚构。因此，散文的叙事视角大都是作者本人，无论是抒情还是议论，也都将打上更多的个人情感色彩，会烙上更多的个人生活经历、学识素养的印记，也会显示出作者在道德情操以及世界观方面的取向。当然，也会无法避免地留下作者知识结构及认识水平上的局限。这诸多因素是很难由作家自由选择的，因而也使许多作家的散文作品成为个性鲜明的、不可复制的艺术珍品。

杨华从一个普通的农家孩子到考取师范学校再到乡下任教，重复的是许多当地农家孩子的自我奋斗之路。接着，他以扎实的文字功力被选调进县政府办公室和县委办公室当秘书、主任。他付出了，也进入了一个县的核心机构，这对于许多农村出身的孩子来说是个多么令人艳羡的位置。这个经历的特殊历练，使他成为同龄人中的佼佼者。此后，他又被组织考察提拔交流到另一个县担任县委常委、宣传部部长，可以说在同辈人中已然是凤毛麟角，在公众的眼里，他是县领导；在同学的眼里，他是幸运儿；在家人的眼里，他是支柱、是骄傲！

——可就是这样一个大家都认为已然出人头地甚至春风得意的人，却突然辞职了！这一猝然转身，使周围的人都大跌眼镜，也使我们这帮自以为非常了解他的老哥们儿也一头雾水。在以后的交谈中，我渐渐地了解了他，但我始终不知道的是，这骤然转身，使他看到了许多平时没有看到的东西。或许，是他看到了许多他平时不愿意看到的东西，才使他幡然领悟，毅然转身，在几年的沉默中催生了一部使我们需要反复品读的散文集。

杨华先生就是以这样的姿态进入了自己并非预定的叙事角色，这种独特的视角，使他看到许多一帆风顺的人毕其一生都难以看到的东西。有人说，在人体的器官里，最欺骗人的是自己的眼睛，之所以如此，是因为普通人只有一个视角，而任何一个固定的视角所见也只不过是眼前的三分之一，两侧和后面根本不可能看到。然而，尘世间为眼前名缰利锁所诱惑所羁绊者，很少有人能够真正看到自己旁边和身后的东西。而杨华先生的转身便使自己独得了这样一个视角。他看到了什么？可能有的东西他永远不会说出来，也不会写出来的。然而，只要是用心写出的文章，一定会透露出作者的内心秘密，相信每一位细心的读者都会从文本的阅读中约略地看到一些无意间撕开的缝隙，感受到一点情绪的流露。这，已经足够了！

二、平和的人本情怀

一个作家的才华有高低之分，而最终能够反映一个作家品位的，是这个作家的人本情怀，是一个作家对人本身的终极关怀。在《垂手而立》中，对清洁工一家的那种真情关怀虽然只是一种内心独白，自己平时也可能没有对人说过，那个被关注的家庭甚至根本不知道这回事，可作家自己没有放过自己，而是通过眼前无法具体成像的"高尚"，榨出自己内心深处的"小"来。这种"小"，曾经是一种令作者和许多人骄傲的东西，是所有成功人士拂之不去的那种优越感，而把作者无所事事的双手从裤兜里硬生生拉出来的，正是那位残疾人还在劳作的仅存的一只手。鲁迅先生在《一件小事》中写到的在"我"皮袍下被榨出的那种"小"，固然有一种不放过自己的深刻批判，可那毕竟是小说，要把真实的自己摆进去完成这种批判，需要的不只是勇气，而是需要一种来自内心的平等意识和深厚的人文情怀。

幽默是一种智慧，而自嘲则是对自身不足清醒体认基础上的一种调侃。记得杨华还很年轻时，就因为经常熬夜而大把地掉头发，以致有一次带着孩子散步时，有人打招呼说，领孙子转悠呢！结果孩子童言无忌，当即予以纠正，惹得大家哈哈大笑。听别人的这类故事觉得可乐，可这事无论是落到谁身上，都会非常苦恼。当杨华把这件事写进文章，并对自己加以调侃时，本人的通达可见一斑。一个敢于调侃自身的人，他必然已经能够跳离了自身的局限，从另一个角度观照自己。这需要勇气，也需要智慧，当然也一定是一个内心非常强大的人！

三、深刻的内心剖析

卢梭在《忏悔录》中坦率地描写了自己与以"妈妈"相称的华伦夫人之间发生的情爱纠葛，他这种毫不掩饰的描写使人感受到强烈的震撼。以后，也看到过许多名人的自述，很少有人会像卢梭那样真心忏悔自己的过错，充其量只会轻描淡写地讲些小错，而且常常会归于时代局限或者把这种错误戏说为顽皮，在错误中显了一点调皮可爱可成大器的迹象来。

经历过饥饿年代的人，都会切身地感受过饥饿的煎熬，那时候学校里许多孩子也都挨饿，时常听说某个同学因偷吃了别人的馍而被大家唾弃，甚至被班里同学批斗。挨过饿的人都知道，任何一个饥饿中的孩子都很难抗拒食物的诱惑，或许也偷吃过另一个同样饥饿的孩子赖以充饥的馍，但谁都不会把这些说出来，更不可能形诸文字。因为不管哪种文化背景，偷窃都被认为是不可饶恕的罪过。在《青杏》中，作者详细地描写了自己因为饥饿偷吃的一次经历，而且还加入了对偷吃者的声讨。如果没有后面的事故，可能作者也会忘掉自己的偷吃，甚至会因自己能浑水摸鱼蒙混过关而心生侥幸。可，这位同样饥饿的孩子映余，因为摘生长在崖畔尚未成熟的青杏充饥而失足落下崖底而亡，"踏断的树枝""甩出的青杏"便成了作者心底永远的痛，而没有承认偷吃和没有来得及道歉，便成了作者内心深处无尽的悔恨！我曾经多次读过这篇短文，并不是读文字，而是反复探求作者内心深处的动机，触摸作者的潜意识。读到最后发现，这是深扎在作者心灵深处的一根毒刺，要拔出会很痛，但不拔出便会永远扎在心上，终生不得安宁。

这令我想起了那个著名的"拉古迪亚拷问"：1935年，时任纽约市长的拉古迪亚有次在法庭旁听了一桩面包偷窃案的庭审。被指控的是一位老太太，当法官问她是否认罪时，她说："我那两个小孙子饿了两天了，这面包是用来喂养他们的。"法官秉公执法地裁决："你是选择10美元罚款，还是10天拘役？"审判刚结束，拉古迪亚市长从旁听席上站起，脱下自己的礼帽，往里面放进10美元，然后向在场的人大声说："现在，请各位每人交50美分的罚金，这是为我们的冷漠所支付的费用，以惩戒我们这个需要老祖母去偷面包来喂养孙子的城区。"法庭上一片肃静，在场的每位包括法官在内都默不作声地捐出了50美分。事后，拉古迪亚致信总统罗斯福。信中，拉古迪亚"拷问"罗斯福："为解决孙子的饥饿，老太太偷面包是种被迫无奈之举。难道说，你身为总统，就没有半点责任吗？"一个人为钱犯罪，这个人有罪；一个人为面包犯罪，这个社会有罪！

文章严肃而深刻的主题由此而得以伸展……

四、灼热的乡土情结

王家堡子、朱家堡子、杨家嘴、孙家沟、鹅坡、南山、李店、张家屲，这些熟悉而具体的地名，存在于每一个地方，也是作者情牵梦萦的地方。干涸的小河、盘曲爬行的羊肠小道，都是作者心中最牵念的地方。那些生活在乡里的鸟儿，那引得孩子跟着村庄跑的老电影，无不烙上灼热的乡土印记。

《那些生活在乡村的鸟儿们》中，麻雀、斑斑鹁鸽、喜鹊、布谷鸟等，它们的居住环境无非就是房眼、椽缝、墙洞、崖穴，只要能够遮风挡雨，即可随遇而安。它们有的叽叽喳喳，有的嘻嘻哈哈，有的唠唠叨叨，有的吱吱咕咕，有的没心没肺，有的平实安稳，有的纤秀温婉，有的调皮捣蛋，各有个性，自得其乐。读着读着，觉得这哪是什么鸟儿啊，这其实就是作者非常熟悉的乡间民众，他（它）们有着一样的寻常生活，也有着一样的喜怒哀乐。他（它）们不会怨天尤人，平实而质朴，乐观而自在地生活着，也感受着寻常日子里的风雨坎坷。于是，这些普通的鸟儿，在作者深情的笔下，已经被人格化，也被升格为乡村"哲学家"。

作者对乡村地名的回忆，更是一种与这些地方相关生活的印记，那种艰辛，那种煎熬，那种朴素的亲切，那种简单的快乐，都是与作者的成长密不可分的，也是与作者性格的形成密不可分的。作者幼小的身心、正在成长的身体和思想上，都被深深地打上了烙印。

在作者营造的乡村世界里，不乏贫困、不乏苦焦，但更多的是亲切，是作者对故乡的眷恋。关键的一点是，像任何一个在生活中遭遇挫伤的人一样，杨华在自己人生的低谷，也选择了到老家去住一段，重新抚慰自己的灵魂，思考自己的人生。记得他辞职回去时，曾经心怀忐忑，多次设想过如何面对自己父亲的责问。可当他回到老家时，父亲仍然在熬罐罐茶，只是淡淡地问了一句，几时回来的！这个"回来"，是地域上的距离，还是心路历程？曾经设计的许多的说辞，面对这个问候，都苍白无力，且毫无用处。父亲的胸怀，就像宽厚的故土，没有任何嫌弃地接纳了他，家乡的亲人，就像乡里鸟儿一样，没有任何责难地安慰了他。面对经历了人世坎坷的老父，就像面对经历生活折磨的乡亲，也犹如面对经历了世间沧桑的故土，他自己的那点小不顺，显得那么微不足道！

带着这个背景，再去读杨华关于乡村的描写，就会感受到，他用心描摹的山，深情勾勒的水，那道梁，那条沟，树上的鸟儿，路上的屎爬牛……凡此种种，都是拟人化的，有情谊的，有体温的，散发汗酸味的，都在用不同的方式与作者进行着平等的对话，寄托着作者深厚而诚挚的乡土情怀。

五、细腻的语言表述

有过文学梦，后来又从事公文写作的人，都会有一种语言思维被撕裂肢解的痛苦。大多数人虽然心里挚爱着文学，但在二者不可兼得的情况下，大都会做出理性的选择：即放弃文学而潜心于公文写作，因为在每天靠大量行政材料支撑运转的机关，公文写作也是寒门子弟借以上位的重要阶梯。

杨华先生就是因写材料调入机关，也因写材料而一度放弃文学创作。令人始料不及的是，当他重拾文学时，还会有那么好的语感，还会有那么细腻的描述。在那个年代，诚如作者所说，许多孩子都是在磨道里旋转大的，推磨是每个孩子的必修课。一个生性活泼的小孩子，被圈在磨坊里推磨，这种吃力而单调的活儿，对任何人来说都是一种折磨。白天，看着从门缝里射进来、在磨担上来来回回的阳光；晚上，一盏小小的煤油灯在石磨上摇曳着昏黄的光，我们的身影在灯光里忽大忽小，一会儿映在墙上，一会儿映在房顶，磨坊里便有了一种说不出的神秘和不安。类似这样的描写，没有细致的观察和深刻的体验是写不出来的，没有对语言的精准揣摩和感悟，也是写不出来的。当磨担从双手举到头顶推，到移至肩头扛着推，再到移至胸、至腰、至腹，以至把磨担放到大腿的位置，边推磨边看书，一个人在石磨的旋转中长大的岁月便形象化地展现于眼前，一个人由天真烂漫的童年时光到沉稳有力的成长历程便显现出来，一个人由心浮气躁的孩提性格到平心静气的成人心性便也由此可见。这时候，我们也会体悟到，磨盘上磨掉的不只是粮食，还有充满稚气的岁月，也有孩子们不安分的性子，文章的主题也由此得到自然而然地揭示，而非心灵鸡汤式的硬性置入。

重读杨华，不只是在读一本已经在手头快十年的书，其实是在品味一段有特殊意义的岁月。重读杨华，也不只是在读一个人的经历，而是在读一代人的共同经历。当然，这样的品读，也必然会折射出一个人阅读人生、阅读生活的能力。我觉得，任何作家都有自己独特的生活经历和表述方式，也有对社会人生的不同感悟和解读。我相信，每个读者在对杨华作品的阅读中，都会在不同程度上拓展自己的阅读边界，丰富自己的阅读体验。我也相信，对于一部用真情和心血写成的作品，在不同的人生阶段去读，会有不同的体验，获得意外的收获。

穿越与抵达(代跋二)

——读杨华散文集《旋转在石磨上的岁月》

李新立

大约在 20 世纪 80 年代末期，我县青年作家杨华的诗歌和散文作品常散见于报刊，受到读者和圈子的关注。但整个 90 年代，他似乎淡出了写作圈，把心力倾注在了所从事的工作上。但依我的判断，一个执着的写作者，是不会轻易放下手中的笔的。果然，２００３年后，他又开始在《平凉日报》断断续续发表一些散文，还把自己写出的其他作品放在了博客上。我读过他的大部分作品，虽然一些作品读得粗略，但有一个总体感觉：杨华在试图寻找一个表达的出口和要抵达对岸的方式。

在一片沉寂之中，敦煌文艺出版社于近日推出了杨华的散文随笔集《旋转在石磨上的岁月》。这是一本设计、排版、装帧都十分讲究的散文随笔集，捧在手中，有一种沉甸甸的感觉。集子的出版发行，如在炽热的空气中吹来一缕清新、淡爽的风，不由人不去自觉地体味和关注。事实正是这样，读《旋转在石磨上的岁月》，很快会被乡村风情、儿时记忆所包围，让人沉浸在那些文字之中后，再次走进时光的深处，和作者一起去感受难忘的岁月。

　　单从《旋转在石磨上的岁月》这个书名上看，它是诗意的，具有一定的象征意义，并且让读者在第一感觉中就知道这是本写"什么"的集子。这应该与杨华最早写诗有关。但是，一个成熟的散文写作者，是不会刻意把诗的语言套用到散文随笔中去的，过分的抒情可能会让人觉得矫情，作品表达的力量也会大打折扣。杨华显然注意到了这一点，并且尽力把每一篇作品打磨得鲜活、光亮。他克服了当下散文写作中凌空、臆想、空泛的弊端，把笔触伸进他生活过的乡村的土壤中，以一个文学爱好者的敏感，汲取易被人忽略的生活情境，挖掘记忆深处最细腻的情节，从而使他所有的作品散发出人性之美，心灵之美。

　　首先，他的散文作品的基调是向上的。《旋转在石磨上的岁月》《小巷声声》《小镇》等作品中，所展示的是对陇东乡村生活片断的记忆，而这些记忆真正把根扎在了生活的土壤中，那些景、物、人是普通的，但却是记忆中最美好的和最完整的；其次，他的叙述语言是朴素的。品读杨华的散文随笔，朴素的叙述语言贯穿全部作品，他摒弃了华丽辞藻，大量运用耳熟能详的方言，从而使得他的作品产生了"趣"和"灵"，这个"趣"和"灵"是与众不同的，是完全立足于乡村真实生活，取之于乡亲们的日常用语，这就造成了散文作品内质的光亮和灵动，可以说，这正是这部作品集出彩之处，也是一个成功的亮点；另外，他的作品容易得到读者的认同。我猜测，他在写下《逝去的端路》《永远的鹅坡》《神秘的南山》《诱人的张家屲》这些系列作品时，都是尽可能回避个人的牵强附会，以一个孩童的目光和体验去打量、认识眼前的小世界，没有强加给读者成人的认识和体验，这就使作品融合了读者的想象和张力。这应该是杨华书写这些作品的高明之处。需要强调的是，杨华的叙述语言是洁净的，这是成熟的写作者所具备的品质，从而在一定程度上使作品有了抒情的效果。《母亲的"电话号码簿"》《母爱是手指从后背轻轻划过》《照片与布鞋》《城里的灯泡比月亮还亮》这些作品找不到故意抒情的语句，而是用朴素却又深情的叙述、简练的对话来完成抒情，把个人的感情隐藏在叙述的背后，并且不留痕迹。

杨华是一位安静的写作者。所谓"安静"，主要有两个层面的意思。一个是内心的安静。一个人，能够超出日常生活和名利的烦扰，以安静的态度去写作，是一种智慧，更是一种修为，我觉得杨华已经做到了这一点；一个是文字的安静。读杨华的文字，首先让人感受到的是没有喧哗，没有夸张和有意识地张扬，而是像拉家常一样平静，这种平静，让读者能够很快进入到文字情境中去，让内心安静下来。目光向下，心灵向上，沉着观察，安静写作，应该是写作者努力的目标。从杨华的作品中看，他已经做到了这一点。从《垂手而立》《重走鞍子山峡》《那些生活在乡村的鸟儿们》中，不难看出他内心的从容与安静，而且可以看出他的人生态度，这个态度是积极的，高尚的。

读完《旋转在石磨上的岁月》这本集子，我还想到另一个问题。文学作品是完全能够和所从事的职业割裂开来的，并且留下最纯净的记忆和良心。这一点在杨华的写作上和作品中得到了解答。一个优秀的写作者，应该能够突破所从事的职业的限制，找到自己的另一个精神高地。杨华生长于静宁县一个偏僻的山村，平凉师范毕业后，当过教师，后来很快进入仕途。一个人品质的高贵，在我看来，就是与所从事的职业无关，有关的是那个与生就有的"根"。杨华的根是难以割舍的故土和故土给他的良知。这在他的文字中完全能够得到印证。也就是说，这些年来，他虽然有过彷徨和不安，但他能以文字为介，最终找到心灵的突破口。他完全摆脱了纷繁生活与世俗的约束，过滤掉了与职业有关的烦扰，努力穿越内心曾经有过的迷茫，抵达他所需要的彼岸。从他的这本集子看，他成功了，他所抵达的精神高地，正是他恋恋不舍，且能净化心灵的家乡。

后　记

　　《旋转在石磨上的岁月》出版后，曾在同学、同事、朋友圈子里引起了一些热议。这种寡淡如水的文字表达，似乎切中了他们内心深处的某些脉搏，激起了心灵上的共振。熟悉的文化背景，共同的生活基础，相近的成长经历，也许是大家偏爱它的理由。这给这本薄薄的小册子，无形中增加了相应的厚度。

　　《旋》2009年出版，即入选甘肃省农家书屋推荐书目，被部分地方政府列为农家必读书；《那些生活在乡村的鸟儿们》一文，经《平凉日报》节选登载后，被《青年博览》选登，后又入选"高考语文系列训练教程"《高考散文阅读赏析——高分之路》一书，列出试题，指导学生；某高中语文老师，在讲授苏教版语文选修课时，把《那些生活在乡村的鸟儿们》作为美文佳作欣赏，予以赏析；《旋转在石磨上的岁月》一文，选入广西师范大学出版社出版的《语文素养读本丛书·初中卷》九年级下册。还有一些文章，甚至被读者目为烦恼缓释剂，当生活遇到困惑时，拿来一读，会心一笑，困惑顿释。这些，都是我始料未及的，也令我感动。

有鉴于此，那时自己发着宏愿，要努力写作，以更多的文章，酬谢读者朋友。期间，自己也写了不少，可惜，在一次"电脑事故"中，所写文章悉数丢失，至今痛悔不已。后通过多方查找，失而复得约 4 万字。因分量明显不足，另行出版，显然不宜。只好将原书做了修订再版，几篇新作，权作"鸡肋"，补入其中。对原书错讹之处，同样做了修正。

柏夫先生和李新立先生，写了书评，这次修订，作为代跋，附于书后。在此，深表感激！

2018 年 7 月 8 日